Hanna Blixt ist eine schwedische Autorin. Nach mehreren Kinder- und Jugendbüchern war *Zimtschnecken und Schneegestöber* ihr erster Roman für Erwachsene. Er war ein großer Erfolg in Schweden und wurde in mehrere Länder verkauft. Hanna Blixt lebt in dem idyllischen Ort Leksand in der schwedischen Provinz Dalarna, der auch der Schauplatz ihres winterlichen Wohlfühlromans ist. Dies ist ihr zweiter Roman, der auf Deutsch erscheint.

Außerdem von Hanna Blixt lieferbar:

Zimtschnecken und Schneegestöber

www.penguin-verlag.de

HANNA BLIXT

Schwedenträume und Schokoladenzauber

Roman

Aus dem Schwedischen von Marie-Sophie Kasten

PENGUIN VERLAG

Die Originalausgabe erschien 2023 unter dem Titel
Lusthuset vid tjärnen bei Bokförlaget Bazar, Stockholm.

MIX
Papier | Fördert gute Waldnutzung
FSC® C014496

Penguin Random House Verlagsgruppe FSC® N001967

1. Auflage

produktsicherheit@penguinrandomhouse.de
(Vorstehende Angaben sind zugleich
Pflichtinformationen nach GPSR.)

Redaktion: Lisa Wolf
Umschlaggestaltung: www.buerosued.de
nach einem Entwurf von Emma Graves, designstudioe.com
Umschlagabbildungen: Istock, Shutterstock, www.buerosued.de
Satz: GGP Media GmbH, Pößneck
Druck und Bindung: GGP Media GmbH, Pößneck
Printed in Germany 2025
ISBN 978-3-328-11263-1
www.penguin-verlag.de

Kapitel 1

Hilma saß mit gesenktem Kopf in der Kirchenbank und nestelte an dem zarten schwarzen Spitzensaum ihres Kleides, der sich zwischen den schweißnassen Fingern kratzig anfühlte. Sie tat, was sie konnte, um die dumpfen Orgelklänge und das Schluchzen um sie herum auszublenden, während sie so tiefe Müdigkeit überfiel, dass Arme und Finger schmerzten. Eine dunkle Locke hatte sich aus ihrem Dutt gelöst, sie schob sie hinter das Ohr und wickelte sie gewohnheitsmäßig auf, bevor sie sie mit einer Haarnadel feststeckte.

Ein Grüppchen nach dem anderen ging nach vorne zum Sarg, legte Kränze und Bouquets ab. Dann standen sie dort, reglos wie Bäume in der Dämmerung, den Blick auf den Sarg geheftet und flüsterten ihre letzten Grüße. Der Kirchenraum war von schwerem, erdrückendem Parfüm erfüllt.

Hilma biss sich auf die unkontrolliert zitternde Unterlippe, schluckte mehrmals. Wenn es etwas gab, das sie von ganzem Herzen verabscheute, dann waren es Trauerfeiern. Die tröstend gemeinten Worte des Pfarrers bewirkten bei ihr das Gegenteil und katapultierten sie zurück zu der Beerdigung ihrer Großmutter. Der Schmerz in ihrer Brust war so groß, als habe man ihr das Herz herausgerissen, sie bekam nur mit Mühe Luft. Kalter Schweiß brach auf ihrer Stirn aus.

Es half nicht, dass ihre Großmutter nicht mehr die Jüngste gewesen war, die Nachricht war für sie trotzdem ein Schock gewesen. Am Tag zuvor hatten sie noch gemeinsam in ihrer Zwei-Zimmer-Wohnung am Küchentisch gesessen und Frühlingsrollen, Mango Chutney und Reis gegessen. Sie hatten über das Leben geplaudert, die Königsfamilie und die neuesten Frisurentrends. Zum Nachtisch hatte ihre Großmutter frisch gebackenen Zuckerkuchen und Erdbeersirup serviert, so wie immer, egal zu welcher Jahreszeit. Außerdem hatte sie sich zurechtgemacht, auch das wie immer, und eine weiße Seidenbluse zu einem maßgeschneiderten knielangen Rock getragen.

Am nächsten Tag erlitt sie auf dem Weg zur U-Bahn einen Herzinfarkt. Sie fasste sich an die Brust, sank auf den Boden, während mehrere Passanten an ihr vorbeiliefen, ohne auch nur zu reagieren. Ein Arzt, der zur selben U-Bahn-Station unterwegs gewesen war, beobachtete das Ganze aus der Ferne und begann sofort mit der Herz-Lungen-Wiederbelebung, nachdem er die Frau erreicht hatte. Aber es war zu spät.

Hilma erinnerte sich noch genau an den Schock, als Sebastian, ihr vier Jahre älterer Bruder, angerufen und ihr die furchtbare Nachricht überbracht hatte. Ihre Mutter hatte es offenbar nicht geschafft, sie anzurufen. Nicht einmal da.

Obwohl es schon ein paar Jahre zurücklag, war der Schmerz in diesem Moment wieder sehr lebendig. Die ernste Stimmung nahm sie mit, dabei hatte sie ihre Kollegin, die dort vorne im Sarg lag, nicht einmal besonders gut gekannt. Sie hatte sie geschätzt, jeder hatte das. Cecilia hatte immer gern gelacht, ein perlendes, ansteckendes Lachen. Während des letzten Jahres hatten sie zusammen in der PR-Abteilung gearbeitet und sich oft kurz an der Kaffeemaschine unterhalten. Eine offizielle gemeinsame Kaffeepause hatte das Unternehmen schon lange gestrichen, sodass die meisten vor dem PC ihren Kaffee tranken oder schnell eine Tasse zwischen zwei Meetings. Aber Cecilia hatte sich immer die Zeit genommen, ein, zwei Worte mit den anderen zu wechseln. Hilma hätte der Beerdigung deshalb nicht fernbleiben können, auch wenn sie sich alle möglichen Ausflüchte überlegt hatte. Um sie herum weinten viele und schnäuzten sich in ihre Taschentücher.

Hilma rutschte zur Seite, als sich ein Mann, der erst jetzt kam, noch in die bereits überfüllte Bank quetschte. Sie hatte sich einen Platz ganz hinten gesucht. Für den Fall, dass sie es sich anders überlegte, konnte sie so weitestgehend unauffällig verschwinden. Beim Gedanken daran, wie schnell alles gegangen war, zog sich ihr Magen zusammen. Cecilia war nur knapp acht Jahre älter als sie gewesen, als sie ganz plötzlich unheilbar krank wurde. Den einen Tag hatte sie, vor Enthusiasmus überbordend, die Verantwortung für ein großes Projekt übernommen. Eine Woche später lag sie im Bett, arbeitete, so gut es ging, von zu Hause aus weiter und gab ihr Bestes, um alles im Griff zu haben. Kaum war das Projekt abgeschlossen, wurde Cecilia ins Krankenhaus eingeliefert. Und dort starb sie, umgeben von ihrer engsten Familie. Sie wurde nicht einmal vierzig Jahre alt.

Beim Beisammensein nach der Beerdigung traf Hilma zum ersten Mal Cecilias Mann und ihre zwei Kinder. Es tat weh, ihren sorgenschweren, glasigen Blicken zu begegnen. Sie schienen Hilma gar nicht wahrzunehmen, sondern starrten durch sie hindurch. So viele Menschen drängten sich in das blumengeschmückte Lokal, Cecilia hatte ganz offensichtlich nicht nur der engsten Familie viel bedeutet. Sie lauschte heimlich einigen Gesprächen und schnappte dabei auf, dass hier Familie, Verwandte und Nachbarn versammelt waren, aber auch Chormitglieder, Schulfreunde und Pfadfinder verschiedener Jahrgänge, deren Leiterin ihre Kollegin gewesen war. In einem gleichmäßigen Strom gingen sie ans Mikrofon vor und erzählten von einigen schönen Momenten, die sie mit Cecilia verbracht hatten. Erinnerungen, die sowohl Tränen als auch Gelächter hervorriefen. Es kam Hilma so vor, als würde sie ihre Kollegin erst jetzt richtig kennenlernen, und bei allen Tränen, auch ihren eigenen, überraschte es sie, wie viel ein Mensch anderen bedeuten konnte. Die Worte der Angehörigen waren so voller Herzlichkeit, dass Hilma Ehrfurcht empfand, aber zugleich beschlich sie Eiseskälte, die sich wie eine unwillkommene

Decke über ihre Schultern legte und nicht abschütteln ließ. Es war das Gefühl abgrundtiefer Leere. Was, wenn sie in dem weißen, blumengeschmückten Sarg liegen würde? Wer würde sie dann vermissen? Ja, *wer* eigentlich?

Kapitel 2

Zwei Tage später

Hilma trat auf den Gehweg und begann, die Straße entlangzulaufen. Doch als die Tür schwer hinter ihr zuschlug, blieb sie noch einmal stehen und drehte sich um. Zögernd ließ sie den Blick bis zum vierten Stock des Gebäudes hinaufwandern. Hier hatte sie die letzten Jahre gearbeitet. Einen Moment blieb sie an dem grünen Stuck hängen, der sich bogenförmig um die Fenster der ansonsten hellen stattlichen Putzfassade wölbte, suchte mit den Augen nach »ihrem« Fenster. Hilma wusste, dass sie heute zum letzten Mal durch diese Scheibe geblickt hatte. Von dort oben hatte sie oft das Treiben auf der Straße verfolgt. Sie hatte Frauen beobachtet, die auf hochhackigen Schuhen zu geschäftlichen Meetings eilten, in der einen Hand einen Kaffeebecher, auf der anderen Seite eine Ledermappe unter den Arm geklemmt. Ältere Paare, die mit ihren Hunden Gassi gingen, und Väter, die auf dem Weg zur Tagesstätte Buggys vor sich herschoben, oft noch mit einem älteren Kind an der Hand. Ab und zu hatte sie einen Obdachlosen auf einer nahe gelegenen Parkbank unter einem Baum sitzen sehen. Es freute sie immer, wenn sie mitbekam, dass sich jemand die Zeit nahm, ein paar Worte zu wechseln, der Person eine Münze zusteckte oder – noch besser – ein Essenspaket verschenkte, wie sie es selbst manchmal tat. In solchen Momenten hatte sie Hoffnung, was die Menschheit betraf.

Vielleicht würde sie genau das vermissen, nämlich die Welt von oben zu sehen, ein bisschen wie ein Adler. Aber ins Büro würde sie keinen Fuß mehr setzen. Nie wieder! Man hatte ihr dort so vieles versprochen und nichts davon eingehalten. Hilma war vorher nicht klar gewesen, dass sie diese innere Stärke besaß, aber ihre Entscheidung war unwiderruflich. Die Beerdigung am Wochenende war der Tropfen gewesen, der das Fass zum Überlaufen gebracht hatte. Die schicksalsschwere Stimmung in der Kirche hatte sie nachdenklich gemacht und zu diesem Entschluss geführt.

Kalter Herbstwind erfasste sie, sie zog den Mantelkragen enger unter das Kinn. Eine Bö erfasste ein paar Blätter, die im Park um einen Baum tanzen, bevor sie weiterwirbelten, und eine leere Bierdose rollte die Straße entlang bis vor ihre Füße. Sie bückte sich, verzog das Gesicht, hob die Dose dann aber auf und warf sie in den nächsten Mülleimer. Ihrer Gewohnheit entsprechend hatte sie Feuchttücher und Desinfektionsmittel in ihrer Handtasche und säuberte sich damit sorgfältig die Hände. Sie konnte Müll einfach nicht liegen lassen und hatte ihn schon immer in der Natur aufgesammelt. Das war ihrer Großmutter zu Lebzeiten wichtig gewesen, und jetzt war es das auch für Hilma.

Sie lief im Zickzack zwischen den Leuten hindurch, die es eilig hatten, nach der Arbeit nach Hause zu kommen, und überlegte, was sie jetzt tun sollte. Feiern? Frustessen? Allein der Gedanke daran, noch eine Entscheidung treffen zu müssen, egal wie banal sie war, machte sie müde. Der Entschluss zu kündigen hatte sie viel Kraft gekostet.

Schließlich beschloss sie, nach Hause zu fahren und sich auszuruhen. Sie bog nach rechts und nahm die Treppen zum Bahnsteig hinunter. Sie hörte das Rauschen eines herannahenden Zuges, das bei der Einfahrt in den Bahnhof zu einem Dröhnen wurde. Das Quietschen der Bremsen, als der Zug zum Stehen kam, war so laut, dass mehrere Leute um sie herum die Hände auf die Ohren pressten. Hilma begann zu zittern. Sie spürte das Gedränge, es ließ sich nicht aussperren, sosehr sie es auch versuchte. Ein starker Geruch nach Apfelkrapfen stieg ihr in die Nase, als ein Mann sie anrempelte.

»Oh, Verzeihung«, sagte er und schleckte sich etwas Zucker von der Oberlippe.

Hilma sah ihm verwirrt hinterher, während er mit einer fettigen Papiertüte in der Hand weitereilte. In ihrem Kopf begann es zu brodeln. Das Gesichtsfeld verengte sich zu einem schmalen Tunnel, und der bekannte Druck auf der Brust, der jetzt einsetzte, machte das Atmen schwer. Nicht schon wieder, dachte sie. Von Schwindel ergriffen gelang es ihr, sich an der geöffneten Zugtür festzuhalten und auf die erste Stufe zu steigen. Die Attacken kamen jetzt immer öfter. Als sie ihrem Chef erzählt hatte, dass ihr Körper rebellierte, hatte er ihr gar nicht zugehört. Stattdessen hatte sie Dinge zu hören bekommen wie: »Du machst alles super, du bist unsere Heldin, wir wollen *mehr* von dir.« Nachdem sie mehrere Male nicht ernst genommen worden war, hatte sie mit dem Vorgesetzten ihres Chefs geredet, der versprochen hatte, eine zusätzliche Person einzustellen. Aber als die dann anfing, hatte sie keine von Hilmas Aufgaben übernommen. Außerdem blieb die angekündigte Beförderung aus, während ihr immer mehr Projekte aufgebürdet wurden. Natürlich hätte sie Hilfe beim Betriebsrat suchen können, der Personalchef war auch schon verständigt, aber das dauerte ihr alles zu lange. Sie konnte nicht mehr. Sie steckte schon so lange in diesem Hamsterrad, jetzt wollte sie keinen Schritt mehr weitergehen. Fünf Jahre in der PR-Abteilung waren mehr als genug. Zugleich wusste Hilma, dass sie es nicht gewagt hätte zu kündigen, wenn ihr bei der Beerdigung nicht diese Gedanken gekommen wären: Wem bedeutete sie etwas? Was machte sie aus ihrem Leben? Hielt sie selbst den Taktstock in der Hand, oder ließ sie sich einfach von den Forderungen und Erwartungen anderer dirigieren? Am schlimmsten war allerdings die Frage gewesen, wer überhaupt zu ihrem Begräbnis kommen würde.

In diesem Moment war sie sich nicht einmal sicher, ob sie selbst dorthin gehen würde. Sie hatte sich selbst vernachlässigt, hatte so viel aus sich herausgeholt, dass sie es jetzt kaum noch aus dem Bett und zur Arbeit schaffte. Und wer hätte ihr einen Zusammenbruch gedankt? Ihr Chef sicher nicht, der würde Hilma augenblicklich durch jemand anderen ersetzen. Sie war wohl kaum unentbehrlich, auch wenn sie sich das manchmal eingeredet hatte. Sie seufzte tief, aber dann hob sie den Kopf und streckte sich. War sie unnötig hart gegen sich selbst? Immerhin hatte sie den ersten Schritt geschafft und war sich sicher, dass sie die richtige Entscheidung getroffen hatte. Hoffentlich war es noch nicht zu spät!

Hilma ließ sich in den Sitz fallen. Bestimmt brauchte sie nur etwas Abstand, musste zur Ruhe kommen, sich selbst wiederfinden und eine neue Richtung einschlagen. Dann würde es ihr auch wieder besser gehen. Im Moment brannte es hinter ihren Augenlidern wie Lava, und ihr Magen schmerzte. Sie holte tief Luft durch die Nase, hielt den Atem an, zählte und atmete langsam durch den Mund wieder aus. Das Ganze wiederholte sie ein paarmal. Allmählich wurde ihr Blick klarer, die Übelkeit nahm ab.

Während der Zug Richtung Uppsala fuhr, und die Häuser am Fenster vorbeizogen, nahm sie eine Zeitung aus dem Netz der Rückenlehne, wobei sie darauf achtete, nicht die Zeitschrift zu berühren, an die jemand ein Kaugummi geklebt hatte. Wie ekelhaft! Was war so schwer daran, einen Mülleimer zu benutzen?

Der Anfall war vorüber. Trotzdem fühlte sie sich noch erschöpft, und die Bluse klebte an ihrem verschwitzen Rücken. Sie schob sich ein paar Strähnen aus dem Gesicht und blätterte durch die Zeitung. Zwischen zwei Seiten steckte eine Tourismuswerbung der Region Dalarna. Hilma runzelte die Stirn, als sie die Titelseite betrachtete, auf der ein

Skifahrer zwischen schneebedeckten Fichten hindurchfuhr. Sicher war die Natur dort wunderschön, aber Schnee und Kälte waren das Letzte, wonach sie sich jetzt sehnte. Dann schon eher Wärme. Sie hatte etwas Geld gespart, einen Urlaub würde sie sich leisten können. Eine Woche lang am Strand von Marbella in der Sonne liegen. Oder sogar einen Job dort finden, um etwas länger bleiben zu können. Als Kellnerin oder Zimmermädchen. Und in Spanien gab es doch auch sicher eine ganze Reihe von Callcentern, oder nicht? Irgendwas würde sich schon finden, um für eine Weile dem Stress in der Großstadt zu entfliehen. Und es würde bestimmt auch kein Problem sein, für diese Zeit ihre Wohnung unterzuvermieten. Ihre Freunde würden womöglich nicht einmal mitbekommen, dass sie verreist war. Die waren alle mit ihren Familien beschäftigt, während Hilma sich voll und ganz auf ihren Beruf konzentriert hatte, bis heute jedenfalls. Nach dem letzten misslungenen Versuch hatte sie es nicht mehr gewagt, eine Beziehung einzugehen. Hilma seufzte. Ein Meer von Zeit zu haben machte ihr auf einmal Angst. Überraschenderweise hatte das PR-Büro zugestimmt, sie mit unmittelbarer Wirkung freizustellen, obwohl sie eine dreimonatige Kündigungsfrist hatte. Es ging fast ein bisschen zu einfach.

Hilma kaute auf ihrer Unterlippe und blätterte weiter in der Broschüre. Eine Seite nach der anderen zeigte Skipisten in Sälen und Idre. Auf den Bäumen lag so viel Schnee, dass es aussah, als trügen sie Sahnehauben. Außerdem gab es Fotos von Skischulen, Kinderclubs und lachenden Familien bei der Schneeballschlacht. Darauf folgten Anzeigen von Handwerkerdörfern mit Kunst, Kurbits – der speziellen Malerei aus Dalarna – und Holzpferden. Hilma wollte das Magazin gerade beiseitelegen, als ihr Blick auf das Foto eines weißen Pavillons fiel, umgeben von Bäumen, deren kahle eisbedeckte Äste in der Sonne glitzerten. Aus dem Text darunter ging hervor, dass es sich um eine Stellenanzeige handelte. Hilma war wie verzaubert, sie konnte den Blick nicht von dem Foto losreißen. Es dauerte einen Moment, bis sie realisierte, dass der Pavillon sie an einen anderen erinnerte, den sie einmal mit ihren Eltern besucht hatte. Als Kind hatte sie mit ihnen eine Reise in die Berge gemacht, zu einem Zeitpunkt, an dem sie sich ausnahmsweise gut verstanden. Diesen glücklichen Moment rief sie sich später immer wieder in Erinnerung, wenn die Eltern zu Hause in Eskiltuna so lauthals stritten, dass sie weinen musste. Die Erinnerung schenkte ihr stets Sicherheit.

Sie nahm sich nicht die Zeit nachzusehen, wo dieser Pavillon stand, es spielte auch keine Rolle. Mechanisch holte sie ihr Laptop heraus und platzierte es auf ihrem Schoß, damit die Ärmel ihrer Bluse, die sie von ihrer Großmutter geerbt hatte, beim Tippen nicht mit den Kaffeeflecken in Kontakt kamen. Dann schaltete sie den Computer ein, überflog den Inhalt der Stellenanzeige und schrieb eilig eine Bewerbung. Schnell klickte sie danach auf Abschicken, bevor sie es sich anders überlegen konnte.

Kapitel 3

1960

Erwartungsvoll schlug der Junge die Augen auf. Er spürte ein Kribbeln im ganzen Körper und ein Flattern im Magen, aber heute war auch nicht irgendein Tag, sondern sein Geburtstag. Wie sehr er ihn herbeigesehnt hatte! In einem selbstgebastelten Kalender, der über seinem Bett hing, hatte er einen Tag nach dem anderen angekreuzt. Am Ende zählte er sogar die Stunden. Er drehte sich auf die Seite, wodurch ihn eine Strähne seines hellbraunen Haars im Gesicht kitzelte. Irritiert blies er sie weg, stützte das Kinn in der Hand ab und blickte durch das Zimmer. Im Bücherregal standen Schulbücher, Romane, Klassiker und Sachbücher, die er am liebsten las, alphabetisch sortiert in einer Reihe. Über der Stuhllehne hingen die braune bauschige Hose und der Strickpullover ordentlich übereinander, und genau parallel zu den unebene Holzdielen lag ein Flickenteppich. Er hatte das vor dem Zubettgehen kontrolliert, denn er wusste, dass sein Vater diese Ordnung schätzte und ihn dafür loben würde. In solchen Momenten räusperte sich sein Vater erst, platzierte dann die Hände auf dem Rücken, bekam einen feierlichen Blick, und dann folgte eine »Rede«. Der Vater mochte es auch, wenn der Sohn einen ordentlichen Seitenscheitel trug und sich artig bedankte, wenn er ein Geschenk bekam. Die Mutter achtete mehr auf Tischmanieren. Darauf, dass er beim Essen gerade saß, die Füße zusammenstellte, mit geschlossenem Mund kaute und die Ellenbogen nicht auf den Tisch legte. Und natürlich auf das Tischgebet. Seine Eltern konnten zwar streng sein, aber sie waren auch sehr liebevoll. Es gefiel ihm, dass sie klare Regeln vorgaben, dadurch fühlt er sich sicher und wusste, was galt.

Eine andere Sache, auf die die Eltern sehr achteten, war Pünktlichkeit, und als er jetzt einen Blick auf die Uhr warf, machte sein Herz einen Sprung. Ein Lächeln breitete sich auf seinen Lippen aus. Vater und Mutter würden jetzt jeden Moment mit einem Tablett, auf dem zwölf Kerzen auf einer Sahnetorte brannten, hereinkommen. Missan würde wahrscheinlich auch durch die Tür schlüpfen, miauen und um seine Beine streichen, sobald er aufgestanden wäre. Seine Eltern würden singen und er würde wie immer so tun, als schliefe er noch. Im unteren Stock raschelte etwas. Ruhelos trommelte er mit den Fingern auf die Bettdecke. Dann fuhr er mit einem Finger die Kontur eines der rechteckigen Flicken nach, aus denen die Decke bestand, strich über die Oberfläche eines anderen Rechtecks. Sie war weich wie die Samtkissen in der guten Stube, in die er nur zu besonderen Anlässen gehen durfte.

Warum kamen sie nicht? Er seufzte, schob die Decke zur Seite, verließ auf Zehenspitzen sein Zimmer und ging zur Treppe, wobei er darauf achtete, nicht auf die knarrende Diele zu treten. Er spähte hinunter, sah aber nicht den Schein von Kerzen, hörte auch nicht das Anreißen eines Streichholzes. Stattdessen bemerkte er, dass die Stimmen der Eltern aufgeregt klangen. Er spitzte die Ohren, um zu verstehen, was sie sagten. Zuerst begriff er den Sinn der geflüsterten Worte seiner Mutter nicht, gefolgt von der lauten Stimme des Vaters, aber als es ihm langsam aufging, worüber sie sprachen, begann die Welt sich zu drehen. Er fühlte sich, als hätte jemand einen Kübel Eiswasser über ihm ausgeleert.

Kapitel 4

Hilma sah sich in der Wohnung um. Bald würden die neuen Mieter in ihre Zweizimmerwohnung einziehen, die, wollte man einigen ihrer Freunde glauben, aussah wie aus einem Interior-Design-Magazin. Die Wände waren hellgrau gestrichen, die dicken Bodenleisten und Dachbalken waren weiß, genau wie die zarten Vorhänge. Das alles passte perfekt zu ihren Möbeln, die sie auf einer ihrer Lieblingsauktionsseiten ersteigert hatte. Sie kaufte zwar auch Möbel in regulären Geschäften, aber auf diese Weise ließen sich einzigartige Stücke entdecken. In ihrer Sammlung fand sich unter anderem eine Vitrine, bei der sie die gelblichen Glasscheiben durch handgefertigte grüne ersetzt hatte, eine Anrichte aus dem gleichen Holz und ein hübscher Esstisch mit dazugehörigen Stühlen, deren Polster sie mit sandfarbenem Stoff mit ornamentalem Muster überzogen hatte. Im Wohnzimmer stand ein bequemes Sofa mit Chaiselongue, an der Decke hing ein Kristallleuchter von einer Stuckrosette herab, und in den mit Lichterketten dekorierten hohen Fenstern standen Topfpflanzen. Die gesamte Wohnung atmete den Geist der Jahrhundertwende, nur an einigen Stellen gab es Farbtupfer: Kissen, ein großer Vogel aus Garn und Draht und ein paar lila Vasen mit Kirschzweigen darin. Das Einzige, was fehlte, war ein harmonisches Bild im Wohnzimmer, dachte sie. Sie hatte lange nach einer Leinwand mit großen, grünen Blättern Ausschau gehalten, aber bisher hatte sie noch keins entdeckt, das die passenden Farbtöne und die richtige Größe hatte. Aber das war sicher nur eine Frage der Zeit, schließlich wusste sie, wonach sie suchte. Hilma trommelte mit den Fingern auf ihr Hosenbein, denn gerade ging ihr auf, dass sie die Wohnung vermissen würde. Der Beschluss war allerdings schon gefasst, also hob sie einen der vielen Kartons hoch, die im Wohnzimmer an der Wand standen.

Nach einem letzten Blick in die Abstellkammer ging sie in den Flur, von wo aus sie alle Räume der Wohnung sehen konnte. Der Herd in der Küche war ausgeschaltet. Oder etwa nicht? Sie sah zur Sicherheit noch einmal nach und nahm sich vor, auch darauf zu achten, dass die Wohnungstür ordentlich abgeschlossen war, bevor sie den Schlüssel beim Nachbarn in den Briefkasten warf, denn das Paar, das hier einziehen würde, kam erst morgen. Normalerweise war sie nicht so übertrieben vorsichtig, aber in letzter Zeit hatte sie öfter mal etwas vergessen, sodass sie sich momentan selbst nicht traute. Hilma griff nach ihren Koffern und hängte sich die Handtasche über die Schulter. Ihr Handy hatte sie auf jeden Fall eingepackt, genau wie ihre Lieblingskleider. Er war ihr nicht leichtgefallen auszuwählen, welche Sachen sie mitnehmen sollte. Außer einer Jeans und ein, zwei festlichen Kleidern – man wusste nie, ob man sie nicht würde gebrauchen können – war ihre Kleidung fast komplett weiß: Pullover, Unterwäsche, Oberteile, Blusen. Ihre Großmutter hatte immer eine Schwäche für weiße Kleider gehabt, bei Hilma hatte es sich eher so ergeben. Sie wusste nicht genau, warum, aber inzwischen kam ihr die Farbwahl fast lebenswichtig vor, und am liebsten sollte sie strahlend weiß sein. Vielleicht lag es daran, dass ihr fast alles andere im Leben aus der Hand geglitten war, während sie über ihre Kleidung noch die Kontrolle hatte.

Ihre Reise würde sie nach Norden führen, und die Jahreszeit verlangte, dass Mütze, Handschuhe und einige Strickjacken mitkamen. Die verbleibenden Kleider mussten in Plastikboxen auf dem Dachboden die Stellung halten. Es vibrierte in ihrer Tasche, ihr Herz machte einen Satz. Wer konnte das sein? Sie hoffte, die Nachricht kam von Angelica oder Vera, die sie immer noch als ihre engsten Freundinnen ansah, obwohl sie schon lange nichts mehr von ihnen gehört hatte. Sie holte das Handy hervor und sah auf das Display. Eine SMS ihrer Mutter. Überrascht hob sie die Augenbrauen. Was sie wohl wollte? *Vergiss nicht, Juni zu gratulieren. Sie hat heute Geburtstag. M.* Die Enttäuschung, die Hilma verspürte, nachdem sie den kurzen Text gelesen hatte, spülte wie eine kalte Welle über sie hinweg. Sie ließ das Handy sinken. Natürlich ging es in der Nachricht ihrer Mutter um eines ihrer zwei Geschwister, diesmal ihre zehn Jahre jüngere Schwester, die in Griechenland lebte. Wie es Hilma ging, interessierte ihre Mutter nicht. Sie war schließlich die *Fleißige* in der Familie, um sie musste man sich keine Sorgen machen. Hilma überlegte, ob sie dennoch eine kurze Antwort schreiben und von ihrer Reise berichten sollte, aber dann steckte sie das Handy zurück in die Tasche. Wenn sie schrieb, würde ihre Mutter sicher wissen wollen, was los war, und jetzt gerade wollte sie darauf keine Antwort geben müssen. Später, im Taxi, würde sie natürlich dem Rat ihrer Mutter folgen und ihrer Schwester gratulieren. Normalerweise dachte sie immer daran, aber diesmal hatte sie es tatsächlich vergessen. Sie blickte sich ein letztes Mal in der Wohnung um und schaltete das Licht aus. Dann griff sie nach ihren Koffern, trat ins Treppenhaus und schloss die Tür hinter sich.

Ein paar Minuten später traf das Taxi ein, das sie zum Bahnhof bringen sollte. Leksand erwartete sie. Dort befand sich das Café Lusthaus, dorthin war sie unterwegs. Hilma hatte nicht zu träumen gewagt, so schnell Antwort auf ihre Bewerbung zu erhalten. Als die Nachricht in ihrem Postfach landete, war sie barfuß herumgesprungen, auf das Sofa gehüpft und hatte in der Küche eine Art Kriegstanz vollführt – wobei sie im Nachhinein dankbar gewesen war, dass sie in einer Wohnung wohnte, in die niemand hineinschauen konnte. Der Job im Lusthaus war ihrer! Das Telefoninterview hatte nur wenige Minuten gedauert. Der Hauptgrund, warum sie die Stelle bekommen hatte, schien die Tatsache zu sein, dass sie so kurzfristig zur Verfügung stand. Ihre neuen Aufgaben waren sicher deutlich entspannter als der

Job im PR-Büro. In einem kleinen Café zu arbeiten, schaffte sie vermutlich sogar mit verbundenen Augen. Außerdem hatte sie sich eine Woche Urlaub gegönnt und Kraft getankt. Aus der Last-Minute-Reise in den Süden, wo man die warmen Sonnenstrahlen auf der Haut spürte, die Poren mit Vitamin D füllte und die lauen Nächte bei Kerzenschein, einem frisch gepressten Saft und dem Geräusch der gluckernden Wellen auf dem Balkon verbrachte, war am Ende allerdings doch nichts geworden. Stattdessen Spaziergänge im Park, in Begleitung des Nachbarhundes, dessen Frauchen in der Wohnung gestürzt und sich den Fuß gebrochen hatte. Hilma hatte sich gezwungen gesehen, einzuspringen und sich um den Hund zu kümmern, bis der Sohn der alten Dame übernehmen konnte. Danach hatte sie sich voll und ganz darauf konzentriert, in ihrem weichen Morgenmantel auf dem Sofa Café Latte zu trinken, in Interior-Design-Magazinen zu blättern oder sich umgeben von brennenden Kerzen ein warmes Schaumbad zu gönnen.

Sie war auch ins Schwimmbad gegangen, um ein paar Bahnen zu ziehen, und hatte sich dabei vorgestellt, sie befände sich im Mittelmeer. Das Wasser war jedenfalls angenehm warm gewesen, sie hatte sich leicht wegträumen können, bis sie das Pflaster entdeckt hatte, das an der Wasseroberfläche hin und her schaukelte, und sie von einer ganzen Vorschulklasse nassgespritzt wurde, die so laut herumschrie, dass die Fensterscheiben klirrten. Aber immerhin hatte sie getan, was sie konnte, um herunterzukommen, und die freien Tage hatten ihr auch Zeit gegeben, über ihr

Leben nachzudenken und darüber, wie getrieben sie gewesen war. Sie war jemand, der die Zeit ständig effektiv nutzen wollte. Früher hatte sie gern auf dem Sofa unter einer flauschigen Decke gelegen, gelesen und dabei eine Tasse Pfefferminztee getrunken. Aber in den letzten Jahren waren die Bücher von verschiedenen Zeitschriften und Hörbüchern abgelöst worden. Der Vorteil von Letzteren war, dass sie putzen, aufräumen und kochen konnte, während sie spannenden Geschichten lauschte. Und wenn sie die Geschwindigkeit des Abspielens erhöhte, konnte sie in derselben Zeit doppelt so viele davon hören. Allerdings bekam sie kaum noch mit, worum es ging, und konnte auch keine eigenen Bilder mehr im Kopf entstehen lassen, ihr entgingen die Feinheiten und manchmal sogar die gesamte Geschichte, wenn sie unkonzentriert war. Dafür schaffte sie in der Zeit so viel!

Fest entschlossen, das von nun an zu ändern, hatte sie eines ihrer alten Lieblingsbücher, *Der Herr der Ringe*, in ihre Handtasche gesteckt. Dass sich die Spannung darin über Hunderte von Seiten hinzog, noch dazu verpackt in eine eher zähe Geschichte über sprechende Bäume, war vielleicht genau die Art von Geduldsprobe, die sie jetzt brauchte. Außerdem sehnte sie sich danach, mal wieder ein echtes Buch in den Händen zu halten, Papiergeruch einzuatmen und sich gegenwärtig zu fühlen.

Als sie im Zug an ihrem Platz saß, fragte sich Hilma aber doch, was sie da getan hatte. Wie konnte man einen Job an einem Ort annehmen, den man nicht kannte, nur weil der Pavillon in der Anzeige eine glückliche Kindheitserinnerung hervorgerufen hatte? Hätte sie nicht vorher die dreihundert Kilometer dorthin zurücklegen sollen, um sich das Dorf anzuschauen, bevor sie dort eine Wohnung mietete? Sie hatte kaum nachgedacht, einfach gehandelt. Aber das war ihre Methode gewesen, einen Ausweg zu finden und vielleicht auch einen Weg in die Zukunft. Vielleicht würde sich auf ihrer Beerdigung niemand an sie erinnern, aber sie hätte in ihrem Leben wenigstens noch etwas anderes gemacht, als irgendwelche Zeitschriften dazu zu bringen, über banalen Blödsinn zu schreiben. Gegen Ende ihrer Arbeit im PR-Büro hatte sie mehrere Absprachen mit Influencern getroffen, die bei der Etablierung ihrer Marke Unterstützung brauchten. Bestand die Idee, Influencer zu sein, nicht darin, durch eigene Kanäle, Ansichten, harte Arbeit und Kenntnisse eine Plattform zu erschaffen, die andere Menschen anzog? Viele brauchten dabei aber offenbar Hilfe. Ein Auftrag hatte zum Beispiel darin bestanden, die »Neuigkeit« über die Schönheitskorrektur einer Influencerin zu lancieren und dann Detailfotos ihres Gesichts zu veröffentlichen. Es war allerdings kein Eingriff gemacht worden, das Ziel war nur, die Neugier an der neuen Kosmetiklinie der Influencerin zu wecken. Bei einem anderen Projekt sollte Hilma die Presse zu einer privaten Veranstaltung einladen, wo Fotos gemacht wurden, die anschließend so manipuliert wurden, dass es aussah, als wäre da etwas zwischen den Promis passiert, nur um Schlagzeilen zu generieren, und das oft sogar, ohne dass die andere Seite davon wusste. Auf das Privatleben wurde keine Rücksicht genommen und auch nicht darauf, dass dabei Beziehungen zerstört werden konnten. Daneben gab es auch noch ein unersättliches Interesse an neuen Pullovern und Frisuren für Schoßhunde. Das war nicht das, was Hilma sich für ihre Arbeit erträumt hatte. Sie hatte gehofft, den kleinen und echten Belangen eine Stimme geben zu können, dass ihre Arbeit etwas bedeutete und Bestand hätte. Aber gegen Ende hatte sie einsehen müssen, dass es nie so sein würde.

Nein, ich habe die richtige Entscheidung getroffen, dachte sie, während sie aus dem Zugfenster blickte. Es gab keinen Grund zur Sorge. Wenn es ihr dort nicht gefiel, konnte sie einfach nach Uppsala zurückfahren und sich eine neue Stelle suchen. Die Frage war nur, wo sie dann wohnen sollte, denn ihr Apartment hatte sie für die nächsten Monate vermietet. Die wenigen Freundinnen, die sie besaß, wohnten auch so schon beengt und waren vollauf mit ihren Männern und Kindern beschäftigt. Vielleicht könnte sie vorübergehend zu ihren Eltern zurückziehen? Allerdings wohnten die seit einigen Jahren in Malmö, und sie hatte nicht besonders große Lust, dorthin zu ziehen. Und auch nicht, wieder ihren Streitereien ausgesetzt zu sein. Sie erinnerte sich, wie sie als Kind die Hände auf die Ohren gepresst hatte, um ihr Geschrei nicht hören zu müssen. Bei ihrem Geschrei und vor allem dem Türeschlagen hatten die dünnen Wände der Wohnung regelrecht gewackelt. Die

Eltern stritten ständig. Meistens ging es um Geld, aber auch ob sie die Ferien im Wohnwagen verbringen oder lieber für eine eigene Wohnung sparen sollten, ob sie einen echten Weihnachtsbaum kaufen sollten oder einen aus Plastik, wie sie ihn schmücken wollten, welche Gemüse es zum Essen geben sollte – Erbsen oder rote Beete –, ob das Ozonloch eine Gefahr darstellte oder nicht. Auch wenn sie sich nicht körperlich misshandelten, schleuderten sie sich gegenseitig die heftigsten Vorwürfen an den Kopf, und obwohl die Worte nicht gegen Hilma gerichtet gewesen waren, hatte jedes einzelne geschmerzt. Paradoxerweise waren die Eltern trotzdem wie Magnete, die nach jedem Abstoßen wieder zueinander hingezogen wurden. Daher lebten sie auch nach all den Jahren noch zusammen. Ob sie sich immer noch so häufig stritten wie in ihrer Kindheit, wusste Hilma allerdings nicht. Sie meldeten sich selten. Und dann ging es um Juni oder Sebastian.

»Es wird schon gut gehen!«, sagte sie laut, wie um sich selbst zu überzeugen.

Ihr unerwarteter Ausruf brachte einen mitreisenden alten Mann in zu engem Hemd und Krawatte dazu, den Mund zu verziehen und sie pikiert anzustarren.

Um ihre Würde zu bewahren, tat Hilma so, als telefoniere sie, kam sich aber schnell albern vor und sah wieder aus dem Fenster.

Vielleicht war Leksand genau das, was sie jetzt brauchte, ein kleiner Ort in Dalarna, wo man die Veränderungen der Natur miterleben konnte und andere Gerüche in der Nase hatte als Abgase. Nicht im Später leben, immer unterwegs zum nächsten Ziel, sondern im Jetzt. Ob ihre Wahl richtig oder falsch war, würde sich zeigen – nun war sie jedenfalls auf dem Weg.

Kapitel 5

»Du hast ganz schön Glück«, teilte Hilmas neuer Vermieter ihr mit, als er sie am Bahnhof abholte.

Er war ein ergrauter älterer Mann mit intensivem Blick und einem Schnurrbart, der an zwei gefällte Weihnachtstannen erinnerte. Fehlten nur die Christbaumkugeln, wobei die glitzernden Frostkügelchen unter seiner Nase diesen schon sehr nahe kamen.

Anstelle des graubraunen Stadtbilds traten funkelnd weiße Äcker und vereiste Seen. Erstaunlich, dass wenige Stunden Zugfahrt reichten, einen von einer Jahreszeit zur anderen zu befördern.

»Was meinst du damit?«, fragte sie nach, zog sich die Strickmütze über die Ohren und schob den Riemen ihrer rutschenden Handtasche auf die Schulter zurück.

»Der alte Mieter ist gerade ausgezogen«, erklärte Björn, nahm ihre Koffer, ließ sie aber sofort wieder los und griff sich mit der Hand an den unteren Rücken.

»Ich hab's im Kreuz«, stöhnte er.

»Kein Problem, ich schaffe das schon«, beteuerte Hilma. »Aber danke fürs Angebot.«

Björn zuckte mit den Schultern. »Normalerweise findet man hier kurzfristig nicht so leicht eine Bleibe«, sagte er. »Das höre ich jedenfalls oft von meinen Mietern.«

Aus seinem Mund und seiner Nase stiegen beim Sprechen Atemwölkchen auf, und schon allein dieser Anblick ließ Hilma zittern. Sie hatte sich Winterstiefel besorgt, trug einen weißen Strickpullover unter dem langen roten Mantel, bereute es aber, nicht auch noch ein langärmeliges Polohemd angezogen zu haben. Vermutlich würde sie sich hier lange wollene Unterwäsche kaufen müssen, dachte sie, während sie mit Björn zum Parkplatz ging, wo dieser seinen Fiat mit laufendem Motor abgestellt hatte.

»Ja, ich bin wirklich froh, dass du dich gemeldet hast«, sagte Hilma, als sie ihr Gepäck in den Kofferraum hob.

Was meinte Björn damit, dass er das von seinen Mietern oft zu hören bekam, fragte sie sich im nächsten Moment. Wechselten sie denn so häufig? Es gab doch hoffentlich kein Problem mit dem Häuschen, in dem sie wohnen sollte.

»Du hättest mich nicht abholen brauchen, ich hätte auch ein Taxi nehmen können.«

Björns Mundwinkel zuckten, während er den ersten Gang einlegte und die Handbremse löste. Dann rollte der Wagen los, und als sie den Parkplatz verließen, sah er sie belustigt an. »Das wäre schwierig geworden. Es gibt hier keine Taxis mehr, ich bin momentan das Dorftaxi.«

Hilma hob die Augenbrauen. Kein Taxi? Wirklich? Auf diese Idee wäre sie überhaupt nicht gekommen. War Leksand denn keine Stadt? Sie wusste, dass es hier eine Hockeymannschaft gab, auch wenn ihr sportliches Interesse sich auf Aktivitäten wie den Crosstrainer im Fitnessstudio, eine Runde Schwimmen oder Beachvolleyball mit Freunden beschränkte. In letzter Zeit nicht einmal mehr das. Ihre Freunde waren bekanntermaßen mit anderen Dingen beschäftigt, und die wachsende Anzahl an Kunden hatte für sie mehr Verantwortung und mehr Überstunden bedeutet. Ganz zu schweigen von den bescheuerten Pressemitteilungen.

»Du erinnerst mich an jemanden«, sagte Björn, nachdem er sie gemustert hatte.

»Aha.«

»Ja, irgendeine Sängerin.«

Nicht schon wieder, dachte Hilma. »Denkst du vielleicht an Cher? Oder Madonna?«, fragte sie ironisch.

Björn schüttelte den Kopf. »Nein, eine jüngere, mit braunen Haaren und brauen Augen, so wie du. Ich komme nicht auf den Namen. Aber sie ist sehr hübsch.«

Hilma seufzte innerlich. Warum mussten immer alle diese Ähnlichkeit kommentieren? »Vielleicht meinst du Mariah Carey?«

»Ja, genau! Singst du auch genauso gut wie sie?«

Diesmal seufzte Hilma hörbar. Alle stellten immer die gleiche Frage. Sie kam so sicher wie der Heuschnupfen im Frühling. Als hätte ihr Äußeres irgendwas mit ihrem Gesang zu tun!

Sie holte tief Luft. »Eins kann ich dir garantieren: Niemand würde dafür bezahlen, mich singen zu hören. Höchstens dafür, dass ich es bleiben lasse.«

»Na, dann wäre das ja geklärt.«

Endlich verstummte Björn, sie schauten beide aus dem Fenster.

Es war Mitte November, die Straßen waren schneebedeckt, fünfzig Zentimeter hohe Schneewälle säumten die geräumten Gehwege. Es dauerte nur eine Minute, das Zentrum zu passieren, das aus einer Handvoll Geschäften, Cafés, Supermärkten und Restaurants bestand.

»Ich dachte, Leksand sei eine größere Stadt«, gab Hilma zu und hörte selbst, wie schockiert sie klang.

Björn runzelte die Stirn und sah sie missbilligend an. »Leksand ist keine Stadt, sondern eine *Ortschaft*«, betonte er. »Und größer muss es auch nicht sein. Wir haben hier alles, was man braucht, außer vielleicht eine Bowlingbahn.« Er trommelte auf dem Lenkrad herum, bevor er weitersprach. »Meine Frau beklagt sich manchmal über das Angebot an Klamottenläden. Sie hat eine Lieblingsmarke, die ich nicht einmal aussprechen kann – klingt ungefähr, wie wenn ein Franzose niest –, und die bekommt man hier nicht, aber sonst sind die Geschäfte in Ordnung. Solange man dicke Socken, T-Shirts und Anglerbedarf findet, bin ich jedenfalls zufrieden, und wenn meine Frau etwas anderes will, kann sie ja nach Borlänge oder Falun fahren. Das dauert nur eine halbe Stunde, und Bowlen kann ich in Rättvik.«

Er richtete den Rückspiegel besser aus und fuhr dann über eine Brücke, die so schmal war, dass sich Hilma krampfartig am Sitz festhielt, als ihnen ein Fahrzeug entgegenkam. Aber beide Fahrer schienen mit der Strecke vertraut zu sein und sich zu kennen, sie hoben im Vorbeifahren nur ruhig die Hand zum Gruß.

»Unter uns fließ der Fluss Dalälven«, erklärte Björn. »Genauer gesagt der Österdalälven.«

Hilma blickte auf das etwa zehn Meter tiefer liegende Wasser. Dampf stieg von dem Kanal auf, dessen Ränder vereist waren. Jenseits der Brücke fuhr Björn im Kreisverkehr geradeaus und nahm dann die erste Abzweigung nach rechts. Sie gelangten in ein Dörfchen mit roten Holzhäusern, deren Gärten durch rot gestrichene Zäune oder Hecken voneinander getrennt waren. Kein Haus glich dem anderen, manche sahen wie Blockhäuser aus, andere waren mit den klassischen weißen Kanten versehen. Dunkelheit herrschte über dem Ort, denn die Sonne, falls es sie dort oben irgendwo gab, verbarg sich momentan hinter dichten Wolken. Dafür standen in mehreren Gärten mit Lichterketten dekorierte Bäume vor den Häusern, von denen bereits einige an diesem frühen Nachmittag leuchteten. Das sah zwar hübsch aus, aber war es dafür nicht viel zu früh?

»Ist es nicht ein bisschen früh für Weihnachtsbäume?«, fragte Hilma, als sie an einem der erleuchteten Gärten vorbeifuhren. »Es ist noch nicht einmal der erste Advent.«

»Weihnachtsbäume?«, kicherte Björn, bevor seine Stimme in ein lautes Lachen überging. »Das sind Adventsbäume!«

Hilma zuckte mit den Schultern. »Ist das nicht dasselbe?«

»Nein, das eine sind Weihnachtsbäume, das andere Adventsbäume, also zwei ganz unterschiedliche Dinge«, behauptete Björn, nachdem er sich beruhigt hatte. »Hier in

Dalarna haben wir beides. Allerdings hast du recht, dass es noch nicht der erste Advent ist, ein bisschen zu früh sind sie also schon. Aber was tut man nicht alles, um heil durch den dunklen November zu kommen? Insofern haben wir Glück, dass der Schnee dieses Jahr so früh kam.«

Hilma verstand, was er meinte. Der Schnee erhellte mit den Weihnachtslichtern die ansonsten winterlich düstere Landschaft beträchtlich. Außerdem sah es wirklich bezaubernd aus. Sie ließ die Schultern sinken und atmete tief aus. Bis jetzt schien dies ein netter Ort zu sein. Vielleicht wird es ja doch gut, dachte sie.

»Direkt nachdem du angerufen hast, habe ich zwanzig E-Mails reinbekommen, bevor ich die Anzeige rausnehmen konnte«, sagte Björn, der offenbar gedanklich wieder bei der Vermietung war. »Viele wollen von mir mieten, die Nachfrage ist hoch wie immer.«

»Aha. Schön.«

Oder etwa nicht schön? Vielleicht war hier gar nichts gut. Warum redete der Kerl so viel über seine Mieter? Hilma wollte nicht undankbar sein, aber je häufiger er seine Wohnung erwähnte, desto mehr Befürchtungen weckte er bei ihr. Worin konnte der Fehler liegen? Gab es vielleicht Schimmel? Einen Nachbarn mit einem bissigen Hund? Gab es keine Haustür? Plötzlich war ihr unwohl zumute. Oder hatte das Ganze mit Björn selbst zu tun? Er war doch hoffentlich kein Typ, der versuchen würde, sich an sie ranzumachen? Es gab hier im Ort zwar anscheinend kein Taxi, aber ein Hotel oder eine Jugendherberge würde sich doch wohl finden? Wenn sie darüber nachdachte, waren ihr keine entsprechenden Hinweisschilder aufgefallen. Aber irgendetwas musste es geben. Sie griff nach ihrem Handy und wollte gerade eine Suche starten, als Björn auf einen Hof einbog, um den sich mehrere Holzhäuser reihten.

»Da sind wir!«

Hilma steckte das Handy weg und sah auf.

»Dort drüben wohnst du«, sagte er.

Hilmas Augen weiteten sich, als sie erkannte, worauf er zeigte. Das Häuschen sah überhaupt nicht so aus, wie sie es sich vorgestellt hatte. Es handelte sich vielmehr um einen kleinen Holzschuppen, dessen schmale Treppe zu einer niedrigen Tür führte. Ein Gebäude, das früher wahrscheinlich zur Lagerung von Heu und Werkzeugen genutzt worden war. Schon von hier aus glaube sie, den Geruch nach Kühen und Leder wahrzunehmen.

»Da soll ich wohnen?«

»Genau. Im ehemaligen Vorratshaus«, bestätigte Björn mit einem Nicken.

Er ging um den Wagen herum und öffnete den Kofferraum. Das war es also. Dann war ihre Sorge berechtigt gewesen! In Gedanken ging sie durch, was in der Wohnungsanzeige gestanden hatte, viel war es nicht gewesen, und es gab auch kein Foto. Das meiste war der Phantasie überlassen worden, und sie hatte sich etwas ganz anderes ausgemalt. Hilma schaute zu dem Häuschen hinüber, das ein Stück abseits des Hauptgebäudes lag, und blieb mit dem Blick an der Treppe hängen.

»Ist schon eingeheizt?«, fragte sie skeptisch.

»Es gibt eine Heizung, ist im Winter also bewohnbar. Und auch warmes Wasser, eine Küchenecke und eine Toilette. So wie es in der Anzeige steht. Aber duschen musst du bei uns im Haus, im Keller. Meine Frau und ich benutzen die Dusche im oberen Stock.« Björn deutete mit der Hand auf das größere Haus.

»Okay.« Keine Badewanne also. Die würde sie vermissen.

»Aber häng das Schild dann raus und mach den Riegel vor«, fügte er hinzu. »Denn natürlich kommt es vor, dass wir unten in der Waschküche sind, vor allem spätabends.«

Schild und Riegel, merkte sich Hilma und lächelte angespannt.

»Okay. Das wird sicher schön hier. Danke fürs Abholen.«

»Ach, was das Abholen angeht …«

Björn sah sie an und bewegte den Mund, sodass der lange Schnurrbart wippte.

»Ja, was denn?«, fragte Hilma.

»Also …«

Bevor er fortfahren konnte, gab sein Handy ein lautes Signal von sich. Es ertönte so plötzlich, dass er zusammenzuckte, dann wandte er sich ab, um das Gespräch anzunehmen. Hilma bemühte sich, nicht zu lauschen. Hörte ihn aber trotzdem sagen: »Ja, wenn du schon draußen bist. Das wäre nett. Jawoll, immer noch Hexenschuss. Sind echt üble Schmerzen.«

Da das Gespräch noch weiterzugehen schien, griff Hilma nach ihren Koffern und ging auf ihr neues Zuhause zu. Es herrschte beißende Kälte, aber ihr Kopf war so voll, dass sie es kaum bemerkte. Am Vorratshäuschen angelangt, stellte sie den einen Koffer im Schnee ab und wuchtete den zweiten die Treppe hoch. Danach holte sie den anderen. Zum Glück gab es vor der Tür einen breiten Absatz, wo sie das Gepäck abstellen konnte, sonst wäre es nicht gegangen. Ein großer rostiger Schlüssel steckte in dem gusseisernen Türschloss, aber als sie die Klinke drückte, stellte sie fest, dass sie nicht abgeschlossen war.

»Nicht sehr schlau, das hier offen stehen zu lassen«, brummte sie und stellte sich vor, wie es wäre auf einen Einbrecher zu stoßen, der sich im Inneren im Dunklen versteckt hielt. Sie schauderte, aber nach kurzem Zögern stieß sie die Tür doch auf und stieg über die unebene Schwelle. Sie wollte gerade das Licht anknipsen, als sie von draußen ein lautes Dröhnen hörte. Es klang, als stamme es von einem Straßenbohrer, und da die Lautstärke weiter zunahm, steckte Hilma den Kopf hinaus. Eine Sekunde später erschien ein junger Mann auf dem Hof. Er trug eine Mütze mit Ohrenklappen und gestrickte Fäustlinge und schob eine Schneefräse vor sich her. Die polternde Maschine befreite schnell zwei Autos, die in der Einfahrt parkten, von Schnee. Der Mann ging weiter Richtung Haus und hinterließ einen geraden, ebenen Gang hinter sich.

Hilma sah ihn erst nicht richtig, weil der Schnee um ihn herumstob, sie erkannte nur, dass er groß war, eine Steppjacke trug und schwere Stiefel. Aber als er sich umdrehte und sich das Schneegestöber um ihn legte, sah sie sein Gesicht, und ihre Blicke trafen sich. Er lächelte sie breit an, und ohne darauf vorbereitet gewesen zu sein, spürte sie ein Flattern im Magen. Sie hielten den Blick des anderen einen Moment zu lange fest, dann zog sie den Kopf zurück und schloss rasch die Tür.

Kapitel 6

Hilma warf einen kurzen Blick auf die Uhr. Sie würde sich später in ihrer neuen Bleibe einrichten, aber zumindest standen die Koffer ordentlich aufgestellt an der Wand. Und es war tatsächlich warm in dem Häuschen. Durch die Wände drang keine Kälte, und ihr war auch kein Schimmelgeruch entgegengeschlagen. Das war immerhin ein Anfang. Ein guter Anfang. Durch das Fenster fiel schwaches Licht, Hilma widerstand dem Impuls, die Lampe einzuschalten und sich noch einmal genauer umzusehen. Sie war zwar neugierig darauf, wie es hier genau aussah, aber das musste warten. Zunächst war sie am Lusthaus verabredet. Sie fühlte sich erschöpft von der Reise und versuchte, die Müdigkeit zurückzudrängen. Jetzt galt es, sich auf ihren neuen Job zu konzentrieren. Deswegen war sie schließlich hier, und es war ausgemacht, dass sie die Besitzerin des Lusthauses traf, sobald das Café schloss. Dafür sollte sie jetzt allerdings einen Zahn zulegen.

Der Lärm der Schneefräse draußen hatte so plötzlich aufgehört, wie er begonnen hatte. Hilma wusste nicht, ob sie sich über die Ruhe freute oder enttäuscht war, dass der junge Mann mit der Mütze den Hof offensichtlich wieder verlassen hatte. Sie entschied sich dafür, dass es gut war, und trat in die Kälte hinaus. Sorgfältig schloss sie die Tür ab, steckte den Schlüssel in ihre Manteltasche und klopfte noch einmal von außen darauf, um sicherzugehen, dass er dort gut verwahrt lag. Die Kälte ließ sie zittern, sie knöpfte ihren Mantel ganz zu und zog sich die Mütze über die Ohren. Es war wirklich schneidend kalt.

Nach dem, was sie vom Auto aus gesehen hatte, schien dies eine gemütliche kleine Ortschaft zu sein. In Åkerö, wie das Dorf hieß, befand sich auch das Café, was sehr praktisch war und natürlich kein Zufall. Dass sie zu Fuß zur Arbeit gehen konnte, war der Grund, warum sie bei der Wohnungsanzeige so schnell zugeschlagen hatte, ohne ein einziges Foto gesehen zu haben. Wenn es hier kein Taxiunternehmen gab, gab es vermutlich auch keine öffentlichen Verkehrsmittel, daher war es auch gut, dass das Dorfzentrum nur etwa zwei Kilometer entfernt war. Wahrscheinlich würde sie es schaffen, zu Fuß dorthin zu gehen und ihre Einkaufstaschen nach Hause zu tragen. Allerdings kam ihr momentan allein der Gedanke, in einem neuen Ort einen Laden zu finden, wie ein Projekt für sich vor. Als Zugezogene würde sie sich an vieles erst gewöhnen müssen.

»Eins nach dem anderen«, sagte sie laut zu sich. »Du schaffst das schon!«

Das Lusthaus lag nur etwa zehn Minuten Fußmarsch entfernt, aber dennoch gab Hilma die Adresse zur Sicherheit in ihr Handy ein. Als sie wieder aufschaute, stellte sie fest, dass es sich anfühlte, als würde sie durch eine Postkartenlandschaft spazieren. Die roten Häuser waren vertraute Farbtupfer in der verschneiten Winterlandschaft. Auf den Dächern lagen zehn Zentimeter Schnee, der so fluffig war, wie nur Neuschnee es sein konnte. Mehrere Höfe waren von Zäunen umgeben, und manche Häuser hatten gemauerte Schornsteine in Form einer Krone. In einigen Fenstern standen bereits Adventskerzenhalter, auch hier waren einige also sehr früh dran.

Eine weitere Sache, die ihr auffiel, war die Stille. Man hörte im Prinzip keinen Verkehr, keine Sirenen, keinen Straßenlärm. Keine permanente Geräuschkulisse im Hintergrund. Sie nahm nur das beruhigende Knarzen von Schritten im Schnee wahr und das Rufen einiger Kinder, die ihr unterwegs begegneten. Ein Mädchen zog einen etwas jüngeren Jungen auf einem Schlitten, und erst klang es, als würden sie streiten, aber als Hilma an ihnen vorbeiging, lachten sie schon wieder. Sie sah auch eine Frau, die mit einem Pudel Gassi ging, und einen Mann, der ein Pferd führte, auf dem eine dicke Winterdecke lag. Der Mann bog an einem Pferdehof ab, wo der Weg steil abfiel. Hilma blieb stehen. Vor ihr lag der eisbedeckte Siljansee an einem schmalen, verschneiten Strand. Auf der anderen Seite des Sees sah sie Berge, Bäume und eine kleine, am Hang gelegene Ortschaft. Rechts, nur ein paar hundert Meter entfernt, glitzerte der Fluss mit dem See um die Wette. Wie sie schon von der Brücke aus gesehen hatte, war das Wasser offen, es befand sich noch nicht im Winterschlaf, vermutlich, weil sich aufgrund der Strömung kein Eis darauf bilden konnte. Hilma hatte nie darüber nachgedacht, wie sehr Hügel und Wälder zu einer lebendigen Landschaft beitrugen, dass es nicht überall flach war. Die gesamte Umgebung erschien hügelig, während die Sonne, die inzwischen hervorlugte, langsam unterging. Nur ein Lichtstreif klammerte sich noch am Bergkamm fest.

Hilma folgte dem Weg, der parallel zum See eine Rechtskurve machte, aber als dieser weiter hinauf auf die Volkshochschule zulief, die auf der Anhöhe zu sehen war, bog sie stattdessen rechts ab. Sie ging an einem kleinen Parkplatz vorbei und weiter einen geräumten Gehweg entlang. Hinter einem Wäldchen tauchte ein kleiner See auf, der in einer Senke lag und von Bäumen umrandet war. Und dort, mittendrin, stand es: das Lusthaus. Das Gebäude war strahlend weiß, so wie auf dem Foto in der Stellenanzeige. Aber dass es in einem See lag, war auf der Fotografie, die aus einem anderen Blickwinkel aufgenommen war, nicht zu erkennen gewesen. Jetzt sah sie auch den Steg, der zu dem Café führte. Allein das ließ ihre Stimmung steigen. Wie schön es hier im Sommer sein musste mit dem spiegelblanken See und all dem Grün rundherum. Und dann ein Pavillon voll mit Kaffee trinkenden Menschen. Sie spürte ein Kribbeln im Bauch und sah sich um. Neben dem See gab es noch eine altmodische charmante Holzhütte. Dort sollte sie Maggie treffen, die Besitzerin des Lusthauses. Aber als Hilma darauf zuging, wurde die Tür weit aufgerissen, und eine Frau mit leuchtend roten Haaren stürmte heraus. Als sie Hilma erblickte, stemmte sie die Hände in die Hüften und starrte sie wütend an.

Hilma blieb abrupt stehen. Diese Maggie sah nicht gerade nett aus. Ihr rotes Haar zeichnete sich wie ein loderndes Feuer vor dem weißen Schnee ab, ein Eindruck, der durch die deutlich zunehmende Gesichtsfarbe der Frau noch verstärkt wurde.

Ich komme doch nicht zu spät?, überlegte Hilma und trat nervös von einem Fuß auf den anderen. Zur Sicherheit kontrollierte sie die Zeit auf ihrer Armbanduhr.

»So, so, du willst also hier arbeiten«, fauchte die Frau und schnaubte laut. »Dann solltest du wissen, dass der Laden hier bald zumacht.«

Dann marschiert sie weiter, ohne Hilma noch eines Blickes zu würdigen. Hilma stand wie festgewachsen da. Sie wusste nicht genau, was sie erwartet hatte. Auf der Zugfahrt hierher war sie bestimmt siebzehn verschiedene Szenarien im Kopf durchgegangen, aber nie im Leben hätte sie mit einem solchen Empfang gerechnet. Das hier war offenbar doch keine gute Idee gewesen.

Kapitel 7

1960

Der Junge schlich auf Zehenspitzen in sein Zimmer zurück, kroch ins Bett und zog sich die Decke über den Kopf, die so ein schützendes Dach bildete. Das, was seine Eltern gerade gesagt hatten, drehte ihm den Magen um. Der Briefträger hatte erzählt, dass sich jemand im Dorf an einem achtjährigen Mädchen hatte vergreifen wollen. In seinem Dorf, in Åkerö. Er wusste nicht, was »sich vergreifen« bedeutete, aber er hatte gehört, wie sie darüber sprachen, dass ein siebzehn oder achtzehn Jahre alter Junge das Mädchen ans Wasser gelockt hatte. Dort hatte er versucht, sie anzufassen, und wollte, dass sie ihn anfasste. Die Situation sei sehr bedrohlich gewesen, und es sei reines Glück gewesen, dass sich das Mädchen losreißen und weglaufen konnte. »Das hätte richtig böse enden können«, hatte seine Mutter mit leiser Stimme geflüstert. Er hatte seine Mutter selten weinen gehört, aber jetzt tat sie es. Das Mädchen hatte einen Schock erlitten, war aber in Sicherheit und konnte den Täter beschreiben. Von allen im Dorf wünschte man sich erhöhte Wachsamkeit, man bat die Bevölkerung bei der Ergreifung des Täters um Hilfe und forderte dazu auf, besonders gut auf die Kinder zu achten, damit nicht noch mehr passierte.

Der Junge wusste, von welchem Mädchen sie sprachen. Er hatte immer gefunden, dass es mit seinen blonden, wirren Haaren und den leuchtenden Augen ein bisschen wie eine Puppe aussah. Es hatte einen Leberfleck an der Wange und war von einem besonderen Leuchten umgeben, als würde die Sonne selbst das Mädchen anstrahlen. Manchmal begegnete er ihr auf der Straße vor ihrem Haus, wo sie oft mit einem Steckenpferd spielte. Genau wie er war sie ein bisschen schüchtern, sie hatten nie miteinander gesprochen. Aber einmal hatte er ihr geholfen, ihr Steckenpferd zurückzubekommen, das ein paar ältere Jungs ihr weggenommen hatten, um sie zu ärgern. Normalerweise hielt er sich von solchen Situationen fern, mischte sich nicht ein, aber als er sah, wie sie dastanden und sich das Pferd zuwarfen, war er so wütend geworden. Am Ende hatte er ein blaues Auge davongetragen, aber dafür bekam sie ihr geliebtes Spielzeug zurück, und die Sonne strahlte wieder über ihr.

Die Eltern hatten auch erwähnt, dass der Täter das Mädchen mit Süßigkeiten und Geld gelockt hatte, damit es mitkam. Sie hatte wohl gesagt, dass sie ihm den Weg, den er suchte, auch so zeigen würde, ohne Gegenleistung. Sein Magen schmerzte, wenn er daran dachte. Er konnte sich vorstellen, welche Angst sie gehabt haben musste. Ein wachsendes Gefühl von Ekel überfiel ihn. Wie konnte man so etwas nur tun? Noch dazu bei einem Kind? Das war alles so schrecklich, und das Schlimmste dabei war, dass es seine Schuld war. Er ballte die Hände zu Fäusten und spannte sich so an, dass sein Schädel pochte und es in seinen Ohren sauste. Nie in seinem Leben war er so aufgewühlt gewesen. Wenn er doch nur …

Ritsch. Ein Streichholz wurde angerissen, Funken sprühten, als es zu brennen begann. Er sah vor sich, wie die Flamme die zwölf Kerzen auf der Torte entzündete, und hörte die Schritte der Eltern, die die Treppe heraufkamen und auf seine halb geöffnete Zimmertür zugingen. Einige Holzdielen knarrten unter ihrem Gewicht. Außerdem war da das Miauen der Katze, das sie von sich gab, wenn sie gestreichelt werden wollte. Ihm fiel wieder ein, dass er heute Geburtstag hatte, also schloss er die Augen und gab vor zu schlafen, aber erst, nachdem er die Tränen weggewischt hatte, die ihm die Wangen hinuntergekullert waren.

Kapitel 8

Hilma stand noch wie angewurzelt vor dem Holzhaus und versuchte zu begreifen, was das eben zu bedeuten hatte. Das Café sollte geschlossen werden? Warum hatte es dann eine Stellenanzeige gegeben? Das war nicht in Ordnung, sie verdiente eine Erklärung! Frustriert trat sie gegen einen Schneeklumpen, der vor ihr lag. Er war am Boden festgefroren und deutlich härter, als sie erwartet hatte, sodass sie mit einem heftigen Schmerz im Zeh zusah, wie der Klumpen beinahe schadenfroh davonrollte und in einer Schneeverwehung landete. Sie biss sich auf die Lippe, um nicht laut aufzuschreien. Diese Genugtuung wollte sie der Frau nicht gönnen, die noch nicht viel weitergekommen sein konnte als bis zum Parkplatz. Wie war das eigentlich mit mündlichen Absprachen? Fieberhaft dachte sie nach. Waren die nicht genauso bindend wie schriftliche? Denn schwarz auf weiß hatte sie noch nichts bekommen. Wobei der Gedanke, mit so einer arroganten, um nicht zu sagen feindseligen Person zusammenzuarbeiten, alles andere als verlockend war. Aber wo sollte sie dann unterkommen? Ihre Wohnung in der Stadt hatte sie untervermietet und für das Häuschen hier hatte sie einen Vertrag für mindestens zwei Monate unterschrieben. Das war ganz klar ein Problem.

Warum hatte sie es nur so eilig gehabt? Warum war sie in dieses Loch hier gezogen? Sie widerstand der Versuchung, in der nächstbesten Schneewehe zusammenzubrechen. Nach Cecilias Beerdigung hatte sie einfach nur verschwinden wollen. Sie dachte an den Albtraum, in dem sie sich selbst in einer menschenleeren Kirche in einem Sarg hatte liegen sehen. Tot, ohne gelebt zu haben. Vielleicht war das eine verspätete Quarterlife-Crisis, versuchte sie sich zu verteidigen, aber sie hatte wenigstens etwas dagegen unternommen. Was sie nun allerdings bereute.

Hilma holte ihr Handy hervor, um Maggies Nummer zu wählen. Müde vor Wut und den vielen Gedanken, spürte sie, wie das Rauschen im Kopf wieder einsetzte. Das bekannte, unangenehm brodelnde Gefühl in ihrem Schädel kam hinzu, doch sie war so verärgert, dass sie jetzt sofort eine Erklärung wollte. Während das erste Signal ertönte, drehte sie sich zum Gehen um, aber genau in dem Augenblick ertönte ein Ruf aus dem kleinen Holzhaus.

»Warte!«

Eine Frau, schätzungsweise um die siebzig Jahre alt, in einem langen, eleganten weinroten Rock, einer weiß-beige gestreiften Schürze, grüner Bluse und silbergrauem hochgestecktem Haar, steckte den Kopf zur Tür heraus.

»Hilma?«

Hilma ließ die Hand sinken, drückte das Gespräch weg und steckte das Handy zurück in die Tasche.

»Ja?«

Die Frau winkte sie heran. »Ich bin Maggie. Du musst mit dieser … alten Schachtel zusammengestoßen sein. Das tut mir leid. Sie ist alles andere als freundlich, wenn sie nicht bekommt, was sie will. Hoffentlich hat sie nichts Falsches gesagt?«

Hilma bemühte sich zu lächeln, obwohl ihr schwindelig war. Ihre Hände zitterten, als sie einen vorsichtigen Schritt auf das Gebäude zumachte. *Das* war also Maggie. Eine Frau mit Apfelbäckchen, freundlichen Lachfältchen und Lipgloss, der aus zwei Metern Entfernung nach Erdbeere roch. Nach ihrem Telefonat hatte Hilma sich ihre zukünftige Arbeitgeberin tatsächlich eher so vorgestellt. Aber wer war dann die Frau mit dem feurigen Haar, die sie angeschrien hatte?

»Was hatte das zu bedeuten?«, fragte Hilma. »Sie werden das Café doch nicht schließen, oder?«

Maggie sah auf einmal müde aus. Ihre Augen verloren an Glanz, die Falten auf der Stirn wurden tiefer.

»Komm, lass uns nach drinnen in die Wärme gehen, dann reden wir darüber.«

Sie machte einen Schritt zur Seite, damit Hilma eintreten konnte. Wenn Maggie nicht so nett ausgesehen hätte, hätte sich Hilma wie Gretel im Märchen gefühlt, die der Hexe zu einem heißen, alles verzehrenden Ofen folgte – so niedlich war die Hütte und so stark die Wärme, die ihr entgegenschlug. Außerdem duftete es nach Schokolade. Maggie schloss die Tür hinter ihnen und bot Hilma an, sich an den langen, rustikalen Tisch zu setzen, während sie selbst zum Herd ging.

»Du magst doch hoffentlich heiße Schokolade?«, fragte sie mit einem Blick über die Schulter.

»Ja, gern.«

Hilma befand, dass dies wohl nicht der richtige Zeitpunkt war, nach einer Tasse Kaffee zu fragen, obwohl ihr das sehr viel lieber gewesen wäre. Da der süße Geruch die gesamte Holzhütte erfüllte, war das Getränk sehr wahrscheinlich schon fertig. Während Maggie die heiße Schokolade in große Becher mit Dalapferden in bunten Farben goss, sah Hilma sich um. Es war ein gezimmertes Holzhaus, dessen Balken von Innen sichtbar waren. Die Wände waren weiß gestrichen, von verschnörkelten Regalen bedeckt, die unzählige Pappschachteln in Gold, Silber und Rosa enthielten. Geradeaus befand sich eine Theke mit Kasse und dahinter ein Kochbereich, der mit diversen Maschinen ausgestattet war. In der Mitte des Holzhauses, wo sie jetzt saßen, stand der rustikale Tisch mit passenden Stühlen und bildete das Zentrum des Ladens. Aber wo gab es belegte Brote und Kuchen? Das Café hatte schon geschlossen, vielleicht hatte Maggie die Reste in den Kühlschrank gestellt.

»Die Frau, die du gerade gesehen hast, ist unsere Kommunalpolitikerin«, erklärte Maggie, während sie einen Klecks Sahne auf das Getränk gab und diese mit dunkler geriebener Schokolade garnierte. Sie reichte Hilma eine Tasse. »Sie will hier auf meinem Grundstück ein Mietshaus bauen«, fuhr Maggie fort. »Viele zieht es aus der Stadt hierher, der Druck ist groß, der Wohnungsmarkt heiß begehrt. Sie wohnt selbst noch nicht sehr lange hier und ist nicht wie wir anderen daran interessiert, Altbewährtes zu erhalten. Sie will sich Pluspunkte verschaffen, indem sie schnelle Lösungen findet, und dachte, dass ich sofort unterschreibe und ihr mein Grundstück verkaufe. Die Nähe zum Wasser macht es natürlich besonders attraktiv.«

Maggie stemmte die Hände in die Hüften und schüttelte den Kopf. Sie deutete auf einen Vertrag, der halb in einem Umschlag steckte und auf dem Tisch lag.

»Darf ich sehen?«, fragte Hilma.

Maggie zuckte mit den Schultern. »Schau ihn dir ruhig an, ich werde ohnehin nicht unterschreiben. Ich denke eher daran zu expandieren, das habe ich ihr auch gesagt. Was sie von der Sache hält, hast du ja mitbekommen.«

Hilma zog das Papier aus dem Umschlag und überflog es kurz. Beinahe hätte sie einen lauten Pfiff ausgestoßen, als sie die Kaufsumme sah. Zumindest kein schlechtes Angebot. Es konnte durchaus mit den Preisen in Stockholm mithalten.

Nachdenklich trank Hilma einen Schluck von ihrer Schokolade. Sie schmeckte wirklich himmlisch, und der Duft … Hilma schnupperte an der Tasse, bevor sie Maggie ansah.

»Ich will ja nicht aufdringlich sein, aber warum verkaufst du zu dem Preis nicht? Überleg mal, was du mit dem Geld alles anstellen könntest. An einem weißen Strand im Sonnenstuhl liegen, mit einem Drink in der Hand das Leben genießen, ohne irgendetwas tun zu müssen. Das ist doch für viele Menschen ein Traum.«

Maggies Augen verengten sich.

»Blödsinn! Mein Leben steht nicht zum Verkauf. Und ich bin nicht der Typ, der gern faul herumliegt!«

»Also, ich wollte nicht …«

Hilma bereute ihren taktlosen Kommentar. Vielleicht träumten nicht alle von so einem Leben, sondern nur sie. Aber wenn ihr jemand diese Summe anbieten würde, würde sie die Chance ergreifen. Momentan jedenfalls.

Maggie blickte aus dem Fenster, strich sich mit einer Hand über das Haar und sah Hilma dann wieder an. »Aber ich werde langsam alt, das lässt sich nicht leugnen, ich schaffe es nicht mehr, alles allein zu machen.«

»Deshalb hast du eine Stellenanzeige aufgesetzt?«, fragte Hilma.

Maggie seufzte und sank in sich zusammen. »Ja, aber um die Wahrheit zu sagen: Wenn ich keine Trendwende schaffe und das Geschäft weiter so unwirtschaftlich läuft, werde ich wohl doch auf das Angebot eingehen müssen.«

Hilma biss sich auf die Lippe, als sie das hörte. Wie konnte Maggie daran denken zu expandieren, wenn sie keinen Gewinn erwirtschaftete?

»Es gibt zwei Möglichkeiten«, sagte Maggie, die Hilmas Gedanken zu erraten schien. »Sich hinlegen und sterben oder etwas unternehmen und versuchen, aus der Krise herauszukommen. Ich habe die zweite Alternative gewählt. Endlich«, fügte sie hinzu.

»Okay.« Hilma spielte an ihrer Tasse herum. »Also die Rentabilität steigern … Womit machst du momentan am meisten Geld?«

Maggie sah sie überrascht an.

»Mit der Schokolade natürlich.«

»Schokolade?«

»Ja, was dachtest du? Ich betreibe schließlich ein Geschäft, in dem es heiße Schokolade und selbstgemachte Pralinen gibt. Und von denen verkaufen sich die Schokoladenpralinen am besten, falls du das meinst.«

»Ja, ja. Natürlich«, stammelte Hilma und zwinkerte ein paarmal. Also keine Sandwiches, Waffeln und Kuchen? Betrieb Maggie denn kein Café? Hilma schluckte. Sie hatte es zwar eilig gehabt, ihre Bewerbung loszuschicken und die Anzeige nur überflogen, aber wie konnte ihr das entgangen sein? Hatte da wirklich etwas von Schokoladenherstellung gestanden? Sie war sich jedenfalls sicher, dass Maggie bei dem kurzen Vorstellungsgespräch am Telefon nichts dergleichen erwähnt hatte. Aber wenn sie darüber nachdachte, konnte sie sich eigentlich nur an das Foto des Pavillons erinnern. Der Rest verschwand im Nebel.

»Die Einnahmen müssen jedenfalls steigen«, sagte Maggie. »Ich werde dich natürlich für deine Arbeit bezahlen. Momentan habe ich genug für einen Monatslohn, vielleicht zwei, dann müssen wir weitersehen. Ich glaube, das habe ich am Telefon angedeutet.«

Hilma zwinkerte erneut. Sie konnte sich nicht daran

erinnern, aber bevor sie etwas erwidern konnte, sprach Maggie weiter und deutete mit der Hand über die Küche.

»Da drüben temperiere ich die Schokolade und gieße die Hülle für die Pralinen. Das werden wir zusammen machen.«

»Schokolade herstellen.« Hilma trommelte mit den Fingerspitzen auf die Tischplatte. Was Maggie meinte, war doch sicher, dass sie fertige Schokolade schmolzen und in Formen gossen. Oder? Hilma reckte sich, in der Hoffnung einen Stapel Blockschokolade zu entdecken. Aber alles, was sie auf der Arbeitsplatte sah, waren Tüten mit verschiedenfarbigen Etiketten, die ihr keinen Anhaltspunkt dafür lieferten, was sie enthielten.

»Da ich der Schokolade meinen eigenen Stempel geben will, röste ich die Bohnen selbst und schmecke die Kakaomasse ab«, erklärte Maggie. »Außerdem will ich genau wissen, woher die Bohnen kommen, damit ich sicher sein kann, dass die Kakaobauern ordentlich bezahlt werden. Ich verwende nur natürliche Rohstoffe. Vereinfacht gesagt, baut der gesamte Prozess darauf auf, dass man sorgfältig arbeitet, ein bisschen wie beim Backen, das hast du ja sicher schon mal gemacht.«

»Mm, klar, kein Problem«, murmelte Hilma und fragte sich, ob sie erwähnen sollte, dass ihre Backkarriere bisher nicht mehr umfasste als die Schokokugeln, die sie vor zwanzig Jahren in der Mittelstufe im Hauswirtschaftskurs gemacht hatte. Sie entschied sich, vorerst nichts zu sagen.

Maggie stellte also alles von Grund auf her? Und erwartete, dass sie das auch konnte! Hilma brach allein bei dem Gedanken kalter Schweiß aus.

»Also«, sagte Maggie. »Wir müssen es wirklich schaffen, dass sich was ändert. Ehrlich gesagt bin ich verzweifelt. Wir müssen uns etwas Neues einfallen lassen, kreative Lösungen finden. Die Pralinen verkaufe ich vor allem an Unternehmen, aber leider läuft das Geschäft nicht gut genug. Trüffel sind beliebt, aber die Nachfrage schwankt, und weil sie eine kürzere Haltbarkeitsdauer haben, kann ich sie nicht groß auf Vorrat herstellen.«

Hilma nahm einen Schluck Schokolade, um ihren steigenden Puls zu beruhigen, und dachte bei sich, dass es die beste war, die sie jemals getrunken hatte. Maggie wusste jedenfalls, was sie tat, das stand fest. Sie seufzte wohlig und wischte sich den Mund mit einer Serviette ab.

Maggie streckte sich, ihre Augen bekamen einen neuen Glanz. »Das Getränk enthält siebzigprozentige Schokolade aus venezolanischen Porcelana-Bohnen, gemischt mit ein paar Spezialzutaten. Gut, oder?« Sie grinste zufrieden.

»Ja, unglaublich gut!«, bestätigte Hilma.

»Komm, dann zeige ich dir das Lusthaus«, sagte Maggie und stand auf. »Die wenigen Kunden, die zurzeit kommen, sitzen am liebsten dort, aber auch da gibt es einiges zu tun.«

Endlich, dachte Hilma und sprang auf.

Als sie rauskamen, sah sie, dass der Frost kleine glitzernde Blumen auf dem Boden gebildet hatte. In dem kalten Dämmerlicht wirkte dieses Naturphänomen märchenhaft schön und schien sie über die Brücke in Richtung Pavillon zu lotsen.

»Geben die Gäste ihre Bestellung dort drüben auf, oder kaufen sie ihre Getränke im Laden und bringen sie selbst hinüber?«, wollte Hilma wissen.

»Sie nehmen das, was sie möchten, aus der Hütte hier mit. Anfangs hab ich auch im Lusthaus Bestellungen entgegengenommen, aber ich war nur am Rennen ... Inzwischen haben sich die Kunden daran gewöhnt.«

»Wie sind deine Öffnungszeiten?«

»Unter der Woche jeden Nachmittag und am Samstagvormittag, da kommt der eine oder andere Gast. Zumindest war es früher so, aber zuletzt sind es immer weniger geworden.« Maggie seufzte, riss sich dann aber zusammen. »Ach, ich rede zu viel. Ich will dich nicht runterziehen. Das wird sicher wieder!«

Am Pavillon angekommen, schloss Maggie die Tür auf, ließ Hilma als Erste hineingehen, trat dann selbst ein und drückte auf den Lichtschalter. Der Schein eines Kronleuchters an der Decke badete den gesamten Raum in warmes Licht. Auch von Innen fand Hilma den Pavillon entzückend. Kleine Metalltische und Stühle standen um einen offenen Kamin herum, der sich im Zentrum des Raumes befand. Außen an den hohen Sprossenfenstern kletterte der Raureif in langen Ranken empor, an der Decke waren dicke Balken zu sehen, und auf dem Boden lagen bunte Flickenteppiche. Das war auf jeden Fall eine gute Basis, aber mit ein paar einfachen Mitteln würde man die Einrichtung deutlich aufwerten können, dachte Hilma sofort. Eine Idee nach der anderen formte sich bereits in ihrem Kopf, sie konnte es einfach nicht verhindern.

Inzwischen hatte sich Dunkelheit über das Dorf gelegt, nur der Schein der Straßenlaternen bildete kleine Lichtflecken auf dem Schnee. Hilma wählte einen anderen Heimweg, um noch mehr von Åkerö zu sehen, aber auch, weil ihr das Nachdenken beim Spazierengehen immer leichter fiel. Beim Gehen atmete sie mehrmals tief durch, die kalte Luft half ihr, klarer zu denken. Die letzten Stunden hatten sie ziemlich mitgenommen. Erst die Begegnung mit der schimpfenden Frau sowie der freundlichen, aber bekümmerten Maggie, dann das Glück, den ersehnten Pavillon zu sehen, der ihre Erwartungen sogar übertroffen hatte, und schließlich noch die Neuigkeit, dass sie Schokolade herstellen sollte und das Lusthaus vielleicht demnächst schließen musste. Bevor Hilma sich auf den Heimweg gemacht hatte, hatte sie Maggie die Hand gereicht, als stille Zusage, dass sie bei allem dabei sein würde. Insgeheim war sie sich darüber allerdings gar nicht so sicher. War sie wirklich die Richtige für diesen Job?

An diesem kalten Abend waren nur wenige Menschen draußen unterwegs, Hilma machte lange Schritte, um sich warm zu halten. Nach einer Weile sah sie einen Jungen, der vor einer Anschlagtafel stand und seine Hand verdächtig schwungvoll vor sich hin und her bewegte. Hilma runzelte die Stirn und erhöhte ihr Tempo. Als sie näher kam, sah sie wie vermutet, dass der Junge mit einer kleinen Sprühdose hantierte. Es wäre eine Sache, wenn er eine ohnehin schon bekritzelte Unterführung in einer Großstadt vollsprühte. Aber in diesem idyllischen Dörfchen? Hier sollte es ruhig und schön und sauber sein! Warum mussten die Leute immer alles kaputtmachen? Vielleicht reagierte sie ein bisschen zu heftig, jedenfalls spürte sie, wie ihr die Hitze in die Wangen schoss und sich ihr Puls beschleunigte.

»Hör auf damit!«, rief sie.

Der Junge, der sie vorher offenbar nicht bemerkt hatte, zuckte zusammen. Schnell zog er sich die Kapuze seines Hoodies über den Kopf, um sein Gesicht zu verstecken, rückte von der Tafel ab und rannte los. Er hatte es so eilig, dass er ins Straucheln geriet, konnte sich aber im letzten Moment auf den Beinen halten. Dann lief er weiter. Hilma starrte ihm verärgert nach und trat vor die Anschlagtafel, an der ein ganzes Meer an Zetteln hing. Es gab Werbung für Kurse, in denen man lernte, sich seine eigene Leksand-Tracht zu nähen, Spanischkurse und Kochkurse, die einen mit der französischen Küche vertraut machten. Daneben fanden sich Angebote, Schnee zu schippen, für Weihnachtsbäume oder Hilfe beim Reifenwechsel. Sie spannte die Kiefer an und suchte nach frischer Farbe. Sie rechnete mit einem aufgesprayten Penis oder vielleicht einem rassistischen Spruch, aber was sie fand, machte sie sprachlos. Es war richtige Kunst.

Kapitel 9

Als Hilma wieder bei dem ehemaligen Vorratshaus ankam, wusste sie immer noch nicht, wie es für sie weitergehen sollte, dafür waren ihre Gedanken aber zumindest ein bisschen klarer, und sie fühlte sich bereit, sich die Unterkunft, die sie gemietet hatte, genauer anzuschauen. Vorhin hatte sie das Deckenlicht nicht eingeschaltet, teils, weil sie es eilig gehabt hatte, zum Lusthaus zu kommen, vor allem aber, weil sie nicht hatte sehen wollen, wie genau es im Inneren des Gebäudes aussah. Sie hatte nicht riskieren wollen, völlig aufgewühlt bei ihrer neuen Arbeitsstelle einzutreffen, was am Ende, dank der Begegnung mit der Kommunalpolitikerin, ja doch der Fall gewesen war. Jetzt spürte sie wieder dieselbe Sorge aufkeimen wie vorhin, als sie das Vorratshäuschen vom Parkplatz aus gesehen hatte, sagte sich aber schnell, dass sie immerhin keinen Schimmelgeruch wahrgenommen hatte und es angenehm warm gewesen war. So schlimm konnte es also nicht sein. Hilma steckte den großen rostigen Schlüssel ins Schloss, drehte ihn um und schob die Tür auf. Einen Knopfdruck später badete das Vorratshaus in Licht. Hilma sah sich um. Die Wände und die Decke waren aus Kiefernholz. Das Untergeschoss bestand aus einem großen Wohnzimmer mit einem Sofa, das dem steifen Bezug nach aus den Siebzigerjahren stammte, und einem gemauerten offenen Kamin. Auf der anderen Seite des Raumes, gegenüber der Haustür, gab es eine kleine braun gekachelte Kochnische, in deren Spüle sich Kalkablagerungen befanden. Rechts, hinter einer Wand versteckt, entdeckte sie eine Toilette, die so klein war, dass man sich rückwärts hineinzwängen musste, aber immerhin gab es überhaupt eine, was in diesen alten Häuschen nicht selbstverständlich war. Links, unter einer schmalen, steilen Treppe, die zum Schlafboden führte, befand sich eine Garderobe. Als Hilma nach oben gestiegen war, erblickte sie eine Matratze, die direkt auf dem Fußboden lag. Das Dach war hier so schräg, dass sie nur in der Mitte des Raumes aufrecht stehen konnte. Aber vielleicht störte das nicht so sehr, sie würde ohnehin nur hier liegen.

Hilma streckte sich auf der Matratze aus und wackelte mit den Zehen. Die Unterlage war weder zu hart noch zu weich, sie würde wahrscheinlich ganz gut darauf schlafen können. Die Unterkunft erinnerte ein wenig an eine Skihütte in den Bergen, auf ihre Art recht gemütlich, allerdings wirkten die Astmuster in den Holzwänden sehr unruhig, und das störte sie. In Gedanken richtete sie das Häuschen bereits anders ein. Es würde schon viel ausmachen, nur den Sofabezug zu wechseln. Sie wollte Björn bei Gelegenheit um Erlaubnis fragen. Wenn er die Idee nicht guthieß, konnte sie auch ein Laken oder Decken darüberlegen. Außerdem würde sie ja nur ein paar Monate hier wohnen, da konnte sie wohl kaum darum bitten, die Wände und die Decke streichen zu dürfen. Und falls das Lusthaus doch schließen musste, wäre sie noch früher weg. Es bestand auch die Gefahr, dass Maggie sie nicht bezahlen konnte, sie hatte nur genug für einen oder zwei Monate beiseitegelegt, hatte sie gesagt. Vermutlich konnte die nette Frau nicht mal sich selbst einen Lohn auszahlen, jetzt, wo sie Hilma angestellt hatte, was ihr sofort ein schlechtes Gewissen machte. Vielleicht war es gut so, dass sie nur eine feste Zusage für diese kurze Zeit hatte, wer wusste schon, ob sie überhaupt länger bleiben wollte. Das hier war nur ein kleiner Ausflug, die Möglichkeit, eine Zeit lang etwas anderes zu machen und sich währenddessen zu überlegen, in welche Richtung ihr Leben gehen sollte. Und um Kraft zu tanken. Aber hatte sie sich überhaupt entschieden, wirklich im Lusthaus zu arbeiten? Würde sie das hinbekommen? Die Aufgaben, die auf sie zukamen, sahen vollkommen anders aus, als sie erwartet hatte. Sollte sie nicht doch lieber versuchen, sich aus der Affäre zu ziehen, bevor es zu spät war?

Die Fenster in beiden Geschoßen waren hübsch in Blei eingefasst, und durch die kleinen Scheiben im oberen Stock hatten sie Aussicht auf ein Feld und einige umliegende Häuser. Hier konnte nicht jeder hereinschauen wie in der Stadt, stellte sie zufrieden fest, als sie wieder unten war. Eine Birke tat das ihre, um mit ihren Zweigen den Einblick von der Straße aus zu verhindern. Hier würde sie ihre Ruhe haben und könnte sich selbst bemitleiden, ohne von anderen gestört zu werden.

Ein lautes Knurren, gefolgt von einem Ziehen in der Magengegend erinnerten sie daran, dass es Abendessenszeit war. In ihren Koffern fand sie ein paar Fertignudeln mit Pilzgeschmack. Die würden für den ersten Abend ausreichen müssen. In letzter Zeit hatte sie das Essen ohnehin vernachlässigt, ein weiterer Abend würde keinen großen Unterschied machen. Zu Mittag hatte es oft zwischen zwei Meetings einen Cesar-Salat oder ein Käsesandwich gegeben, und abends war sie manchmal zu müde gewesen, um noch etwas zu essen. Sie wusste, dass sie besser auf sich achten sollte und dass die Ernährung wichtig war, daher nahm sie sich vor, bald einkaufen zu gehen. Bis ins Zentrum war es nicht weit, sie konnte mehrmals gehen, wenn es nötig war, damit sie es schaffte, alles nach Hause zu tragen. Aber das musste bis morgen warten …

»Von ein bisschen Bewegung ist noch niemand gestorben, also auf, auf«, sagte sie ironisch zu sich selbst.

Wenn sie nicht aufpasste, würde sie sich in ihrem Eifer noch zum Wasalauf anmelden.

Den restlichen Abend verbrachte Hilma damit, im Internet zu recherchieren, wie man Schokolade herstellte. Sie war sich immer noch nicht sicher, ob sie die Aufgaben, die Maggie ihr geben würde, erfüllen könnte. Maggie hatte gesagt, dass sie nur natürliche Zutaten verwendete, und Hilma wusste jetzt immerhin, dass sie Sahne und Butter bräuchte und für Trüffel vermutlich Mandeln. Aber der Rest? Schokolade herzustellen, schien kompliziert zu sein, und momentan war Hilma nicht gerade offen dafür, etwas Neues zu lernen. Sie hatte sich auf einen entspannten Job als Kellnerin eingestellt. Das war etwas, was sie konnte. Sie dachte wieder darüber nach, wie ihr hatte entgehen können, dass sich Maggies gesamtes Konzept um Schokolade drehte. Sie war sicher ein bisschen überarbeitet, aber nicht dumm. In der Anzeige hatte etwas von Service gestanden, darüber war sie sich sicher. Vielleicht hatte Maggie die Sache mit der Schokolade weggelassen, weil sie davon ausgegangen war, dass alle Bewerber ihr Geschäft kannten? Hilma hatte in ihrer Bewerbung ihre Erfahrung mit Cafés hervorgehoben und das ordentlich ausgeschmückt, weil sie den Job unbedingt haben wollte. Aber jetzt setzte sie Maggies Zukunft aufs Spiel, indem sie vorgab, etwas zu können, wovon sie keine Ahnung hatte, und das war nicht in Ordnung. Aber vielleicht sollte sie trotzdem dort anfangen, einen Schritt nach dem anderen machen und einfach sehen, was passierte. Sie spürte einen Klumpen im Hals. Entschieden schüttelte sie den Kopf. Nein, sie würde Maggie sagen müssen, wie es sich verhielt, auch wenn es bedeutete, dass sie den Job verlor, bevor sie überhaupt angefangen hatte.

Ein Geräusch von draußen lenkte Hilma vom Computer ab, sie streckte sich, um aus dem Fenster blicken zu können, und hielt nach dem jungen Mann mit der Mütze Ausschau. Selbst in dem aufwirbelnden Schnee hatte sie gesehen, dass er attraktiv war. Wer er wohl war? Sie spürte wieder ein Kribbeln im Bauch. Das Brummen war jetzt nur noch aus der Ferne zu hören und verebbte dann ganz. Enttäuscht klappte sie das Laptop zu, kam auf die Füße und ging zur Kochnische, um sich die Nudeln zuzubereiten. Während sie einen Topf mit Wasser füllte, dachte sie, dass es sicher besser war, wenn sie ihn nicht mehr sah. Sie hatte zwei ernstere Beziehungen hinter sich. Die erste hatte recht schnell ein einvernehmliches Ende gefunden – während es bei der anderen zur Katastrophe kam. Ihr Ex hatte ihr das Herz gebrochen, indem er sie ohne Vorwarnung verlassen hatte. Er hatte gesagt, er sei es leid, dass sie sich nicht öffnen und ihn nicht in ihr Leben lassen würde. So etwas wollte sie nie wieder durchmachen. Und so, wie sie sich momentan fühlte, war sie ohnehin nicht in der Verfassung, eine Beziehung einzugehen. Es war nur so lange her, dass sie dieses Flattern im Bauch gespürt hatte. Und noch nie bei der ersten Begegnung.

Kapitel 10

In dieser Nacht träumte Hilma wieder von der Beerdigung, wie sie da im Sarg lag, kalt, bleich, still, aber diesmal ging der Traum so weiter, dass sie in einen eiskalten Kühlraum gebracht wurde. Als sie langsam wach wurde, empfand sie das daher als Befreiung. Langsam begann sie, sich zu bewegen. Aber dann fing sie an zu zittern. Nicht nur im Traum war es kalt gewesen, stellte sie fest. Dann spürte sie plötzlich, wie ihr etwas über die Hand krabbelte. Auf einmal war sie hellwach, setzte sich ruckartig auf und schlug die Decke zur Seite. Es war doch hoffentlich keine große haarige Spinne gewesen? Als sie die Maus sah, die zur Treppe rannte, wünschte sie sich, sie wäre in ihrem Traum geblieben – im Sarg und sogar in einem Kühlraum, wenn es sein musste!

Die Einsicht, dass eine Maus über sie hinweggeklettert war, lähmte sie, aber nachdem sich der Schock gelegt hatte, fasste sie Mut und jagte die Maus laut schreiend und eine Bratpfanne schwenkend nach draußen. Danach packte sie ihre Kleider aus dem Koffer und hängt sie in den Garderobenschrank. Sie zog sich den kuscheligen Schlafanzug und die dicken Schlafsocken aus und schlüpfte in eine Jeans, knöpfte sie zu und zog sich einen weißen Wollpullover über den Kopf. Zum Schluss ging sie in das winzige Badezimmer, legte Mascara auf und fuhr sich mit einer Bürste durch die Haare. Als sie vor dem Spiegel stand, betrachtete sie ihren Pullover. Beim Anblick des funkelnden Weiß dachte sie automatisch an ihre Großmutter, zumal ihr eigenes Spiegelbild sie stets daran erinnerte, dass sie die braunen Augen und das Lächeln von ihr hatte. Was sie dagegen nicht geerbt hatte, waren ihre Backkünste. Wie sehr sie ihre Großmutter vermisste! Sie würde so gern einfach in ihrer Küche sitzen, die Gerüche dort aufsaugen und mit ihr einen Moment lang über das Leben plaudern. Zitternd ging Hilma zurück ins Wohnzimmer. Sie hätte nicht gedacht, dass es nachts so kalt wurde. Sie drehte die Heizung maximal auf. Zumindest glaubte sie das, denn es gab keine Markierung. Doch zum Glück fing der Heizkörper sofort an zu knacken und verströmte eine behagliche Wärme. Eine Weile blieb sie vorgebeugt stehen und wärmte sich die Hände.

Es war Zeit für das Frühstück, und da Hilma noch immer nicht eingekauft hatte, gab es wieder nur Nudeln. Aber diesmal bekam sie nur ein paar Bissen runter, denn das Gespräch, das ihr mit Maggie bevorstand, war nichts, worauf sie sich freute, es verdarb ihr den Appetit. Schließlich gab sie es auf und zog sich stattdessen fertig an.

Schweren Schrittes machte sich Hilma auf den Weg zum Lusthaus. Die Sonne hatte es noch nicht über die Baumwipfel geschafft, die kalte, trockene Luft schmerzte im Gesicht und bei jedem Atemzug. Aber morgens war es eben auch am kältesten dachte sie, und wickelte sich den Schal fester um Wangen und Kinn.

Am kleinen See angekommen, wurde sie immerhin nicht wieder von der wütenden Frau begrüßt, stattdessen hieß ein warmer Schein, der durch die Fenster der Holzhütte fiel, sie willkommen. Hilma trat den Schnee von den Schuhen und ging hinein. Maggie stand im Küchenbereich, wandte ihr halb den Rücken zu und stellte gerade eine Plastikform vor sich ab.

»Wie gut, dass du kommst«, sagte sie und drehte sich um, als Hilma die Tür hinter sich schloss. Maggie lächelte sie breit an, sodass die Apfelbäckchen in dem freundlichen Gesicht noch deutlicher zutage traten. »Wir haben eine große Bestellung von einer Galerie in Tällberg erhalten, was uns im Moment erst einmal rettet. Da drüben findest du eine Schürze, und hinter der Tür ist ein Haken für deinen Mantel.«

Hilma sah in die Richtung, in die Maggie zeigte. Über einer Stuhllehne hing eine weiße Schürze mit Spitzensaum. Vorsichtig fuhr sie mit der Hand über den weichen Stoff.

»Was für eine schöne Schürze«, sagte sie.

»Ja, das ist sie«, stimmte Maggie zu. »Ich habe sie von meiner Tante geerbt. Sie konnte sehr gut nähen und sticken, ein Talent, das ich leider nicht habe. Ich stopfe nur einfache Löcher und Strümpfe. Und, wie war die erste Nacht im Ferienhaus?«

Hilma verzog das Gesicht und überlegte, was sie antworten sollte. Der Traum war ihr noch gut im Gedächtnis, aber das war nicht das einzige Unangenehme.

»Es kommt darauf an, wie man es sieht«, sagte sie ausweichend.

»Wie meinst du das?« Maggie musterte sie.

»Also, das Ferienhaus hat sich als alter Vorratsschuppen entpuppt. Er ist zwar geheizt, aber ich könnte ein paar zusätzliche Decken gebrauchen, sogar nachdem ich die Heizung voll aufgedreht habe.«

»Extra Decken sind immer gut, vor allem, wenn es so kalt ist wie jetzt. Aber du siehst aus, als gäbe es noch ein anderes Problem?«

»Ja, ich bin davon aufgewacht, dass mir eine Maus über die Hand gekrabbelt ist«, sagte Hilma und schüttelte sich bei der Erinnerung.

Maggie schlug sich die Hand vor den Mund und lachte. »Oje! Das hätte mir gar nicht gefallen! Ich rate dir, zuerst im Schrank unter der Spüle nachzusehen, da findet man die kleinen Biester meistens. Es braucht nur ein zentimetergroßes Loch, damit sie hineinschlüpfen. Verstopf es mit Reisig oder Stahlwolle, das hält sie fern.«

»Guter Tipp! Das muss ich ausprobieren.« Hilma fingerte noch an der Schürze herum, während sie überlegte, wie sie das formulieren sollte, was sie eigentlich sagen wollte.

»Wie gesagt, haben wir eine größere Bestellung aus Tällberg«, kam Maggie ihr zuvor. »Zweihundert Pralinen, noch dazu verschiedene Sorten. Nachdem du dir die Hände gewaschen hast, brauche ich deine Hilfe bei der Temperierung.«

Hilma schaute verstohlen zu den Maschinen hinter der Theke. Temperierung? So weit war sie gestern nicht gekommen, als sie sich über Schokolade eingelesen hatte, und das erinnerte sie daran, warum sie diese Nacht lange schlaflos dagelegen hatte. Sie musste ins kalte Wasser springen. Vorher holte sie tief Luft.

»Ähm.« Hilma räusperte sich. »Das mit der Schokoladenherstellung …«

»Ja?«

»Ich hätte dir das schon gestern sagen müssen, aber ich habe keine große Erfahrung damit. Also, gar keine. Null. Nada. Denn ich nehme an, dass es nicht als Erfahrung gilt, dass ich Schokolade esse. Darin bin ich umso erfahrener, geradezu qualifiziert«, plapperte sie nervös.

Maggie musterte sie forschend, und Hilma wurde die Situation immer unangenehmer. Sie fühlte sich wie ein Wurm, der an einem Angelhaken zappelte und nicht loskam.

»Das weiß ich«, erwiderte Maggie ruhig.

»Du weißt es?«

»Ja, das war mir schon bei unserem Interview klar. Ich bin gut darin, Menschen einzuschätzen, und in dir habe ich Potential gesehen. Die Frage ist nur: Worin besteht dein Talent? Und bist du bereit, das Erforderliche zu lernen?«

Hilma überlegte. Im Augenblick hatte sie keine Alternative.

»Ich will es gern versuchen«, sagte Hilma schließlich. »Und mein Talent …«

Sie dachte nach. Dass sie gut Französisch sprach, leichthändig Klavier spielte und ein großes Interesse an Interior Design hatte, gehörte wohl kaum hierher. Auch nicht, dass sie dank ihres alten Jobs wusste, welche Zahnbürste Chihuahuas bevorzugten … Außerdem hatte ihr Selbstvertrauen unter den Gedächtnislücken gelitten, die sie in letzter Zeit gehabt hatte. Normalerweise war sie diejenige, die alles im Blick behielt, aber manchmal hatte sie sogar bei der Arbeit Sachen verwechselt. Mit Schrecken erinnerte sie sich daran, wie sie erst vor einem Monat für eine Kundin, den Blogstar Miss Bloggis, eine Pressemitteilung über eben jene sabbernden kleinen Hunde in Strickpullovern verfasst und diese eine ganze Woche vor dem vereinbarten Datum an die Presse geschickt hatte. Die Kundin war alles andere als erfreut, als die Journalisten vorab Interviews führen und Fotos machen wollte. Als Hilmas Anruf kam, saß Miss Bloggis nämlich gerade im Frisörsalon und starrte schockiert ihr Spiegelbild an. Beim Haarefärben war ein Missgeschick passiert, sodass sie in dem Moment aussah wie ein Waschbär. Der zweite Versuch beim selben Frisör, der unter Zeitdruck stattfand, da andere Kunden warteten, endete in einer Katastrophe. Vor lauter Stress misslang die Farbmischung, und das platinblonde Haar bekam einen großen grauen Fleck, um dann bei dem dritten Versuch, alles wiedergutzumachen, apricotfarben zu werden. Am Ende gelang es einem Paparazzo auch noch, ein Foto von der wutschnaubenden Miss Bloggis zu knipsen, als diese mit einem Chihuahua unter dem Arm energischen Schrittes zu einem anderen Frisör lief. Dies Waschbärenbild wäre nie entstanden, wenn die Pressemitteilung am richtigen Tag rausgegangen wäre. Das teilte jedenfalls der Anwalt des Stars dem PR-Büro mit, genauer gesagt drohte er mit einer saftigen Schadensersatzklage. Zu Hilmas Verteidigung hatte es einen Programmierfehler im System gegeben, und sie war sich eigentlich sicher, das Datum für die Pressemitteilung ursprünglich richtig eingestellt zu haben. Zumindest glaubte sie das.

»Wo hast du denn vorher gearbeitet?«, fragte Maggie, da Hilma noch immer nichts sagte.

»Marketing«, antwortete Hilma nach kurzem Zögern.

Maggie hob die Augenbrauen. »Also nicht in einem Café, wie es in deiner Bewerbung stand?«

Hilma verzog schuldbewusst das Gesicht. »Na ja, ich habe mal in einem Café gejobbt, aber … das war als Studentin. Und es ist ein paar Jahre her. Dafür weiß ich noch, wie man Teller auf dem Handgelenk trägt, mit diesem speziellen Griff, damit man mehrere auf einmal tragen kann.«

»Das Lusthaus hat im Prinzip Platz für zwanzig Gäste, aber in letzter Zeit sind selten so viele da«, erklärte Maggie. »Meistens sind es nur ein paar Kunden am Tag. Der Fokus liegt auf der Pralinenherstellung.«

»Ja, das wird mir langsam klar«, sagte Hilma. »Aber trägt sich das Geschäft denn so?«

»Nein, das ist ja das Problem«, gestand Maggie.

»Es tut mir furchtbar leid, dass ich bei meiner Bewerbung nicht ganz ehrlich war, und ich habe Verständnis, wenn du willst, dass ich sofort nach Hause fahre …«

»Du hast keine Erfahrung mit Schokolade und nur wenig, was den Service angeht. Die Frage ist: Was machst du hier?« Maggie klang eher bekümmert als verärgert.

»Um die Wahrheit zu sagen, backe ich nicht einmal gern«, sagte Hilma. »Aber ich bin wirklich bereit, einen Versuch zu wagen und etwas dazuzulernen. Wenn ich darf.«

»Ich verstehe immer noch nicht, warum du dich beworben hast.«

»Es war der Pavillon«, gab Hilma zu. »Sobald ich das Bild gesehen habe, wusste ich, dass ich hierherkommen muss. Ich weiß, das klingt verrückt, aber genau so war es.« Hilma schob sich eine Haarsträhne hinters Ohr, bevor sie weitersprach. »Wenn du sie hören willst, habe ich sogar ein paar Ideen, wie man mehr Gäste anlocken könnte.«

»Aha, wie denn?« Maggie klang ehrlich interessiert.

»Also, das Lusthaus ist an sich ja wunderschön, aber man könnte es noch gemütlicher gestalten.«

In Maggies Augen blitzte Erwartung auf, man sah ihr an, dass Hilma fortfahren sollte.

»Das eine ist die Beleuchtung«, sagte Hilma. »Stell dir vor, wie hübsch es aussähe, wenn man innen und außen Lichteranketten anbringen würde, vielleicht ein paar davon in den Fenstern. Außerdem habe ich verschiedene Ideen, was die Dekoration angeht und die Platzierung der Tische, ich denke, das würde einen großen Unterschied machen.

Das war jedenfalls das Erste, was mir eingefallen ist, als ich gestern hier angekommen bin.«

»Du willst also, dass es ungewöhnlich ist.«

»Ungewöhnlich?«

»Ja, wenn du wüsstest, wie oft ich das zu hören bekommen habe. Es fing mit meinem Namen an. Warum Maggie heißen, wenn ich doch Marit, Märit oder Margareta heißen könnte?«

Sie schüttelte den Kopf und starrte gedankenverloren in die Luft.

»Als hätte ich das beeinflussen können. Auf allem, was heraussticht, wird herumgehackt. Aber das ist mir egal. Ich habe starke Frauen in der Familie. Ich stamme von Margareta Hansdotter ab.«

»Von wem?«

»Margareta Hansdotter. Sie lebte im 17. Jahrhundert, war Pfarrfrau und bekannt für ihre Freigiebigkeit und ihr gutes Herz. Man sagt, dass viele in diesem Geschlecht große Taten vollbracht haben, ich habe also große Fußstapfen, in die ich treten muss. Aber das gehört hier nicht her, ich schweife vollkommen vom Thema ab«, sagte sie lachend. Sie blickte Hilma an. »Was ich sagen will, ist, dass ich deine Ideen spannend finde. Aber ich brauche auch Hilfe bei der Schokolade, also hoffe ich, dass du bereit bist, die Ärmel hochzukrempeln.«

»Ja, selbstverständlich! Du sollst es nicht bereuen!«

Als Hilma das sagte, merkte sie, wie sehr sie es auch meinte. Sie war bereit, der Schokoladenherstellung eine echte Chance zu geben und freute sich darauf, Zeit im Lusthaus zu verbringen.

»Das klingt gut. Aber ab jetzt toleriere ich keine Lügen und Halbwahrheiten mehr, das ist hoffentlich klar«, ermahnte Maggie sie.

»Absolut. Und es tut mir leid.«

»Na dann.« Maggie schlug die Hände zusammen. »Als Erstes müssen wir uns die Bestellung genauer ansehen, die wir reinbekommen haben, dann denken wir über den nächsten Schritt nach und überlegen, wie wir das Sortiment erweitern könnten. Vielleicht könnten wir ein paar neue Designs ausprobieren? Etwas anderes anbieten als nur traditionelle Pralinen und gewöhnliche Kekse.«

Hilma nickte. »Man scheint an vieles denken zu müssen. Wie hast du das bisher allein geschafft?«

Maggie sah einen Moment lang traurig aus, die Augen verloren ihren Glanz. »Früher war mein Mann dabei, er war richtig gut darin, innovativ zu denken. Genau wie du hatte er viele Ideen, aber er lebt nicht mehr.«

»Oh, das tut mir leid«, sagte Hilma und bereute es, die Frage gestellt zu haben.

»Das ist schon ein paar Jahre her, und am Ende war er etwas verwirrt«, erzählte Maggie. »Er behauptete, Stimmen zu hören und so. Aber das ließ sich lösen, indem wir das Radio ausmachten, das im Hintergrund lief. Wir haben dieses Geschäft gemeinsam gegründet. Es wärmt mir das Herz, daran zu denken, dass wir in den Jahren so viele Menschen glücklich machen konnten. Wie konnten sehen, wie sie gute Laune bekamen und ihre Lebensgeister erwachten, wenn sie eine unserer Pralinen aßen oder eine heiße Schokolade mit Sahne tranken.« Maggie klopfe sich auf den Bauch. »Es ist vielleicht nicht optimal für die Figur, mit Schokolade zu arbeiten, aber wer kümmert sich schon darum? Eine Zeit lang machte ich mir tatsächlich Sorgen um mein Gewicht, aber mein Mann sagte, das solle mir vollkommen egal sein. Die Waage würde nur Schönheitspunkte zählen.« Ihr Mund zitterte.

Hilma musterte die Frau, die vor ihr stand. Sie war rund und gesund und strahlend schön. Sie musste Maggies verstorbenem Mann vollkommen recht geben.

»Der Tod meines Mannes ist auch der Grund, warum es mit dem Geschäft in den letzten Jahren bergab ging. Seit ich allein bin, fehlt mir die Leidenschaft, es gelingt mir auch nicht, das Geschäft so zu führen wie zu seinen besten Zeiten. Aber als diese Kommunalpolitikerin kam und sagte, sie wolle das Grundstück kaufen, bin ich aufgewacht. Ich habe erkannt, wie viel mir das Lusthaus bedeutet. Also werde ich das Risiko eingehen.«

»Aha.« Hilma verstand jetzt, wie alles zusammenhing.

»Also, wir machen es so«, schloss Maggie. »Bevor wir mit den Pralinen anfangen, trinken wir erst einmal etwas. Die Zeit haben wir! Ich muss nur …«

Sie ging zum Ofen und öffnete ihn. Eine große Schüssel mit einer weißen Masse stand darin.

»Die Schwierigkeit beim Schokoladeschmelzen ist die Temperatur«, erklärte sie. »Wenn man sie bei niedriger

Wärme in den Ofen stellt, schmilzt sie gleichmäßiger und der Geschmack wird reifer und kommt besser heraus.«

Maggie streckte sich nach einem Thermometer, das sie in die Schüssel steckte, dann nickte sie.

»Noch ein bisschen, dann ist sie fertig.« Sie schloss die Ofentür und sah Hilma an. »Magst du eigentlich Tjockbulla?«

»Äh, ja«, antwortete Hilma zögernd.

»Okay, es ist wohl an der Zeit, dass du etwas über die hiesige Esskultur lernst.« Maggie kicherte.

Hilma holte Teller, und es dauerte nicht lange, bis sie einen Becher dampfender heißer Schokolade und ein halbmondförmiges Brot vor sich auf dem Tisch hatte. Sie machte es wie Maggie und strich sich eine dicke Schicht Butter auf das Brot und legte einige Scheiben Käse darauf.

»Und jetzt tunkt man das Brot in die heiße Schokolade«, erklärte Maggie.

Hilma zögerte. Unter der Schürze trug sie ihren weißen Pullover. Maggie schien ihre Gedanken zu erraten.

»Schokoladenflecken gehen in der Wäsche gut raus. Und wenn du deine Kleidung zusätzlich pflegen willst, solltest du sie draußen in den Schnee legen, wenn es richtig kalt ist, mindestens zehn Grad minus. Dann verschwindet der Grauschleier in null Komma nichts, und die Kleidung wird wieder strahlend weiß. Es ist außerdem gut für die Umwelt, denn du brauchst kein Bleichmittel und hast dasselbe Ergebnis.«

Hilma lachte. »Ich sehe schon. Dir bleibt nichts verborgen, aber du hast ein paar gute Tipps auf Lager. Das werde ich auf jeden Fall mal ausprobieren.«

»Ja, mach das. Die guten alten Hausmittelchen sind immer die besten. Heutzutage geht in unserer Wegwerfgesellschaft viel Wissen verloren.«

Während sie frühstückten, erklärte Maggie noch, wie man am besten Silber putzte und warum Zitrone, Essig und Natron im Haushalt unersetzlich waren.

Hilma hörte interessiert zu, während sie allen Geschmacksrichtungen nachhing, die in ihrem Mund explodierten. Zum ersten Mal, seit sie hier war, hielt sie inne und genoss den Augenblick. Das Brot war sowohl weich als auch ein bisschen zäh, und der Kontrast zur salzigen Butter war überragend. Zusammen mit der heißen Schokolade war es richtig, richtig gut. Sie holte tief Luft und hielt sie an, bevor sie ganz langsam wieder ausatmete.

Kapitel 11

1960

Der Junge blickte nach oben zu den Kieferndielen der Zimmerdecke, studierte genauestens jedes Astloch und merkte es sich im Detail. Im Kopf formte er Figuren aus den Löchern, von denen eines wie ein Auge aussah, ein anderes wie eine Schnecke, eins wie eine Muschel und ein viertes wie ein Hund. Das Hundeastloch war einem Hund vielleicht nicht wirklich ähnlich, es erinnerte mehr an den Staubwedel, den seine Mutter benutzte und er auch manchmal, wenn er ihr half. Aber in seiner Welt stellte die Figur den Schwanz eines fröhlichen Hundes dar. Der Junge ließ den Blick über die Decke weiter Richtung Tür schweifen und blieb an dem Astloch hängen, das das Mädchen darstellte. Er hatte sie mehrmals im Dorf gesehen, und es schien ihr nach dem Zwischenfall gutzugehen. Seit seinem zwölften Geburtstag, waren einige Monate vergangen, und kürzlich hatte er erfahren, dass der Täter endlich gefasst worden war. Das Mädchen hatte der Polizei eine so detaillierte Beschreibung geliefert, dass sie zur Ergreifung des jungen Mannes geführt hatte. Nachdem man ihn erwischt hatte, leugnete er zunächst alles, gestand aber schließlich alles. Die Neuigkeit hatte sich wie ein Lauffeuer in der Gegend verbreitet, und seitdem schien das Leben für alle normal weiterzugehen. Außer für ihn.

Immer wieder dachte er daran, was passiert war. Er sah alles so glasklar vor sich, als sei er selbst dabei gewesen. Und in gewisser Weise war er das auch. An dem Tag, an dem das Mädchen dem Übergriff ausgesetzt gewesen war, hatte er sie am Ortsrand in Begleitung eines Jungen gesehen, der ein Fahrrad neben ihr herschob. Der Kerl war doppelt so groß wie sie, und er kannte ihn nicht. Zuerst war da nur ein ungutes Gefühl gewesen, dann die Überzeugung, dass etwas nicht stimmte. Die beiden waren auf dem Weg zum See, und er wollte ihnen folgen. Ein Blick auf die Uhr sagte ihm allerdings, dass er zu spät zum Essen kommen würde. Er rang mit sich und tat die wachsende Unruhe schließlich als Einbildung ab. Vielleicht hatte das Mädchen einfach nur Besuch von einem Cousin. Er zögerte noch kurz, eilte dann aber nach Hause.

Jetzt spürte er einen Kloß im Hals. Wenn er anders reagiert hätte, hätte der Junge sich wahrscheinlich nie an dem Mädchen vergriffen. Er hatte niemandem erzählt, was er beobachtet hatte oder was er jetzt empfand. Damals nicht, und auch heute nicht. Über manche Sachen sprach man nicht, so war das einfach. Daher kannte niemand die Narbe in seinem Herzen. Seine Eltern wussten nicht einmal, dass er sie an jenem Morgen über das Ereignis hatte reden hören.

Nachdem das Gespräch in der Küche geendet hatte, waren sie nach oben gekommen und hatten ihm gratuliert. Er hatte das Gehörte verdrängt, die zwölf Kerzen auf der Torte ausgeblasen und sein Geburtstagsgeschenk ausgepackt. Eine Trompete. Dabei hatte er sich so sehnsüchtig einen Hund gewünscht. Das war das Einzige, was er wollte und wonach er sich sehnte, seit er denken konnte.

Am liebsten hätte er so einen süßen kleinen Welpen wie der Nachbar einen hatte. Er prahlte damit, dass die Rasse, die sich Golden Retriever nannte, in Schweden ganz neu war und es hier daher bisher nur wenige von der Sorte gab. Aber seine Eltern, die Antiquitätenhändler, waren auf eine wunderschöne Trompete gestoßen. Also wurde es die. Seine Mutter war mit dem Vater nach Dänemark auf Geschäftsreise gefahren, dort hatten sie die Trompete entdeckt. Und sie hatten dort auch ein Pferd gefunden! Seine Mutter hatte das Minishetlandpony auf einer Wiese grasen sehen, im Hintergrund das Meer, und sich sofort verliebt. Mit seinem schwarzen Fell und der üppigen Mähne sah das kleine Pony von Weitem fast aus wie ein großer Hund. Sein Vater hatte sich widerstrebend bereiterklärt, es zu kaufen, aber dann bestand noch die Schwierigkeit, es nach Hause zu bekommen. Der Vater meinte, wenn jemand dieses Problem lösen konnte, dann er. Und das hatte er auch. Er hatte nämlich auf seinem kleinen Lastwagen eine provisorische Pferdebox gebaut. Das führte dazu, dass seine Eltern Bilder, Lampenschirme, die Trompete und anderes Zeug vorne verstauen mussten, sodass sie kaum noch aus der Windschutzscheibe schauen konnten. Den meisten Platz nahm das kleine Pony ein.

Seine Mutter war der Ansicht gewesen, wenn man etwas tat, dann richtig. Deshalb überredete sie seinen Vater kurz darauf, sich ein weiteres Pferd zuzulegen, auf dem man richtig reiten konnte. Das kleine Pony, Pysen, war eher ein Gesellschaftspferd. Das bedeutete wiederum, dass sie einen Stall brauchten, und deswegen zogen sie jetzt auf einen Pferdehof, der aber Gott sei Dank nicht weit weg lag, nur auf der anderen Seite des Dorfes. Er seufzte. Er würde diese Zimmerdecke vermissen, die vielen Astlöcher, die er immer betrachtete. Sie fühlten sich so vertraut an.

»Eriksson, kommst du endlich?«

Die Stimme ertönte so plötzlich, dass er zusammenzuckte. Er eilte zum Fenster, stützte die Hände am Fensterbrett ab und schaute hinunter. Da draußen stand sein bester Freund und winkte ihm zu. Seine Hände stecken in dicken Fäustlingen, in der eiskalten Luft stieg sein Atem wie Rauch aus seinem Mund auf.

Eriksson … Es hatte ihm erst nicht gefallen, so genannt zu werden, aber in der Klasse gab es noch zwei Jungen, die seinen Vornamen trugen, also hieß er jetzt Eriksson, und da ihn alle so nannten, hatte er sich inzwischen daran gewöhnt.

Raureif glitzerte im grellen Sonnenlicht auf den Birken und erinnerte ihn daran, sich warm anzuziehen. Er hatte schon seine lange Unterhose herausgesucht, aber zur Sicherheit nahm er noch einen zusätzlichen Pullover.

»Ich komme!«

Während er die Treppe hinuntersprang, zog er sich den Pullover über den Kopf.

»Du hast es aber eilig«, sagte seine Mutter vorwurfsvoll, als sie in der Tür zur Küche fast mit ihm zusammenstieß.

»Ja, Gunnar und ich gehen zum Teich Schlittschuhfahren«, antwortete er und schnüffelte in die Luft. »Darf ich ein paar Schnecken mitnehmen?«

»Schon wieder Eishockey! Wozu soll das gut sein?«, fragte seine Mutter und verzog den Mund. »Das macht die Welt kaum besser.«

Trotzdem packte sie ihm ein paar frisch gebackene Vanilleschnecken in eine Papiertüte und reichte sie ihm. Er bedankte sich und ging in den Flur. Nachdem er Mütze, Jacke und Schuhe angezogen hatte, nahm er die Schlittschuhe vom Haken.

»Komm nicht zu spät zum Essen«, sagte seine Mutter.

Er presste die Lippen aufeinander und runzelte die Stirn. Er war noch kein einziges Mal zu spät gekommen. Er war pünktlich wie ein Uhrwerk und immer sechs Minuten vor der vereinbarten Zeit zu Hause. Genauso lange brauchte er, um sich auszuziehen und die Hände zu waschen.

»War nur Spaß«, sagte seine Mutter, die sein finsteres Gesicht gesehen haben musste.

Er lachte nicht. Wenn es um die Uhrzeit ging, machte man keine Scherze, das war wie in der Kirche zu fluchen. Er ging hinaus und schloss die Tür hinter sich, zog sie aber demonstrativ ein bisschen fester zu als normalerweise.

Dann ging er auf den Brennholzschuppen zu, wo sein Tretschlitten wartete. Er umrundete das Holz, das fein säuberlich aufgeschichtet war, und löste mühsam die Kufen, die in den wenigen Stunden, seit er den Schlitten zuletzt benutzt hatte, im Schnee festgefroren waren. Dabei nahm er sich vor, das nächste Mal ordentlicher zu sein und ihn an der Wand aufzustellen. Als Letztes hängte er seine Schlittschuhe über den einen Griff des Schlittens.

Gunnar wartete unten an der Straße auf ihn, also steuerte er den Schlitten dorthin, ließ seinen Freund aufspringen und fuhr los. Trotz des schweren Gewichts glitten die Kufen leicht über den festen Schnee. Der Wind schnitt ihnen ins Gesicht und trieb ihnen Tränen in die Augen. Wie er dieses Gefühl von Freiheit liebte! Es dauert nicht lange, bis sie den kleinen See erreicht hatten, wo seine Mutter im Sommer am Wasser kniend Teppiche auswusch. Sie transportierte sie mit dem Fahrradanhänger und machte sie dann auf dem Waschsteg sauber. Mit Seife und Bürste kann man viel ausrichten, sagte sie immer, wenn er ihr half, die Teppiche mit speziellen Wäscheklopfern zu bearbeiten. Ab und zu sahen sie Schusterkarpfen unter der spiegelblanken Oberfläche vorbeischwimmen, und zwar mit einer solchen Eleganz, dass man neidisch werden konnte. Das waren vollkommen andere Bewegungen als er selbst bei der Morgengymnastik zustande brachte. »Arme strecken, Knie beugen!«

Aber jetzt sah man keine Fische, denn der See war mit Eis bedeckt. Die Temperatur hielt sich seit mehreren Tagen unter null Grad, das Eis müsste also halten. Und er hatte sich so danach gesehnt, Schlittschuh zu laufen. Sowohl Gunnar als auch er hofften, eines Tages in der ersten Mannschaft von Leksand mitspielen zu dürfen. Aber dafür mussten sie erst besser werden, viel besser. Vielleicht würden sie es ja schaffen, wenn sie nur hart genug trainierten?

Kapitel 12

In der Hütte waren Hilma und Maggie mit dem Frühstück fertig, es war Zeit, sich an die Schokoladenherstellung zu machen. Hilma deckte den Tisch ab und spülte, und dann begann Maggie, ihr das Sortiment zu zeigen, das aus Schokoladenküchlein, Herzen, Bruchschokolade und zwei verschiedenen Trüffelsorten bestand: einer festeren mit Himbeere, Pfefferminz oder Chili und einer etwas weicheren mit Passionsfrucht oder Birnen-Cognac. Maggie erklärte ihr auch den Unterschied zwischen Praline und Trüffel, aber da konnte Hilma bereits mitreden. Sie hatte sich am Tag zuvor eingelesen und wusste jetzt, dass Trüffel Sahne enthielten.

»Wie du sehen kannst, habe ich drei verschiedenen Temperiergeräte«, sagte Maggie. »Jeweils eine für weiße, helle und dunkle Schokolade.«

Hilma ließ den Blick über die Geräte aus rostfreiem Edelstahl wandern, die wie größere Küchenmaschinen aussahen. Im Küchenbereich der Hütte standen außerdem zwei Kühlschränke, ein größerer und ein kleinerer für Schokolade, eine Verpackungsmaschine für flache Tafeln, ein Arbeitstisch und ein Packtisch. Auf dem Boden stand ein großer Blecheimer mit mehreren Rollen Transparentpapier, und auf einem Regalbrett darüber gab es Geschenkbänder in bunten Farben. Der wenige Platz hinter der Theke war optimal ausgenutzt.

»So, jetzt werden wir zuerst Pralinen herstellen«, sagte Maggie.

Sie nahm die Schüssel aus dem Ofen, die sie vorhin dort hineingestellt hatte, und platzierte sie neben einem dicken Marmorbrett auf der großen Arbeitsfläche. Dort lagen schon verschiedene gelöcherte Formen aus durchsichtigem Plastik, die am Boden mit etwas Dunklem gefüllt waren. Neben den Formen lagen einige Geräte, die aussahen wie solche, die man in einem Farbengeschäft bekam. Hilmar griff nach einem davon, das an einen Schaber zum Spachteln erinnerte, und wog es in der Hand.

»Also, was genau werden wir tun?«, fragte sie.

»Wir werden zweihundert weiße Pralinen mit zwei unterschiedlichen Füllungen machen«, erklärte Maggie. »Die Schokomasse in der Schüssel ist jetzt bei fünfzig Grad, das ist perfekt. Der nächste Schritt wird sein, sie langsam herunterzukühlen, bevor wir sie in die Formen gießen.«

Maggie deutete mit einem Nicken auf die Temperiermaschine, die am nächsten stand.

»Normalerweise benutze ich die da, aber da es für dich eine Premiere ist, ist es gut, wenn du siehst, wie die Schokolade aussieht und sich anfühlt, wenn sie die richtige Temperatur erreicht hat, damit du den Prozess verstehst.«

»Okay«, sagte Hilma, zog die Schürze zurecht und krempelte die Ärmel hoch.

Maggie griff nach der Schüssel und goss die weiße Schokoladenmasse auf das Marmorbrett. Dann griff sie nach dem Schaber und gab ihn Hilma.

»Schieb jetzt die Masse auf dem Brett hin und her, ungefähr so, wie wenn du ein Butterbrot streichst, sodass die Butter, beziehungsweise in diesem Fall die Schokolade, bewegt wird.«

»Und warum mache ich das?«, wollte Hilma wissen.

»Dann kühlte die Masse langsam ab.«

Hilma tat, wie von Maggie gewünscht, und strich die Schokolade vor sich hin und her. Ein süßlicher Vanilleduft breitete sich aus, ihr lief das Wasser im Mund zusammen.

»Jetzt kannst du die Schokolade glattstreichen, und dann machst du die gleiche Prozedur noch einmal«, erklärte Maggie.

Nachdem Hilma die Masse ein drittes Mal verstrichen hatte, hob Maggie die Hand zum Zeichen, dass es genug war.

»Gut! Jetzt sieh mal!«

Auf der Marmorplatte hatten sich vom Streichen Striche gebildet, und die Masse war jetzt deutlich zäher.

»Was man hier sieht, ist, wie sich die Masse kristallisiert«, sagte Maggie. »Jetzt lassen wir die Schokolade einen Moment ruhen, dann ist dieser Schritt fertig.«

Sie sahen abwartend auf die weiße Masse. Auf der hellen

Oberfläche glänzte das Deckenlicht, und Hilma sog den süßen Duft ein. Sie bemerkte auch etwas, das sie schon lange nicht mehr wahrgenommen hatte. Stille. Absolute Stille. Sie schloss die Augen und erlaubte sich für eine Sekunde, einfach nur den Augenblick zu genießen.

»So, jetzt schabst du die Schokolade zurück in die Schüssel«, instruierte Maggie sie, während sie die Kunststoffformen in einer Reihe aufstellte. »Wie du siehst, habe ich die Formen schon vorbereitet. Darin befindet sich eine ganz dünne Schicht dunkler Schokolade, vermengt mit Kakaobutter und mit ein klein wenig Kakaopulver gepudert. Jetzt geben wir die weiße Schokolade hinzu, die ebenfalls eine Schicht bilden wird und die man hindurchsehen kann, weil die andere Schicht so dünn ist.«

Maggie nahm eine Spritze und begann schnell die Formen zu füllen. Als nur noch etwas zehn übrig waren, reichte sie sie an Hilma weiter.

»So, jetzt bist du dran.«

Hilma sah schnell ein, dass sie nicht das Tempo von Maggie halten konnte, aber sie machte es, so gut es eben ging. Die Vertiefungen zu füllen war nicht besonders schwer, aber zu ihrem Verdruss kleckste sie ziemlich viel dazwischen.

»Das macht nichts, das wischen wir nachher weg«, sagte Maggie, die wieder Hilmas Gedanken zu lesen schien.

Sobald die Vertiefungen gefüllt waren, griff Maggie nach den Formen und drehte sie um. Weiße Schokolade rann über die Marmorplatte.

»Oh, nein! Habe ich was falsch gemacht?«, fragte Hilma erschrocken.

»Nein, gar nicht.« Maggie schlug die Formen ein paarmal gegen das Marmorbrett. »Die weiße Schokolade soll wie gesagt nur die äußere Schicht der Pralinen bilden. Während die hart wird, ist es Zeit, die Ganache vorzubereiten, das wird die richtige Füllung. Du kannst die Spritze da ablegen.«

Hilma tat wie angeordnet, und Maggie strich mit dem Schaber über die Oberseite der Formen, sodass die Kleckse verschwanden, bevor sie sie an Hilma weitergab.

»Stell die und die anderen Formen in den Schokoladenkühlschrank, bitte, und hol dann die Sahne aus dem normalen Kühlschrank.«

Während Hilma im obersten Fach Platz für die Formen fand, hörte sie, wie Maggie den Herd anmachte und neue Schüsseln und Geräte auf die Arbeitsplatte stellte.

»Wenn mein Mann außer Schokolade etwas liebte, dann war es Lakritz«, sagte Maggie ein wenig traurig. »In der ersten Pralinensorte bekommt man beides.«

»Das klingt gut.«

»Ja, das fand er auch.«

Maggie platzierte einen Topf auf einer Waage und stellte diese auf null. Dann wog sie Sahne und Zucker ab, bevor sie den Topf auf den Herd stellte.

»Das muss jetzt aufkochen, solange wiegen wir die anderen Zutaten ab. Schokoladenzubereitung ist eine Wissenschaft für sich, ein bisschen wie Chemie. Man muss exakt sein, wenn man das perfekte Ergebnis erzielen will.«

Maggie stellte eine Glasschüssel auf die Waage und gab dunkle Schokoplättchen hinein, wobei sie das Display genau im Auge behielt. Als sie exakt sechshundertneunzig Gramm hatte, stoppte sie, nahm die Schüssel weg und stellte eine neue auf die Waage. Hilma beobachtete aufmerksam jeden Schritt und versuchte, ihn sich zu merken.

»In die kommt Butter«, erklärte Maggie. »Die Ganache bildet dann den perfekten Kontrast zur weißen Schokolade. Süße im Vergleich zur leichten Bitterkeit. Und Lakritz als Unterton!«

Hilma verrührte die Sahne mit dem Zucker im Topf, und als die Mischung aufkochte, goss Maggie sie über die dunklen Schokoplättchen, die sofort darin schmolzen.

»Jetzt ist es wichtig, Geduld zu haben«, sagte Maggie, »ansonsten besteht die Gefahr, dass nicht die ganze Schokolade schmilzt. Deshalb warte ich mindestens zwei, drei Minuten.«

»Brauchen wir die Schüsseln noch?«, fragte Hilma und deutete mit einem Nicken zur Arbeitsplatte. »Wenn du willst, kann ich sie schon mal abspülen.«

»Das darfst du gern machen, und auch den Schaber«, sagte Maggie. »Wir brauchen ihn später wieder, achte darauf, ihn ordentlich abzutrocknen. Aber warte noch einen Moment, damit du keinen Schritt verpasst.«

Als die Masse geschmolzen war, griff Maggie nach einem Rührbesen und vermischte die Flüssigkeit. Die Schokoplättchen hatten sich in der Sahnemischung aufgelöst und färbten diese dunkelbraun. Dann fügte sie die Butter hinzu und ließ auch die langsam schmelzen. Zum Schluss holte sie eine Dose und schüttete vorsichtig einen Teelöffel eines schwarzen Pulvers in die Schüssel. Aufgrund des Geruchs war es nicht schwer zu erraten, dass es sich dabei um Lakritz handelte.

»Jetzt muss man die Mischung noch ganz glatt pürieren«, erklärte Maggie. »Und dann ist wieder Zeit zum Temperieren, aber wenn du magst, darfst du vorher probieren.«

Hilma nahm einen Löffel, den sie behutsam in die Ganache tauchte. Maggies Augen leuchteten vor Erwartung, als Hilma ihn in den Mund steckte.

»Ja, das schmeckt wirklich gut!«, bestätigte Hilma und leckte sich die Lippen. »Noch besser, als es riecht.«

»Ja, nicht?«, sagte Maggie zufrieden.

»Ja, aber warum muss man beim Temperieren so wahnsinnig genau sein?«, rief Hilma über den Lärm des Stabmixers hinweg, den Maggie gerade eingeschaltet hatte.

»Die Oberfläche wird dadurch glatt und ebenmäßig, außerdem glänzend und nicht matt. Und bekommt die richtige Konsistenz. Was man erreichen will, ist diesen Knacken, wenn man in die Praline hineinbeißt. Die Ganache muss die richtige Temperatur haben, um nicht die Hülle zu schmelzen.«

Hilma nickte. Das klang alles logisch, sie hatte nur nie darüber nachgedacht.

Maggie war fertig mit dem Mixer und stellte ihn endlich ab. Dann goss sie die Ganache auf das Marmorbrett, und Hilma war wieder an der Reihe, die Masse mit dem frisch gespülten Schaber zu bearbeiten, genau wie vorhin, als die weiße Schokolade abkühlen sollte.

»Ich muss sagen, dass du dich sehr gut anstellst«, munterte Maggie sie auf. Sie sah aus dem Fenster. »Aber wir müssen mehr Leute dazu bringen, Pralinen kaufen zu wollen«, ergänzte sie leise. »An Weihnachten geht es noch, aber jetzt im November oder im Februar oder März. Was muss man tun, damit sich die Leute nach einer heißen Schokolade sehnen?«

»Diätschokolade natürlich«, sagte Hilma lachend.

Maggie schnaubte, ihr Blick verfinsterte sich. »Gott bewahre. Mit solchen Großstadtideen haben wir nichts zu tun. Keine Kohlenhydrate zu essen zum Beispiel, ist das Dümmste, was ich je gehört habe. Was ist falsch an einer Kartoffel? Sie hat früher Millionen Menschen das Leben gerettet. Und Schokolade, richtige Schokolade, ist sogar gut für die Gesundheit.«

Hilma lachte und hob abwehrend die Hände. »Nein, nein, du hast ja recht. Ein bisschen Schokolade hilft in jeder Lebenslage. Das muss man den Menschen eintrichtern. Wann braucht man Schokolade mehr als im November?«

Sie dachte daran, wie dunkel es in Stockholm und Uppsala in diesem Monat war, wo das Licht trotz der vielen Straßenlaternen und Leuchtschilder von dem nassen Asphalt und dem feinen Nieselregen verschluckt wurde. Es war, als befände man sich mitten in einem schwarzen Loch. Aber selbst mit Schnee auf den Straßen, wie jetzt gerade hier in Leksand, schadete es nicht, mit etwas Schokolade aufgemuntert zu werden.

Maggies Miene hellte sich auf. »Die Idee gefällt mir! Ein bisschen Schokolade hilft in jeder Lebenslage. Was für ein guter Slogan. Ist der dir eben eingefallen?«

»Ja, der Spruch war einfach plötzlich da.«

»Also, die Leute brauchen definitiv mehr Schokolade in ihrem Leben«, lachte Maggie.

Sie musterte die Ganache, die auf dem Marmorbrett abkühlte, und bat Hilma, die Pralinenformen aus dem Kühlschrank zu holen. Dann füllte sie eine neue Spritze und kleckste die Ganache in die Hüllen. Nachdem diese fest war, ließ sie Hilma weiße Schokolade darüber spritzen und anschließend die Formen sauberkratzen, so wie sie selbst es zuvor gemacht hatte. Zum Schluss gab Maggie den Formen seitlich einen Schlag mit der Hand.

»Um potenzielle Luftblasen wegzubekommen«, erklärte sie.

»Das sind wirklich viele Schritte, auf die man achten muss«, stöhnte Hilma, die ihr Bestes gegeben hatte, um sich alles zu merken.

Zugleich stellte sie fest, dass das Ganze mehr Spaß machte, als sie gedacht hätte. Und Maggie hatte recht: Es war nicht verkehrt zu sehen, wie alles ablief. Das nächste Mal würde es sicher leichter sein, sich daran zu erinnern. Zumindest hoffte Hilma das.

»Du wirst das schnell lernen«, sagte Maggie, während sie die Formen im Kühlschrank verstaute.

Während Hilma ihr zuschaute, hing sie dem Gedanken nach, den Maggie anfangs ins Spiel gebracht hatte, nämlich, dass sie neue Ideen für die Schokolade brauchten. Maggie hatte darauf hingewiesen, dass man innovativ denken müsse, und das brachte Hilma jetzt tatsächlich auf eine Idee.

Kapitel 13

»Wenn du einkaufen gehen willst, gibt es dort drüben im Schuppen einen Schlitten«, teilte Björn ihr mit und deutete über seine Schulter. »Du kannst ihn gern benutzen, wenn du die Tüten nicht alle nach Hause schleppen willst.«

»Wie nett, das ist super. Dabei wollte ich nur fragen, welcher Laden am nächsten liegt«, sagte Hilma.

Ihr Vermieter lächelte sie breiter als gewöhnlich an, es zuckte in seinen Mundwinkeln unter dem Schnurrbart. Lag es an irgendetwas, das sie gesagt hatte? Aber bevor sie nachfragen konnte, eilte er weiter und verließ den Hof. Offenbar war er gerade auf dem Weg zu einem Nachbarn.

Hilma hatte noch nie einen Tretschlitten benutzt, aber ihr war klar, dass es leichter sein würde, die Einkäufe damit zu transportieren. Dass es zugleich so viel Spaß machen würde, hätte sie nicht gedacht. Nachdem sie den Hof verlassen und Fahrt aufgenommen hatte, glitten die Kufen sanft über den harten Schnee. Sie wurde immer schneller, Tränen liefen ihr vom Fahrtwind über die Wangen. Sie konnte nicht verhindern, dass ihr Grinsen immer breiter wurde. Zumindest bis sie zu einem Asphaltstück kam. Da kam sie abrupt zum Stehen, fiel nach vorne und blieb am Lenker hängen.

»Uff!«

Hilma bekam kurz keine Luft mehr, und sobald sie wieder atmen konnten, entfuhr ihr ein Stöhnen. Mühsam richtete sie sich auf, bevor sie sich nach beiden Seiten umsah. Zum Glück schien niemand von ihr Notiz genommen zu haben, vor allem nicht ein gewisser junger Mann mit Ohrenklappen an der Mütze. Sie atmete tief aus. Seit sie klein war, hatte ihre Mutter ihr eingebläut, den Kopf hochzuhalten und sich nichts anmerken zu lassen. »Egal, was du tust, bewahre Würde!« Plötzlich fiel Hilma ein, wie ihre Mutter am Strand einmal Besuch von einem Grashüpfer erhalten hatte. Er war zuerst in ihrem Haar gelandet, und noch bevor ihre Mutter hatte reagieren können, war er weiter unter ihre Bluse gehüpft. Hilma hatte verwundert zugeschaut, wie ihre Mutter mit versteinertem Gesicht abwartete, bis eine Gruppe von Leuten an ihnen vorbeigegangen war, und erst dann frenetisch aufsprang, um das Tier loszuwerden. Bei einer anderen Gelegenheit war ihre Mutter beim Arzt gewesen, um sich nach der Entfernung eines Leberflecks die Fäden ziehen zu lassen. Die Krankenschwester, die ihre Mutter betreute, hatte gefragt, wer die Operation gemacht habe. »Der Arzt hatte in Handarbeit sicher keine Eins«, hatte sie gesagt und die Augen verdreht. Hilmas Bruder, der seine Mutter begleitet hatte, war in Gelächter ausgebrochen. Er lachte auch später noch, als er Hilma davon erzählte, während ihre Mutter keine Miene verzog. Hilma hatte sich von vielen Prinzipien ihrer Eltern freigemacht, aber dass man sich auf keinen Fall lächerlich machen durfte, saß tief. Hilma schob den Schlitten ein Stück vor sich her, bevor sie wieder Schwung nahm, diesmal allerdings deutlich vorsichtiger.

Eine halbe Stunde später hatte Hilma das Zentrum erreicht, alles gefunden, was sie brauchte, und ihre Waren bezahlt. Sie schleppte die schweren Tüten aus dem Laden und stellte erleichtert fest, dass der Tretschlitten noch dastand, obwohl sie ihn nicht abgeschlossen hatte. Wie machte man das überhaupt? Sie war jedenfalls froh, dass niemand ihn gestohlen hatte und sie die Einkäufe nicht nach Hause tragen musste.

Auf dem Weg zum Supermarkt war ein Bus an Hilma vorbeigefahren, sodass sie nun wusste, dass es zumindest so etwas wie einen öffentlichen Nahverkehr gab. Die Wahl zwischen Bus und Schlitten fiel ihr allerdings leicht, denn es war sehr viel lustiger, mit dem Schlitten zu fahren, wenigstens solange der größte Teil des Weges schneebedeckt war und niemand sah, wenn sie sich dumm anstellte. Vor allem war es gut zu wissen, dass sie ohne Auto zurechtkommen würde, eine Auffassung, die die anderen Verkehrsteilnehmer sicherlich teilen würden. Es war eine Weile her, seit sie das letzte Mal gefahren war, und ihre Mitfahrer hatten das als leicht traumatisches Erlebnis beschrieben.

Hilma wählte einen anderen Rückweg, und nachdem sie

das Zentrum verlassen und die Brücke über den Fluss passiert hatte, fuhr sie ein Stück an der Hauptstraße entlang und bog dann rechts ins Dorf ab. Neugierig spähte sie durch die sanft erleuchteten Fenster einiger rot bemalter Häuser. Ein junger Mann mit Mütze war aber nirgends zu sehen. Im Übrigen auch keiner ohne Mütze. Wer er wohl war? Und wo er wohnte? Sie gab ihr Bestes, nicht an ihn zu denken, aber ihr Hirn verweigerte die Zusammenarbeit, sodass ihr Versuch eher den umgekehrten Effekt hatte. Hilma schüttelte den Kopf über sich selbst und eilte auf dem Schlitten weiter.

Als sie zurück in ihrem Häuschen war und die Lebensmittel in Kühlschrank und Tiefkühlfach verstaut hatte, atmete sie ein paarmal tief ein. Sie hatte einige Töpfe mit Basilikum und anderen Gewürzpflanzen gekauft, die sie auf der Fensterbank aufreihte. Sie dufteten himmlisch. Frisch und lebendig. Das Toastbrot stellte sie zu Cornflakes und Haferflocken in den Schrank, der gerade groß genug war, um das Nötigste unterzubringen. Dann beschloss sie, noch einmal nach draußen zu gehen. Die Luft war nicht ganz so rau wie am Vortag.

Sie lief die Straße entlang und genoss die frische Luft. Eine einsame Krähe saß in einer Birke, deren Zweige sich über den Weg erstreckten. Als sie unter ihnen hindurchging, rieselten weiße Kristalle auf sie herab. Sie drehte das Gesicht nach oben, spürte die Kälte im Gesicht. Auch wenn es vieles gab, woran sie sich erst gewöhnen musste, überfiel sie hier etwas ganz Neues: ein Gefühl von Freiheit. Es war heilsam, so von der Natur umgeben zu sein.

Sie war hierhergekommen, hatte ihre Komfortzone verlassen und mit einer Arbeit begonnen, die sie sich nie im Leben erträumt hätte, die ihr aber dennoch gefiel. So weit war alles in Ordnung. Aber was würde passieren, wenn der Laden pleiteging? Zum Glück hatte sie ein bisschen Geld gespart, das war der Vorteil von zu viel Arbeit. Aber war sie bereit, bei Maggie zu bleiben, auch wenn der Lohn ausblieb? Und wohin sollte sie gehen, wenn sie dort nicht mehr gebraucht wurde? Sie unterbrach ihre Gedankenspirale. Nein, sie musste sich zusammenreißen. Schließlich war sie hier, um sich keine Sorgen mehr machen zu müssen. Sie wollte im Jetzt leben.

»Hej, hallo, neu hier?«

Hilma wurde von einem älteren Mann aus ihren Gedanken gerissen, der mit einer Zeitung in der Hand neben seinem Briefkasten stand. Offenbar hatte er mit ihr gesprochen, und seinem Gesichtsausdruck nach erwartete er eine Antwort.

»Wie bitte?«, fragte Hilma.

»Wer sind Sie?«, sagte der Mann überdeutlich und lächelte ihr zu. Er rückte seine Brille zurecht und sah sie aufmunternd an.

»Hilma, ich bin gerade hergezogen.«

»Dann hoffe ich, dass es Ihnen hier gefällt. Es ist ein hübscher Ort. Darf ich Sie vielleicht auf eine Tasse Kaffee einladen?«

Sie musterte ihn, wie er dastand und sie unter seiner Kappe anblinzelte. Warum wollte er sie einladen? Was war sein Hintergedanke? Der Kerl war mindestens vierzig Jahre älter als sie, also war es wohl kein Anmachversuch. Zumindest wenn er nicht der Hugh Hefner von Dalarna war. Aber warum sollte man eine vollkommen Fremde zum Kaffee einladen?

»Danke, vielleicht ein ander… oder, warum nicht«, hörte sie sich selbst sagen und fragte sich zugleich, was sie sich dabei dachte.

Das Gesicht des Alten hellte sich auf.

Was war nur los mit ihr? Vielleicht verhielt sie sich so, weil sie im Hinterkopf eine Stimme hörte, die ihr sagte, sie müsse die Dinge anders angehen als bisher. Spontaner sein. Und im Moment hatte sie Zeit, warum sollte sie also nicht Ja sagen? Es war eine nette Geste, und der alte Mann sah nicht gerade wie ein Hammermörder aus. Bestimmt freute er sich einfach über ein wenig Gesellschaft, und eine Tasse Kaffee war immer gut … Natürlich nur, wenn sie nicht vergiftet war … Sie folgte ihm ins Haus, bevor sie es sich anders überlegen konnte.

Der alte Mann stellte sich als Lennart vor und bat sie, auf der Küchenbank Platz zu nehmen, während er den Kaffee servierte. Das Heißgetränk schien gerade fertig geworden zu sein, da die dampfende Maschine nach einem lauten, schlürfenden Geräusch still wurde. Ein herrlicher Duft hatte sich in der Küche ausgebreitet.

»Ich hoffe, du trinkst ihn auch schwarz? Ich habe keine Milch«, sagte er, als er die Tassen auf den Tisch stellte.

»Aber Zucker und ein paar Kekse gibt es bestimmt noch irgendwo.«

»Danke, einfach nur eine Tasse Kaffee reicht mir.«

»Wie du willst, aber ich gönne mir vielleicht einen Pfefferkuchen oder zwei.«

Bald war er mit einem Teller voller Backwaren und herzförmiger Pfefferkuchen zurück, falls sie es sich anders überlegen sollte. Er selbst biss in ein Gebäckstück, dann schob er sich die Brille auf die Nasenspitze und musterte sie freundlich.

»Du bist also neu im Dorf«, stellte er fest.

»Ja.«

Hilma versuchte, seinem Blick standzuhalten, wurde aber davon abgelenkt, dass an allen Wänden Kupferkessel hingen, die im Schein der Küchenlampe glänzten.

»Dann zeige ich dir gern ein paar Fotos von früher. Die möchtest du doch bestimmt sehen?«

Alte Bilder standen bei Hilma nicht gerade hoch im Kurs, nicht einmal für alte Fotos von ihrer Verwandtschaft hatte sie die Geduld, aber sie wollte nicht unhöflich sein.

»Natürlich«, erwiderte sie und versuchte, enthusiastisch zu klingen.

Lennart holte ein Fotoalbum, und bald blätterte er durch Seiten voller Bilder, die Leksand vor fünfzig Jahren zeigten, den Spielmannszug in Volkstracht, das traditionelle Mittsommerfest und viele Cafés entlang der Norsgata, die parallel zum Fluss verlief. Er erzählte, dass es nur noch wenige von ihnen gab.

»Ach, wie schade«, sagte Hilma und brummte nachdenklich, als Lennart weitererzählte.

Tatsächlich war der historische Rückblick wider Erwarten interessant, denn Lennart war ein lebhafter Erzähler, man spürte seine Begeisterung für die Geschichte des Ortes. Er hatte etwas gefunden, wofür er brannte. Und sie? Wofür brannte sie? Jedenfalls nicht für die Arbeit im PR-Büro, das stand fest. Warum hatte sie sich dann so dabei verausgabt?

Hilma erzählte ihrerseits von ihrer neuen Arbeit im Pavillon am Teich, den er natürlich kannte.

»Schade, dass Maggie sich jetzt um alles allein kümmern muss«, sagte Lennart, und sein Blick bekam etwas Mitfühlendes. »Im Sommer gehe ich immer mit einer Säge zum Siljansee und schneide das Gestrüpp dort und in der Nähe des Teichs, damit die Leute die Promenade dort nutzen können. Ich möchte schließlich, dass alle den schönen Ausblick auf die Dörfer auf der anderen Seeseite genießen können, ganz zu schweigen von meinem eigenen Lieblingsort: der Kirche auf der Landzunge«, sagte er.

Die hatte Hilma auch schon gesehen. Eine stattliche weiße Kirche mit schwarzem Zwiebeldach, die am rechten Flussufer stand, nicht weit vom Pavillon entfernt.

»Und im Winter lege ich unterhalb des Pferdehofes Heu auf den Feldern aus, damit das Rehwild etwas zu fressen hat«, fuhr Lennart fort. »Man muss sich um die Tiere kümmern, und Anna-Lisa, eine Frau aus dem Dorf, und ich wechseln uns ab. Ich lege Heu aus, und sie dreht eine

Runde mit ihrem Rollator und legt hier und da Essensreste hin.«

Die privaten Fotos überblätterte Lennart schnell, die schien er für sich behalten zu wollen.

Hilma bedankte sich für den Kaffee und das Gespräch. Sie fühlte sich ungewöhnlich munter und war sogar ein bisschen stolz auf sich, weil sie die Einladung zum Kaffee entgegen all ihrer Prinzipien angenommen hatte. Entgegen ihrer Erwartung war es sogar richtig nett gewesen, und es fühlte sich gut an, Lennart ein wenig Gesellschaft geleistet zu haben.

Auf dem Heimweg sah sie etwas, das ihr Herz schneller schlagen ließ. Nur einen Steinwurf von ihr entfernt lief der Graffiti-Junge. Auch wenn er diesmal keine Spraydose in der Hand hielt, war sie sich sicher, dass er es war. Sie erkannte seine schlaksige Gestalt wieder, und etwas an seiner Art zu gehen, leicht nach vorne gebeugt, die Hände tief in den Taschen, verriet ihn. Er trug denselben Hoodie wie neulich, aber warum hatte er keine Winterjacke bei sich? Fror er denn nicht? Sie lief schneller, um ihn einzuholen, aber bevor sie ihn erreicht hatte, bog er ab und verschwand auf einem Grundstück mit einem roten Holzhaus. Hilma blieb vor der niedrigen Hecke stehen. Sie zögerte. Im Garten stand eine mannshohe Puppe, die wie ein Soldat gekleidet war, mit Helm und Mantel, die Hand zum militärischen Gruß erhoben. Das wirkte ziemlich seltsam, aber Hilma schüttelte ihr Unbehagen ab. Sie wusste zwar, dass die Idee, die ihr im Gespräch mit Maggie gekommen war, ein bisschen verrückt war, aber was hatte sie schon zu verlieren? Als sie sah, wie im Haus das Licht anging, nahm sie all ihren Mut zusammen und betrat das Grundstück. Entschlossen ging sie auf die Haustür zu und klopfte.

Kapitel 14

Hilma wartete ein paar Sekunden, bevor sie wieder die Hand hob, doch genau in dem Moment ging die Tür auf. Der schlaksige Junge, der im Türrahmen stand, war einen Kopf größer als sie. Er hatte braunes, struppiges Haar, das unter einer grauen, ausgefransten Kappe hervorlugte. Seine Augen waren hell, und auf der Wange war eine blasse Narbe zu erkennen. Mit verschränkten Armen stand er da und sah sie verbissen an.

»Wir brauchen nichts«, sagte er abweisend.

»Ich bin auch nicht hier, um etwas zu verkaufen.« Sie richtete sich auf. »Ich heiße Hilma und …«

»Bist du von den Zeugen Jehovas?«

Sie schüttelte den Kopf. »Nein, nein, hör zu. Es geht um das Graffiti neulich am Schwarzen Brett.«

Der Junge wurde blass und machte einen Schritt zurück. Seine Miene schwankte zwischen Arroganz und Unsicherheit, er musterte sie, als versuche er auszumachen, ob sie von der Polizei war und einen Schlagstock oder eine Pistole unter der Jacke versteckte.

»Da irrst du dich«, sagte er trotzig. »Ich war das nicht.«

Er machte Anstalten, die Tür zu schließen, also beeilte sich Hilma hinzuzufügen: »Was ich meine, ist, dass ich hoffe, dass du es warst. Ich war unglaublich beeindruckt, von dem, was ich gesehen habe.« Der Junge zögerte, und Hilma fuhr fort: »Diese zierliche Blume, die du gemacht hast – ich habe schon mal etwas Ähnliches in einem Kunstforum im Internet gesehen und auch in einem Museum, aber nie so schön wie deine.«

»Diese Kunst nennt sich Kurbits, falls ich das gemacht haben sollte … Hab ich aber nicht.«

Hilma meinte, so etwas wie ein Grinsen im Gesicht des Jungen wahrgenommen zu haben, bevor er wieder ernst wurde.

»Du bist also nicht vom Ordnungsamt oder was auch immer?«

»Nein, überhaupt nicht. Es stimmt schon, dass ich es normalerweise nicht mag, wenn Leute alles vollkritzeln …« Sie räusperte sich. »Aber was du gemacht hast, gehört nicht dazu, und deswegen bin ich hier. Ich hätte eine Frage an dich. Oder besser … ein Jobangebot.«

»Echt?«

Der Junge schob die Tür ein paar Zentimeter weiter auf, ließ aber die Hand auf dem Türknauf. Seine Körperhaltung zeigte, dass er sich zumindest etwas entspannte.

»Was für ein Angebot soll das sein?«

»Also, du kennst doch sicher das Lusthaus am See«, begann Hilma. »Eines von vielen Dingen, die wir ändern wollen, ist das Design der Pralinen, und dabei habe ich an dich gedacht. Mit deinem künstlerischen Talent könntest du uns bestimmt helfen.«

Der Junge sah sie ungläubig an, kaute auf seiner Unterlippe und schien nachzudenken. »Ich soll Schokolade designen?« Er drehte sein Baseballcape um und setzte es dann wieder richtig herum auf, als müsse er seine Hände beschäftigen. »Graffiti sind etwas ganz anderes als Schokolade, daher: nein, danke. Außerdem gehe ich noch zur Schule. Und ich war es ja auch gar nicht …«

»Wie wäre es, wenn du am Wochenende einfach mal vorbeikommst, dann zeige ich dir die Manufaktur«, versuchte es Hilma noch einmal und merkte selbst, wie verzweifelt sie klang. »Das ist kein Ganztagsjob, sondern nur ein Projekt, für das du stundenweise bezahlt wirst.«

Der Junge schlug leicht mit der Faust auf den Türrahmen. Er schaute zu Boden, dann wieder zu ihr auf. Die Verwirrung in seinem Blick verwandelte sich plötzlich in Wut.

»Ich habe gesagt, dass ich nicht interessiert bin!«

Ohne ein weiteres Wort schlug er ihr die Tür vor der Nase zu. Hilma blieb einen Moment lang stehen, falls er seine Meinung ändern sollte. Aber die Tür blieb geschlossen, sodass sie sich schließlich umdrehte und enttäuscht davonging.

Kapitel 15

1968

Eriksson, zwanzig Jahre. Fast schon ein Opa. Glückwünsch und Hurra!

Er las die krakelige Handschrift auf der Glückwunschkarte mehrmals laut. Die Karte steckte im Rahmen des Spiegels, der im Flur über der dunkelbraunen Kommode hing. Sie war heute mit der Post gekommen, und obwohl kein Absender vermerkt war, wusste er, dass die Grüße von Gunnar kamen. Er grinste, da er die Stimme seines Freundes beim Lesen im Kopf hatte. Aber während er mit dem Finger über den Rand der Karten strich, erstarrte sein Gesicht, denn er verspürte zugleich einen bitteren Schmerz. Er vermisste seinen Freund.

Gunnar war zur Infanterie einberufen und als Feldjäger in Öresund stationiert. Er selbst war davongekommen, zumindest sah er es so, auch wenn das von vielen anderen als Versagen oder Schande gedeutet wurde. Er war aufgrund seiner Sehschwäche ausgemustert worden, woran ihn, wenn er wie jetzt in den Spiegel sah, jedes Mal wieder seine dicken Brillengläser erinnerten. Die Brille mit den markanten Bügeln und dem geraden Mittelsteg ließ ihn tatsächlich wie einen Opa aussehen, stellte er lachend fest. Er winkte seinem Spiegelbild zu. Gunnar wusste, wovon er sprach, aber das störte ihn nicht.

Während er mit seinem Ärmel einen kleinen Fleck auf dem Spiegel wegpolierte, fragte er sich, was Gunnar wohl jetzt gerade tat. Vielleicht robbte er dicht hinter einem Kameraden durch den Matsch und lief dabei Gefahr, dessen Stiefel ins Gesicht zu bekommen. Marschierte er? Oder rannte er sich womöglich auf einem Hindernislauf, bei dem er mit einem schweren Rucksack eine hohe Wand erklimmen musste, die Lunge aus dem Hals? Gunnar war immer der Schnellere von ihnen beiden gewesen, und er bewegte sich genauso geschmeidig wie die Karpfen, die sie so oft im Teich beobachtet hatten. Es fiel ihm nicht schwer, sich vorzustellen, dass Gunnar seine neuen Aufgaben mit Bravour meisterte, egal worum es ging. Aber keiner von ihnen hatte das Talent zum Eishockeyspieler gehabt. Gunnar war schnell darüber hinweggekommen, während er selbst dem Gedanken hinterhertrauerte. Das kratzende Geräusch der Schlittschuhe auf dem Eis, das Gefühl, in einer Mannschaft zu spielen, waren für ihn etwas Besonderes. Die Jubelschreie bei einem Tor, das Abklatschen, die Gruppendynamik.

Das Bild seines Freundes auf dem Eishockeyfeld verblasste und wurde durch ein Bild von Gunnar in Uniform und mit geschultertem Gewehr ersetzt. Er schauderte.

Krieg jagte ihm mehr Angst ein als alles andere, und es war nicht lange her, dass Hitler in Europa gewütet hatte. Auch wenn Schweden verschont geblieben war, hatte sein Vater ihm erzählt, wie der Krieg das Leben aller beeinflusst hatte. Dass seine Mutter lange allein leben und die Verantwortung zu Hause tragen musste, während er militärischen Bereitschaftsdienst gehabt hatte. Dass Gebäck mit Sägespänen gestreckt wurde und sie manchmal scheußliche Geflügelwurst essen mussten. Er schüttelte die unangenehme Erinnerung ab. Das Besondere an der Ausmusterung bestand darin, dass er auf diese Weise auch einem administrativen Militärdienst entging, den er ansonsten in seiner Situation hätte machen können. Zur Erklärung hatte es geheißen, dass es zu viele wie ihn gab und sie momentan niemanden mehr bräuchten. Einerseits war es schade, dass er nicht einberufen wurde, denn er mochte Ordnung und Disziplin, und er konnte immerhin sein Bett ordentlich machen, in dieser Hinsicht schien er qualifiziert zu sein. Er hatte gehört, dass die Bettlaken so fest gespannt werden mussten, dass eine Münze darauf abprallen konnte. Aber die Ordnung könnte schnell in Chaos verwandelt werden, wenn die Russen kamen. Insgesamt war es also schön, dem Militärdienst zu entgehen, und er hoffte nur, dass sich die Geschichte nicht wiederholen würde. Die Frage war allerdings, was er stattdessen tun sollte. Was sollte er mit seinem Leben anfangen? Zum ersten Mal verspürte er eine tiefe Einsamkeit. Noch schlimmer war allerdings die Unsicherheit, welchen Schritt er als Nächstes tun sollte.

Er hatte auf dem Pferdehof eine angenehme Kindheit verbracht und seinen Eltern viel geholfen, die immer öfter auf Reisen gingen, um nach Antiquitäten zu suchen. Sie hatten ein Leben voller Routinen geführt. Morgens Pferde füttern, ausmisten, striegeln, den Futtertrog mit Heu füllen und Koppeln errichten. Die Arbeit auf dem Hof hatte ihn sehr geschickt werden lassen, und er ritt gern. Es war ein herrliches Gefühl, die Zügel zu lockern und über die Wiesen zu galoppieren oder am Siljansee entlangzutraben, wo die Erlen, die den Weg säumten, im Wind wogten und sich in der blanken Wasseroberfläche spiegelten. Dann weiter in den Wald hinein mit einer Pause am Bach, auf dem Weg hoch nach Styrsjöbo. Dort ließ er das Pferd von dem eiskalten Wasser trinken, während er dem Gluckern des Baches lauschte und den Waldgeruch tief einatmete: Fichten, Harz und Moos. Einfach im Jetzt leben.

Die Pferde zogen auch viele Dorfbewohner an, vor allem Mädchen. Eines davon war das Mädchen, das in seinem früheren Kinderzimmer ein eigenes Astloch in der Zimmerdecke gehabt hatte und das er nicht vergessen konnte. Sie war jetzt sechzehn und sehr umschwärmt. Von ihr ging ein schwer zu erklärendes Strahlen aus. Das, was ihr als Kind zugestoßen war, schien sie überwunden zu haben, jedenfalls wirkte es so auf ihn. Er wünschte sich, er würde sich trauen, sie anzusprechen, aber wenn sie in der Nähe war, verlor er jeden Mut. Zumindest konnte er sie aus der Ferne anschauen.

Er dachte wieder über sein Leben und seine Zukunft nach. Mit der Realschule war er fertig, seine Noten waren gut, was ihm verschiedene Möglichkeiten eröffnete. Den Winter über hatte er sich etwas dazuverdient, indem er Touristen in einem mit Fackeln versehenen Pferdeschlitten durch das Dorf kutschiert hatte. Wer sich traute, konnte sich auch auf einem Plastikschlitten hinterherziehen lassen. Aber jetzt spürte er eine innere Unruhe, er fühlte sich wie eine Puppe, die dabei war, sich in einen Schmetterling zu verwandeln, oder ein Reptil, das sich häuten musste. Es war Zeit für den nächsten Schritt. Aber welchen? Das Einzige, was er sicher wusste, war, dass er nicht Musiker werden wollte. Die Trompete hatte er weggelegt, allerdings erst, nachdem er sich hatte überreden lassen, im Blasorchester der Schule mitzuspielen. Aus Nettigkeit und wegen eines gewissen Gruppenzwangs – oder wegen der Musiklehrerin, die so bestimmend gewesen war, dass er nicht zu widersprechen gewagt hatte – war er viel länger dabeigeblieben, als er wollte. Auf dem Höhepunkt seiner Karriere hatte er die Fanfare für die Milchkuh des Jahres blasen dürfen. Aber das war jetzt vorbei. Endgültig. Was sollte er also jetzt tun? Es musste doch irgendeine sinnvolle Tätigkeit für ihn geben.

Kapitel 16

Maggie hatte Hilma offensichtlich beim Wort genommen, denn als Hilma am nächsten Tag ins Lusthaus kam, war der Pavillon voller Kartons, was man schon vom Fenster der Schokoladenwerkstatt aus sehen konnte.

»Da du das Café schöner machen willst, habe ich ein paar Kisten mit Weihnachtsschmuck und Dekorationssachen mitgebracht, die du benutzen kannst«, teilte Maggie ihr mit. »Vielleicht findest du ja etwas Brauchbares darunter, du hast jedenfalls freie Hand.«

»Oh«, freute sich Hilma. »Wie schön!«

»Früher habe ich sowohl im Lusthaus als auch hier dekoriert, aber in den beiden letzten Jahren fehlte mir die Energie dafür.« Sie ließ von der Arbeitsfläche ab, die sie gerade wischte, und sah Hilma an. »Und da es immer weniger Gäste gab, hätte es sich auch kaum noch gelohnt.« Sie zuckte mit den Schultern. »Aber es schadet wohl nichts, wenn du die Deko dieses Jahr wieder benutzt. Du scheinst ja Spaß daran zu haben.«

»Ja, absolut! Und ich verspreche, ich tue, was ich kann, damit der Ort noch einladender wirkt.«

Hilma spürte ein Kribbeln im Bauch. In Gedanken war sie bereits bei der Einrichtung, sie sah vor ihrem inneren Auge, wie die Leute ihre Tabletts mit heißer Schokolade und Tellern voller Pralinen zum Lusthaus balancierten. Sie wusste zwar noch nicht, wie genau sie die Menschen herlocken konnte, aber wenn sie erst einmal da waren, sollten sie nicht mehr wegwollen.

»Wie du dir denken kannst, ist das Budget für meine Einrichtung momentan leider begrenzt, wir müssen also mit dem auskommen, was wir haben«, sagte Maggie. »Und falls wir doch noch etwas brauchen, müssten wir das secondhand kaufen. Es gibt ein paar ganz gute Läden in Leksand.«

»Das bekommen wir schon hin«, versicherte Hilma aufgeregt.

Am liebsten hätte sie sofort losgelegt, sie war furchtbar neugierig darauf, was sich in den Kartons befand.

»Ich hatte eigentlich vor, mit der Schokolade anzufangen, aber ich merke schon, dass du viel lieber gleich hier anpacken willst«, bemerkte Maggie.

»Sieht man mir das so deutlich an?« Hilma lachte.

»Ja, in der Tat, aber es ist okay. Den nächsten Herstellungsschritt schaffe ich leicht allein, aber es wäre schön, wenn du mir nach dem Mittagessen helfen könntest«, sagte Maggie. Sie hatte die Arbeitsplatte fertig poliert und band sich die Schürze um.

»Natürlich!«, versprach Hilma. »Und wenn du vorher schon Hilfe brauchst, sag einfach Bescheid. Du weißt ja, wo du mich findest.«

Im Lusthaus standen so viele Kartons, das man kaum einen Weg hindurch fand. Nach dem ersten Schreck versuchte Hilma, Ordnung in dem Chaos zu schaffen. Sie stellte die Kartons in übersichtlichen Viererreihen auf, und kniete sich dann vor dem ersten nieder. Als sie neugierig einen Deckel anhob, fand sie als Erstes Porzellanwichtel und Dompfaffen aus Filz in unterschiedlichen Größen. Im nächsten Karton lagen Knallbonbons in Grün, Dunkelblau und Kirschrot. Im dritten entdeckte sie geflochtene Papierkörbchen. Hilma sah ein, dass dieses Unterfangen nicht ganz einfach sein würde. Aber dann fand sie etwas, das sie hoffen ließ: Weihnachtskugeln in Gold, Silber und Weiß. Glänzende, matte und ornamentierte. Das Gleiche galt für die nächsten zehn Kisten, wobei sich darin Kugeln in allen erdenklichen Farben befanden.

»Maggie, Maggie«, sagte Hilma laut zu sich selbst und grinste. Wie viele Weihnachtskugel hatte sie denn bloß?

Tatsächlich enthielten die Kartons eine Menge Schätze. In einem fand sie eine Sammlung weißer runder Tischdecken, manche aus Stoff, andere gehäkelt, außerdem in Seidenpapier eingeschlagene Glasengel. Das Lächeln in Hilmas Gesicht wurde immer breiter, allmählich nahm ein Plan in ihrem Kopf Gestalt an. Im Lusthaus gab es mehrere kleine, runde Tische, die aber seltsam und unpraktisch angeordnet waren. Wenn sie die Anzahl ein bisschen reduzierte, könnte sie Sitzgruppen zusammenstellen. Die Tischtücher würden perfekt dazu passen, die gehäkelten konnten darüber. Außerdem brauchte sie einige Gefäße, die sie mit Kugel füllen und beleuchten könnte. Sie wagte nicht zu hoffen, welche in einer der Kisten zu finden, aber vielleicht würde sie sie in einem der Secondhandläden kaufen können, die Maggie erwähnt hatte. Lichterketten gab es in jedem Fall genug. Mit den Weihnachtskugeln könnte sie außerdem die Fenster schmücken. Es würde richtig hübsch aussehen, wenn man die Kugeln an transparenten Fäden von unterschiedlicher Länge nebeneinander befestigte. Nachdem sie im Kopf verschiedene Farbkombinationen durchgegangen war, entschied sie sich für Weiß und Silber. Vielleicht mit ein paar roten Kugeln dazwischen. Aber zuerst wollte sie die Tische umstellen. Hilma zog sich ihren weißen Pullover aus und hängte ihn ordentlich über eine Stuhllehne, bevor sie loslegte.

Als sie etwas später in die Hütte hinüberging, um einen Schraubenzieher zu holen, fragte sie Maggie, warum sie so viele Christbaumkugeln besaß.

Maggie strich sich mit der Hand über das Kinn, bevor sie antwortete: »Mein Mann hatte die Gewohnheit, jedes Jahr den größten Weihnachtsbaum zu schmücken, den er finden konnte, und an jeden Zweig Kugeln zu hängen.«

»An jeden Zweig?«

Hilma lächelte Maggie an, deren Augen wieder kummervoll blickten.

»Ja, und er hängte sie oft dicht zusammen, damit es noch farbenfroher aussah. Er sagte immer, er wolle einen Christbaum schaffen, der genauso so schön sei wie ich.« Maggie wandte sich ab.

»Aha, dann verstehe ich, warum es so viele Kugel gibt. Ihr scheint eine besonders enge Beziehung gehabt zu haben, du und dein Mann«, sagte Hilma sanft und legte tröstend eine Hand auf Maggies Schulter.

»Ja, das hatten wir.« Jetzt lächelte Maggie wieder.

Hilma dachte an ihre Eltern. Natürlich hatte es zwischen ihnen auch gute Zeiten gegeben, sie hatten nicht immer gestritten, aber oft genug, dass Hilma sich zu Hause nicht sicher und aufgehoben gefühlt hatte. Sie fragte sich, wie es ihnen heute wohl ging, und für einen Moment vermisste sie die beiden, ein Gefühl, das sie selbst überrasche.

Ein paar Stunden später war Hilma mit dem Umstellen der Tische fertig, hatte die Tischdecken arrangiert und die Kartons hinausgetragen, die sie nicht brauchte. Allerdings hatte sie keinen transparenten Faden gefunden, sodass sie die Kugeln noch nicht in die Fenster hängen konnte. Sie konnte aber schon Haken dafür anbringen, dachte sie und stieg auf einen Stuhl. Sie wollte gerade ausmessen, wo die Haken sitzen sollten, als sie durch das Fenster einen Jungen im Hoodie sah, der sich langsam dem Pavillon näherte. Sie erkannte ihn sofort an seinem Gang und eilte hinaus, um ihm entgegenzugehen.

»Du hast von einem Job gesprochen«, kam der Junge sofort zur Sache. »Worum geht es genau?«

Hilma blickte über ihre Schulter, um zu sehen, ob Maggie noch in der Hütte herumhantierte, was der Fall war.

»Wie schön, dass du da bist! Wollen wir nicht drinnen

darüber reden? Wie heißt du überhaupt? Wir sind noch gar nicht dazu gekommen, uns richtig vorzustellen.«

Hilma lächelte und winkte ihm, ihr über die Brücke ins Lusthaus zu folgen. Unterwegs erzählte der Junge ihr, dass sein Name Anton war.

»Setz dich an einen der Tische, ich bin gleich zurück«, sagte Hilma. Anton sah aus, als wolle er etwas einwenden, daher schob Hilma schnell hinterher: »Es dauert nur eine Minute. Versprochen.«

Dann ging sie wieder nach draußen und überlegte auf dem Weg zur Hütte fieberhaft, wie sie ihr Anliegen formulieren sollte. Es galt, jedes Wort abzuwägen, um Maggie schnell auf ihre Seite zu ziehen.

»Das kommt jetzt ein bisschen unerwartet!«, bemerkte Maggie, nachdem Hilma ihr die Situation erklärt hatte, und klang dabei eher vorwurfsvoll als glücklich.

»Ja, das verstehe ich«, entgegnete Hilma. »Aber ich glaube, es ist genau das, was dieses Geschäft braucht.«

»Brauchen vielleicht, aber es gibt vieles, was wir brauchen.« Maggie spitzte die Lippen und schlug mit den Armen aus. »Die Frage ist ja auch, wie ich ihn bezahlen soll. Ich weiß nicht einmal, ob ich dich bezahlen kann. Ich sagte dir bereits, dass ich nur einen Monatslohn zusammenbekomme, vielleicht zwei. Und was mich angeht … ach, egal.«

Hilma überfiel sofort ein furchtbar schlechtes Gewissen. Selbstverständlich hätte sie daran denken müssen. Außerdem war es ziemlich dreist, jemandem als Neuangestellte einen Job anzubieten, ohne die Chefin auch nur gefragt zu haben … und ohne dass der Junge irgendwelche Erfahrungen in der Schokoladenherstellung hatte. Was hatte sie sich nur dabei gedacht?

»Ich hätte dich natürlich vorher fragen sollen, entschuldige«, sagte Hilma, »aber ich dachte mir das Ganze als Projektanstellung, bei der er nur pro Stunde bezahlt wird. Wenn es sich nicht trägt, kann er mein Gehalt bekommen, schließlich habe ich uns in diese Lage gebracht. Aber gib ihm bitte eine Chance.«

Maggie seufzte.

»Wir werden sehen, aber da er nun schon einmal da ist, bin ich gespannt zu sehen und zu hören, was er kann. Wenn er nur halb so gut ist, wie du behauptest, kann er Großes bewirken, auch wenn ich den Zusammenhang von Graffiti und Schokolade noch nicht wirklich erkennen kann.« Sie räusperte sich. »Aber wir brauchen ja neue Impulse, insofern sind alle Ideen willkommen.«

Maggie führte Anton in der Werkstatt herum, wo er gleich selbst mit Hand anlegen durfte. Er bekam eine deutlich kürzere Einführung in die Schokoladenherstellung als Hilma, aber sie verstand, dass Maggie ihm wenigstens einen Einblick in den Prozess geben wollte. Und obwohl sie selbst eine detailliertere Erklärung erhalten hatte, schnappte sie trotzdem ein paar neue Sachen auf. Zugleich verspürte sie Stolz und Erleichterung darüber, schon so viel zu wissen.

Anfangs war Anton etwas widerwillig und tat fast das Gegenteil von dem, was Maggie sagte, aber nach einer Weile lief es besser. Zumindest etwas. Vielleicht lag es daran, dass er ein Teenager war, dachte Hilma. Er hatte erzählt, dass er die letzte Klasse des Gymnasiums besuchte, sodass er in einem Alter war, in dem man rebellierte. Allerdings vermutete Hilma, dass es in diesem Fall mehr mit seiner Persönlichkeit zusammenhing. Anton schien ungern Anweisungen von anderen entgegenzunehmen oder sich unterzuordnen.

Nach der Einweisung blieb er lange still und blickte dann von Maggie zu Hilma, bevor er sprach: »Es geht für mich in Ordnung, wenn ich nur bei Ablieferung bezahlt werde. Ich habe nur eine Bedingung.«

»Und die wäre?«, wollte Hilma wissen.

»Wenn ich diesen Job annehme, will ich ihn bis nach Weihnachten behalten.«

»Gut, aber an Weihnachten brauchst du nicht zu arbeiten«, erwiderte Maggie. »Und es sind ja noch ein paar Wochen hin. Vielleicht bist du schon vorher fertig?«

»Aber das ist genau das, was ich will«, sagte Anton, dessen Stimme sich fast überschlug.

Hilma kaute nachdenklich auf ihrer Unterlippe. »Warum willst du denn an Weihnachten arbeiten?«, fragte sie.

»Ich mag Weihnachten nicht, das ist alles«, antwortete er stur. »Da arbeite ich lieber.«

Hatte Anton letztes Jahr zu Weihnachten nicht das bekommen, was er sich gewünscht hatte? Vielleicht war er ein schrecklich verwöhnter Kerl. Oder was konnte sonst dahintersteckeni? Hilma hätte gern nachgefragt, aber etwas sagte ihr, das es nicht der richtige Moment war.

Maggie schien der gleichen Auffassung zu sein, denn sie legte eine warnende Hand auf Hilmas Arm und flüsterte ihr ins Ohr. »Das ist Antons Privatsache. Belassen wir es dabei.« Laut sagte sie: »Also, abgemacht, Anton. Dann bin ich gespannt auf deine Ideen.«

Kapitel 17

Die Birken vor dem Fenster zierte Raureif, als die langsam aufgehende Sonne den Himmel rosarot färbte. Ein Arbeitsschritt war dem nächsten gefolgt, der November war in den Dezember übergegangen. Hilma streckte sich und rieb sich Leben in die steifen Glieder. Unter den vielen Decken fühlten sich ihre Beine schwer an, aber ihnen und der voll aufgedrehten Heizung war es verdanken, dass die Temperatur nachts nun deutlich angenehmer war. Und glücklicherweise war sie auch nicht mehr von einer Maus geweckt worden, die über sie hinwegkletterte. Die Stahlwolle, die sie unter die Spüle gestopft hatte, schien zu wirken.

Sie hatte sich eben angezogen und eine Schüssel mit Dickmilch und Müsli auf den Küchentisch gestellt sowie eine Scheibe Brot in den Toaster geschoben, als es an der Tür klopfte. Hilma öffnete. Draußen stand Björn, hob die Hand zum Gruß und hielt ihr ein Papier unter die Nase.

»Guten Morgen«, sagte Hilma lächelnd, aber Björn erwiderte ihr Lächeln nicht, er sah angespannt aus und trat von einem Fuß auf den anderen. Sein Blick war unruhig und wich dem ihren aus.

Hilma runzelte die Stirn. War etwas passiert?

»Was ist das?«, fragte sie.

»Das ist eine Rechnung, das siehst du gleich, wenn du sie dir anschaust.«

Hilma nahm zögernd das Papier entgegen. »Eine Rechnung? Aber ich habe die Miete doch für zwei Monate im Voraus bezahlt, daher dachte ich, das wäre erledigt.«

»Die Kaltmiete, ja«, sagte Björn. »Aber es sind noch ein paar Ausgaben dazugekommen.«

»Aha?«

Hilma überflog das Papier.

Zusatzkosten:

1. Benzinkosten Fahrt vom Bahnhof plus Reifenabnutzung und Verbrauch von Spülflüssigkeit
2. Elektroheizung im Vorratshaus
3. Wasser – Abwasch und Klospülung
4. Müllgebühren
5. Schlittenverleih

Gesamtsumme: 8567 Kronen

Hilma kniff ein paarmal die Augen zusammen.

»Soll das dein Ernst sein?« Sie wusste nicht, ob sie lachen oder weinen sollte. »Ich dachte, das wäre alles inklusive.«

Vielleicht erlaubte sich der Kerl einen Spaß mit ihr? Wenn man bedachte, was sie für das Geld bekam, war die Miete schon sehr hoch.

Aber Björn lachte nicht. »Ja, natürlich ist das mein Ernst. Viele würden gern bei mir wohnen. Ich bekomme ständig Anfragen. Dieses Dorf hier ist sehr beliebt. Ich wohne hier schon mein ganzes Leben, ich muss es also wissen.«

Hilma schloss die Tür hinter sich und schlug sich mit der Hand gegen die Stirn. Deshalb wechselten die Mieter also so oft! Zusatzkosten für das Ausleihen eines Schlittens? Das war ja wohl Höhe! Sie schüttelte den Kopf. Das musste sie erst einmal sacken lassen und überlegen, wie sie damit umgehen sollte. Aber ein Blick auf die Uhr sagte ihr, dass sie das auf später verschieben musste. Ein weiterer Tag im Lusthaus und in der Schokoladenwerkstatt mit Maggie wartete auf sie, sie musste sich beeilen.

Ungefähr eine halbe Stunde später war Hilma damit beschäftigt, herzförmige Pralinen in eine Geschenkschachtel zu packen. Es war eine kleinere Bestellung für ein romantisches Date, das hatte sie der beigefügten Karte entnehmen können, die sie selbst hatte schreiben sollen. Offenbar war der Auftraggeber bis über beide Ohren verliebt, und es fühlte sich seltsam und intim an, die Gefühle eines anderen auf die Art niederzuschreiben. Aber die Karte war Teil der Bestellung, also blieb ihr nichts anderes übrig, als den Job zu erledigen. Und irgendwie war es ja auch schön, dachte sie verträumt. Die innigen Worte eines Verliebten. Vor ihrem inneren Auge tauchte das Bild des Mannes mit der Mütze auf. Es war jetzt eine Weile her, vermutlich würde sie ihn nie wiedersehen. Einmal war sie kurz davor gewesen, Björn zu fragen, wer der Mann war, aber dann hatte sein Handy geklingelt, und die Gelegenheit war verstrichen. Und nach der sonderbaren Rechnung hatte sie überhaupt keine Lust mehr auf eine Unterhaltung mit ihm.

Am Tag zuvor hatte Maggie eine Packung Ton gekauft, die sie auf den Tisch legte, nachdem sie ein Wachstuch darauf ausgebreitet hatte. Sie setzen sich und warteten auf Anton, der kurz darauf hereingeschlendert kam.

»Gut, dass du da bist, und mach bitte die Tür zu«, sagte Maggie fröstelnd, als eine Windböe hereinzog und um ihre Beine wirbelte.

Gehorsam schloss Anton die Tür und nickte ihnen kurz zu. Er schien kein sehr gesprächiger Typ zu sein, dachte Hilma, aber sein Blick verriet dennoch Erwartung. Sie sah ein Funkeln, das vorher nicht dagewesen war.

»Ich habe das hier für dich bereitgelegt«, sagte Maggie und zeigte auf den Tisch. »Am besten skizzierst du deine Ideen erst auf Papier, dann kannst du sie aus Ton kneten. Für den Prototypen können wir dann einen Abguss machen und anschließend die Pralinenformen bestellen.«

»Und wenn ich vorher keine Skizze anfertigen will?«, fragte Anton, der die Kapuze aufgelassen hatte.

Maggie rang sich zu einem Lächeln durch und versuchte offenbar, Geduld mit ihm zu haben. »Wenn du direkt mit dem Ton anfangen willst, ist das auch in Ordnung. Aber ich denke, es wäre einfacher, wenn …«

»Okay.«

Anton setzte sich an den Tisch und entfernte die Folie, die um den Ton gewickelt war.

»Ich kann aber nicht garantieren, dass es gut wird. Ich habe noch nie mit Ton gearbeitet«, sagte er und sackte ein wenig in sich zusammen.

Einen Moment lang sah er sehr verletzlich aus. Hilma war überrascht, wie schnell seine Stimmung von aufmüpfig zu unsicher wechseln konnte.

Dann begann er, den Ton mit der Hand platt zu drücken.

»Ich glaube an dich«, sagte sie. »Du bekommst das hin. Wenn man wie du ein künstlerisches Talent hat, ist das Material nicht so entscheidend. Und falls du trotzdem nichts zustande bringst, womit wir etwas anfangen können, bekommst du als Dank in jedem Fall ein paar Pralinen mit nach Hause. Das verspreche ich dir.«

»Von Schokolade bekommt man nur Pickel«, brummte Anton, aber ihm war anzusehen, dass ihr Lob ihm guttat. Verstohlen schaute er zu Maggie. »Wobei diese heiße Schokolade neulich richtig lecker war.«

Maggie grinste. »Dann organisiere ich dir wohl lieber gleich eine Thermoskanne. Wenn es in Ordnung geht, dass sie gelb-braun geblümt ist.«

Anton rümpfte die Nase und brummte etwas wie »klingt scheißhässlich«, hielt aber den Daumen nach oben.

»Aber es ist doch in jedem Fall eine coole Sache, einen Prototypen für eine eigene Praline zu entwerfen«, sagte Hilma, die sich zusammenreißen musste, um nicht zu platzen. Aber der Junge hatte auch etwas an sich, das sie rührte.

Hinter seiner mürrischen Attitüde verbarg sich mehr, in gewisser Weise wirkte er verloren.

»Mal sehen«, entgegnete Anton und drückte auf einem Stück Ton herum, aus dem er einen runden Fladen geformt hatte.

Apropos *eigene Pralinen* kam Hilma plötzlich in den Sinn. Schnell lief sie zum Lusthaus hinüber, um ihren Notizblock zu holen. *Pralinen-Workshop* schrieb sie unter die Rubrik *Entwicklung*, wo sie schon mehrere Stichworte notiert hatte. Auf dem Weg zurück bemerkte sie, wie eisig kalt es war. Der Schnee knirschte unter den Schuhen, die Temperatur war in den letzten Tagen weiter gesunken, es war extrem kalt geworden. Es war ein Glück, dass sie zusätzlich zu den Decken, die sie selbst besorgt hatte, noch ein paar von Maggie hatte ausleihen dürfen, sonst würde sie jede Nacht zähneklappernd im Bett liegen. Und bei Björns überraschenden Zusatzkosten, die er ihr heute Morgen präsentiert hatte, war sie froh, sich nicht an ihn gewandt zu haben. Was hätte er ihr dafür wohl in Rechnung gestellt? Sollte sie weiterhin die Dusche in seinem Haus benutzen? Sie konnte ja noch verstehen, dass der Stromverbrauch der Heizkörper hoch war, so viel wie sie zum Temperaturausgleich ständig knacksten, aber alles andere! Sie würde also anfangen müssen, den offenen Kamin einzuheizen und die Heizung deutlich herunterzudrehen.

Der Gedanke an die Kälte erinnerte sie an etwas, daher machte sie kehrt und ging zurück ins Lusthaus. Sie hatte gesehen, dass eines der weißen Tischtücher einen Grauschleier hatte, warum sollte sie also nicht Maggies Haushaltstrick ausprobieren und das Tuch raus in den Schnee legen? Die niedrige Temperatur müsste eine perfekte Bedingung sein, und die Luft draußen war so trocken, dass das Tuch keine Feuchtigkeit aufsaugen würde. Sie nahm es vom Tisch und wollte gerade wieder hinausgehen, als ihr Blick auf den Wollpullover fiel, der immer noch über dem Stuhl hing. Er war einer ihrer Lieblingspullover, aber er wurde auch allmählich etwas grau. Nach kurzem Zögern nahm sie ihn mit. Vielleicht funktionierte der Schneetrick tatsächlich, und er würde wieder weiß werden. Einen Versuch war es zumindest wert.

Ein Stück vor der Hütte legte sie das Tuch und den Pullover auf den Boden. Dann ging sie in die Hocke und rieb die beiden Teile vorsichtig immer wieder über die trockene Schneedecke, bevor sie sie dort liegen ließ. Als sie im Augenwinkel eine Bewegung bemerkte, blickte sie auf.

»Gehst du schon?«, fragte sie überrascht, als sie sah, dass es Anton war, der die Tür zur Werkstatt hinter sich schloss.

»Ja, ich mache zu Hause weiter. Ich kann nicht so gut arbeiten, wenn mir jemand ständig über die Schulter schaut«, sagte er mürrisch.

Hilma zuckte mit den Schultern. »Na, gut. Ich finde es jedenfalls toll, dass du es versuchen willst. Ich bin mir sicher, da kommt was Gutes bei raus!«

Sie folgte seinem Rücken mit dem Blick, bis er hinter dem Wäldchen verschwunden war, doch nach kurzer Zeit tauchte er schon wieder auf.

»Hast du ein Abschleppseil?«, fragte er außer Atem.

»Ein Abschleppseil? Nein, ich bin zu Fuß hier. Wozu brauchst du es denn?«

»Komm mit, ich zeige es dir!«

»Okay, ich hole mir nur schnell meine warmen Sachen«, sagte Hilma.

Den Mantel fest um sich gezogen, den Schal mehrfach um den Hals gewickelt und die Mütze über die Ohren gezogen, ging Hilma mit Anton zur Straße. Vor ihnen lag der spiegelblanke Siljansee, und Hilma sah sofort, was Anton meinte. Ein Stück weiter draußen auf dem Eis stand ein Reh, dass auf der glatten Oberfläche unaufhörlich ausrutschte und hinfiel. Nicht weit entfernt strömte das schwarze Wasser des Flusses. Hilma konnte kaum mitansehen, wie das hübsche Tier kämpfte, ohne voranzukommen. Schließlich blieb es liegen.

»Ich glaube nicht, dass es lange ohne Nahrung überlebt und vor allem, ohne sich bei der Kälte bewegen zu können«, sagte Anton ernst.

»Deshalb das Abschleppseil«, konstatierte Hilma.

»Ja, damit könnten wir das Reh vom Eis ziehen.«

»Wie clever von dir! Ich kann Maggie fragen«, sagte Hilma, ohne den Blick vom Reh abzuwenden. »Vielleicht hat sie eines in ihrem Wagen.«

»Ach, vergiss es. Ich rufe lieber meinen Bruder an, das geht genauso schnell.«

Mit diesen Worten fischte er sein Handy aus der Tasche und wählte eine Nummer.

Kapitel 18

Weniger als zehn Minuten später kam ein Fahrzeug den Hügel heruntergefahren, für die winterlichen Straßenverhältnisse etwas zu schnell, sodass der Wagen ins Schlingern geriet, bevor er am Straßenrand zum Halten kam. Ein Mann stieg aus und ging mit raschen Schritten zum Kofferraum, öffnete ihn, beugte sich hinein, und als sein Kopf wieder zum Vorschein kam, hielt er ein Abschleppseil in der Hand. Hilma schnappte nach Luft. Das war der Typ mit der Schneefräse! Ohne Zweifel. Er trug dieselbe Mütze mit Ohrenklappen wie beim letzten Mal. Das war Antons Bruder! Er kam auf sie zu, und als er nahe genug war, sah Hilma, dass er einen freundlichen und zugleich entschlossenen Blick hatte, ebenmäßige Züge und dunkles Haar, das unter der Mütze hervorlugte. Vermutlich war er ungefähr einen Kopf größer als sie, und ironischerweise ähnelte er ein wenig ihrem Exfreund Alex, dem Kerl, der sie betrogen und sitzengelassen hatte, derjenige, dem sie wie keinem sonst auf der Welt vertraut hatte. Nun ja, so ganz ähnlich waren sie sich vielleicht doch nicht – Alex war ein Anzugträger, der über fünfzig Krawatten besaß, während dieser Typ eher lässig gekleidet war: in dunkler Jeans, Jacke und dieser albernen Mütze. Antons Bruder hatte außerdem breitere Schultern als Alex und dunklere Haare. Trotzdem hatten sie irgendetwas gemeinsam, vielleicht die Körperhaltung? Diese Feststellung verwirrte sie, aber ärgerlicherweise spürte sie dennoch ein leichtes Flattern in der Magengegend, als sie ihn anschaute. Sein Gesicht hatte etwas unglaublich Anziehendes, das sie faszinierte. Er schien sie allerdings kaum zu bemerken, stattdessen war seine Aufmerksamkeit ganz auf das Tier draußen auf dem Eis gerichtet.

»Wie gut, dass du so schnell kommen konntest, Joel. Glaubst du, du kannst dem Reh helfen?«, fragte Anton.

»Mal sehen, aber dafür bin ich schließlich hier«, erwiderte er.

Seine Stimme war tief und melodisch, er sprach Dialekt. Der Mann hieß also Joel. Hilma beobachtete, wie er mit den Augen abzumessen versuchte, wie dick das Eis an der Stelle war, an der sich das Rehwild befand. Bis zum offenen Wasser und der Strömung, welche das Eis fernhielt, war es nicht weit. Vorsichtig machte er sich auf den Weg zum Reh, das etwa fünfzig Meter entfernt war. Das Eis unter ihm knackte, es klang fast wie ein Singen, das Geräusch war bis zum Ufer zu vernehmen. Da das Reh gestürzt war und nicht mehr aufstehen konnte, konnte es auch nicht vor Joel fliehen, trotz einiger hilfloser Versuche. Noch schlimmer wurde es, als ihm Joel das Abschleppseil umlegen wollte. Das panische Tier warf den Kopf hoch und stieß mit den Füßen aus, sodass Joel beinahe einen Tritt abbekam.

»Warte!«, rief Hilma. »Ich komme zu dir.«

Joel drehte sich um und schüttelte den Kopf. »Das ist keine gute Idee, das Eis ist brüchig!«, warnte er sie.

»Ja, aber jemand muss das Tier beruhigen.«

»Ich habe Eisdorne dabei, und du?«, fragte Joel, vermutlich in einem letzten Versuch, sie umzustimmen.

»Wenn dich das Eis trägt, trägt es mich sicher auch«, erwiderte Hilma selbstbewusst, obwohl sie sich insgeheim fragte, was sie da gerade tat.

Ohne rettende Eisdorne für den Fall des Einbrechens auf dünnes Eis hinauszugehen, war lebensgefährlich, soviel war auch ihr klar. Aber sie musste es einfach tun. Es ging um das Leben des Rehes. Hilma sank auf die Knie, und um ihr Gewicht über die größtmögliche Fläche zu verteilen, robbte sie vorsichtig, Meter für Meter, auf dem Eis vor. Das stattliche Tier bekam zunächst noch mehr Angst und strampelte wild, als sie sich näherte, aber sie sprach beruhigend auf es ein, und als sie nahe genug war, strich sie ihm behutsam über den Rücken. Dadurch beruhigte sich das Tier so weit, dass Joel das Seil um die Vorderbeine schlingen konnte.

»Gut«, sagte Joel. »Robb jetzt zurück, dann kann ich anfangen zu ziehen.«

Als Joel an dem Seil zog, rutschte das Reh langsam über das Eis. Hilma kroch zurück, ohne es aus den Augen zu lassen. Sobald Joel das wild zappelnde Tier an Land gebracht hatte, half Anton ihm, das Seil zu lösen. Das Reh versuchte noch einmal aufzustehen, und diesmal fanden die Hufe an dem raueren Ufer Halt. Wankend kam es zum Stehen, setzte auf unsicheren Beinen über die Straße und verschwand dann zwischen den Bäumen.

Hilma spürte, wie die Anspannung nachließ, sie musste kämpfen, um ihre Tränen zurückzuhalten. Der Rettungseinsatz war geglückt! Sie sah zu Joel, der dabei war, das Abschleppseil säuberlich aufzurollen. Anton klopfte seinem Bruder auf den Rücken.

»Wenn du mit zum Pavillon am Teich kommst, gebe ich dir gern ein paar Pralinen als Dankeschön«, sagte Hilma. »Für dich und Anton, es war schließlich seine Idee. Aber vielleicht magst du lieber Maggies heiße Schokolade?«

Anton grinste zufrieden.

»Du lernst dazu! Okay, das klingt gut.«

Joel schien weniger überzeugt. Er sah gestresst aus und trat von einem Bein auf das andere.

»Ich weiß nicht, ich war gerade auf dem Weg zur Arbeit«, sagte er und wog das aufgerollte Seil in der Hand. »Aber dir auch Danke für die Hilfe«, sagte er zu Hilma. »Es war gut, dass du das Tier beruhigt hast, sonst hätte ich es wahrscheinlich nicht geschafft, ihm das Seil um die Beine zu legen.«

»So eilig hast du es doch bestimmt nicht«, wandte Anton ein. »Du kannst doch selbst entscheiden, wann du arbeitest! Und dann lernst du die verrückte Tante kennen, die mich angestellt hat. Sie ist ziemlich cool und macht extrem gute heiße Schokolade.«

Joel hob den Blick. Man sah ihm an, dass die Worte des Bruders nicht ohne Wirkung blieben, und er zögerte. Er sah von Anton zu Hilma, und als seine Augen den ihren begegneten, blitzten sie auf. Nun sah er sie zum ersten Mal, seit er da war, richtig an. Ein wiedererkennendes Lächeln breitete sich auf seinem Gesicht aus.

»Oh, entschuldige. Ich war so fokussiert.« Er richtete sich auf. »Du bist doch die, die gerade hierhergezogen ist«, sprach er weiter. Es klang eher wie eine Feststellung als eine Frage.

»Ja, ich bin Hilma. Und du bist der, der den Schnee auf dem Hof geräumt hat?«

»Ja, weil Björn etwas am Rücken hatte, wollte ich ihm helfen. Ich wohne sowieso in der Nähe.«

Hilma dachte daran, wie sie auf dem Heimweg vom Supermarkt in die Fenster der Häuser geschaut hatte, in der Hoffnung, einen Blick auf ihn zu erhaschen. Joel wohnte also tatsächlich im selben Dorf. Wenn er sie nun durch ein Fenster hatte starren sehen!

»Na gut. Dann komme ich wohl mit«, sagte Joel. »Aber ich habe wie gesagt wenig Zeit. Ein paar Kunden warten auf mich, es muss also schnell gehen.«

Hilma führte das Grüppchen an, und als sie die Hütte erreichten, lief sie schnell hinein, um für Joel Pralinen zu holen. Wenn er es so eilig hatte, konnte Maggie ihn sicher auch draußen kurz begrüßen. Sie rief nach ihr, schnappte sich eine Schachtel Pralinen und ging wieder hinaus. Sie wollte den beiden dort gerade sagen, dass Maggie auf dem Weg war, als sie bemerkte, wo genau Joel stand. Sie wurde blass und innerlich ganz kalt, als sie es realisierte. Er stand auf ihrem Pullover! Ihrem *weißen* Pullover!

»Geh da weg!«, rief sie instinktiv.

»Was?«

Joel drehte sich um und schaute zu Boden. Erschrocken machte er einen Schritt zur Seite, als er das Kleidungsstück sah, dann beugte er sich nach unten, um es aufzuheben. Gerade als er nach dem Pullover griff, sah Hilma, wie schmutzig seine Hände waren.

»Was machst du da?«, rief sie kreischend. »Lass meinen Pullover los!«

Joel hob abwehrend die Hände, während Hilma ihm die Pralinenschachtel zuwarf, oder besser gesagt, nach ihm warf, und das deutlich fester als beabsichtigt.

»Danke für die Sache mit dem Reh, aber jetzt kommen wir wieder sehr gut ohne deine Hilfe aus!«

Verärgert drehte sie sich um, marschierte zurück in die Hütte und schlug die Tür hinter sich zu.

Kapitel 19

1968

Klingeltöne schallten durch das Haus, er eilte zum Telefon im Flur.

»Eriksson«, meldete er sich und setzte sich auf den Stuhl neben der Kommode, den Rücken durchgedrückt, die Füße fest auf dem Boden.

Er saß zwar aufrecht wie eine Statue da, aber seine Finger nestelten nervös an der Telefonschnur, während am anderen Ende gesprochen wurde. Die Frau vermittelte allein durch ihre Stimme eine unglaubliche Autorität. Sie erinnerte ihn ein wenig an seine frühere Musiklehrerin, was kein gutes Gefühl war. Er wusste nicht so recht, wie er auf die Nachricht reagieren sollte.

»Ja, nein, ja. Danke«, sagte er, als die Stimme endlich still wurde, dann drückte er den Hörer zurück auf die Gabel.

Er hatte den Job. Er hatte eine Anstellung im Stahlwerk! Seine erste richtige Arbeit! Er stand auf, setzte sich aber schnell wieder. Mit den Zehen umklammerte er die Fransen des blau-rot gestreiften Flickenteppichs, während er versuchte, sich zu sammeln. Ein Job im Stahlwerk war nicht unbedingt das, was er sich erträumt hatte. Aber wovon träumte er überhaupt, außer von dem Mädchen, das in seinem Kinderzimmer ein eigenes Astloch besaß? Sie war immer in seinen Gedanken. Manchmal erblickte er sie im Dorf, sah sie allerdings nur aus der Ferne an. In einem kühnen Moment, als sie einmal auf dem Pferdehof war, wäre er fast auf sie zugegangen. Er verspürte ihr gegenüber eine Neugierde, um nicht zu sagen Verzauberung, wie er sie nie zuvor erlebt hatte. Aber dann hatte ihn sein mangelndes Selbstvertrauen eingeholt, sodass er abrupt stehengeblieben war und auf den Boden gestarrt hatte.

Er seufzte. Natürlich wäre es eine Möglichkeit gewesen, in irgendeiner Form mit Pferden zu arbeiten, schließlich nahmen Pferde in seinem Herzen einen besonderen Platz ein, aber er wusste nicht wie. Die Schlittentouren waren nicht besonders gut bezahlt, das hatte er sich daher aus dem Kopf geschlagen, und als Reitlehrer oder Gutsbetreiber sah er sich nicht. Er könnte auch in die Fußstapfen seiner Eltern treten und seinen Lebensunterhalt mit Antiquitäten verdienen. Aber so zu arbeiten wie sie, hieße, Reisen zu unternehmen, auch ins Ausland, um die Wünsche der wählerischen Kundschaft erfüllen zu können. Das waren die Geschäfte, für die es am meisten Geld gab, auch wenn es eine gewisse Nachfrage nach Standuhren aus Mora, Wiegen mit Kurbits-Malereien und alte Truhen gab, die man hier in der Nähe fand. Er reiste aber nicht gern. Das hatte ihm nie Spaß gemacht. Ihm gefiel die Gegend um seinen Heimatort herum, sodass er am liebsten zu Hause in seinen vier Wänden saß. Und er mochte die Routine. Er seufzte tief und beobachtete durch das bleigefasste Fenster einen Spatz, der von Ast zu Ast sprang. Er wirkte so sorglos und frei in seinem anspruchslosen Federkleid.

Je mehr er darüber nachdachte, desto positiver fand er den Bescheid, den er soeben erhalten hatte, obwohl die neue Arbeit täglich einige Kilometer Anfahrt bedeuten würde. Zumindest musste er nicht von hier wegziehen, das war das Wichtigste für ihn. Außerdem hätte er einen strukturierten Alltag. Beim Bewerbungsgespräch hatte man ihm gesagt, dass es im Stahlwerk eine Stempeluhr gab und sehr auf Pünktlichkeit geachtet wurde. Er grinste und rieb sich die Hände. Eine Stempeluhr, was brauchte er mehr?

Kapitel 20

Ein süßer, wohlbekannter Duft breitete sich in dem ehemaligen Vorratshaus aus, Hilma lief das Wasser im Mund zusammen. Sie ging in die Hocke und schaute in den Ofen. Auf der mittleren Schiene stand ein Zuckerkuchen, so wie ihre Großmutter ihn immer gebacken hatte. Obwohl Hilma nicht viel fürs Backen übrig hatte, war die Erinnerung an das einfache Rezept sofort zurückgekehrt. Vielleicht war es banal, ausgerechnet einen Zuckerkuchen zu machen, aber dieser Kuchen war etwas Besonderes und außerdem richtig gut. Es ging ihr ohnehin nicht um den Geschmack, sie wollte sich einfach ihrer Großmutter nahe fühlen. Und wenn sie jetzt die Augen schloss und den Duft einatmete, kam es ihr beinahe so vor, als säßen sie gemeinsam in der Wohnung in Sumpan.

Ihre Großmutter hatte sie immer besser verstanden als jeder andere Mensch. Besser als sie selbst sich verstand. Es schien eine Weisheit zu sein, die mit den Jahren gekommen war, aber vielleicht war ihre Großmutter auch mit dieser Gabe geboren worden. Hilma wünschte sich, ihre Großmutter wäre jetzt da, sie brauchte ihren Rat, denn im Moment fühlte sie sich verwirrt und schockiert über ihre eigene Reaktion: dass sie wegen eines Pullovers so ausrasten konnte! Großmutter hättet ihr mit ihrer runzligen Hand tröstend den Arm getätschelt und ein paar gut gewählte Worte gesagt.

Hilma schnupperte. Der Duft rief auch Erinnerungsfragmente an ihren Großvater wach. Er war gestorben, als sie fünf war, aber sie sah immer noch seine buschigen Augenbrauen vor sich, hörte sein polterndes Lachen. Sie sah sich zwischen den Großeltern durch Gröna Lund spazieren, in der Hand hielt sie ein buntes Windrädchen, das sich surrend drehte. Ihr fiel auch wieder das lustige Haus mit der Treppe ein, die sich auf und ab bewegte, und von der Hilma fast hinuntergefallen wäre. Verwundert stand sie wieder auf: dass ein Geruch so viele Erinnerungen hervorzaubern konnte! Im Moment bewirkte das allerdings nur, dass sie ihre Großmutter noch stärker vermisste.

Während der Kuchen im Ofen war, setzte sie sich auf das Sofa. Ihre Finger zitterten, als sie nach dem Handy griff. Es war lange her, seit sie ihren Bruder das letzte Mal angerufen hatte, aber jetzt war es an der Zeit. Sie brauchte jemanden zum Reden, und auch wenn Sebastian nicht mehr ihre selbstverständliche Wahl war, hatte sie keinen, an den sie sich sonst wenden konnte. Früher einmal war ihr Bruder jederzeit für sie da gewesen, aber mit der Zeit hatten sie sich auseinandergelebt. Er war so schnell wie möglich von zu Hause ausgezogen, und genau wie sie hatte er sich in die Arbeit vergraben.

Während sie den Klingeltönen lauschte, umklammerte sie das Telefon fester. Sie wollte gerade auflegen, als eine bekannte Stimme am anderen Ende zu hören war.

»Wer ist da?«

Hilma schob sich irritiert eine Strähne hinter das Ohr. »Hilma, deine Schwester. Hast du nicht einmal mehr meine Nummer?«

Tatsächlich hatte er sich so lange nicht gemeldet, dass es sein konnte, dass er ihre Nummer aus seinem Adressbuch gelöscht hatte.

»Hilma!«

Im Hintergrund war ein Surren zu hören, vermutlich von einem Laufband. Er keuchte laut, und sie konnte ihn regelrecht vor sich sehen in seiner roten Shorts und dem abgetragenen T-Shirt, das schon lange seine Passform verloren hatte, das er aber, solange er zu Hause lebte, nicht hatte aussortieren wollen.

»Ich habe auch schon daran gedacht, dich anzurufen«, schnaufte er.

Sie verdrehte die Augen. »Klar.«

»Ist etwas passiert?«, fragte er.

»Wie man es nimmt.«

Wo sollte sie anfangen? Beim Begräbnis der Kollegin, dass sie gekündigt hatte und umgezogen war oder beim Zusammentreffen mit Joel, das in einem Desaster geendet hatte?

»Du scheinst beschäftigt zu sein«, sagte sie stattdessen. »Soll ich später anrufen?«

»Nein, schieß los.«

Das Surren im Hintergrund hatte aufgehört, Hilma stellte sich vor, wie er sich mit einem weißen Handtuch den Schweiß von der Stirn wischte, so wie immer nach seinen Joggingrunden.

Sie holte tief Luft, dann fing sie an zu erzählen, wobei sie den Zwischenfall mit Joel wegließ.

»Du hast also einfach alles hingeschmissen?«, fragte er, nachdem sie geendet hatte. »Obwohl du so hart gearbeitet hast, um diese Stelle zu bekommen? Für einen Job als Kellnerin in der Provinz?«

Hilma biss die Kiefer zusammen.

»Und du, springst mit diesem dämlichen Knopf im Ohr herum, spionierst irgendwelche Freaks aus und spielst Agent. Ist das etwa besser?«

»Personenschutz. Das nennt sich Personenschutz. Und du bist nur neidisch.« Das Letzte sagte er in scherzhaftem Ton. »Du hast sicher gehört, dass ich jetzt zu dem Team gehöre, dass das Prinzenpaar bewacht, wenn es zu einem öffentlichen Auftritt unterwegs ist?«, fuhr er fort.

Ja, natürlich hatte sie mitbekommen, dass Sebbe aufgestiegen war. Ihre Mutter hatte ihr das geschrieben. Aber Hilma war nicht neidisch. Sie vermisste ihren Bruder bloß, die Beziehung, die sie zueinander gehabt hatten. War das so seltsam?

»Hast du etwas von unseren Eltern gehört?«, fragte sie stattdessen.

Sebbe schnaubte. »Nein, sie melden sich nur, wenn es um dich oder Juni geht.«

Hilma kratzte sich im Nacken. »Wie meinst du das?«

»Na, zum Beispiel, wenn du Geburtstag hast. *Vergiss nicht, Hilma zu gratulieren!*«

»Was?«

Sie stockte, musste das einen Moment sacken lassen. Es ging ihm also genauso wie ihr? Warum riefen sie nie an und erkundigten sich nach ihr? Oder nach Sebbe? Das verstand sie nicht. Das Verhalten ihrer Eltern kam ihr immer sonderbarer vor.

»Was tut sich sonst so in deinem Leben?«, wollte sie wissen.

Als sie das Gespräch nach einer Weile beendete, hatte sie ein gutes Gefühl. Sie hatten beide versichert, dass bis zu ihrem nächsten Telefonat nicht wieder so viel Zeit vergehen sollte, und zumindest für sie war das ein Versprechen, das sie einhalten wollte. Es gab ihr ein Gefühl der Sicherheit, dass ihr Bruder an ihrem Leben teilnahm, wenn auch nur am Rande. Jetzt war sie deutlich ruhiger, um nicht zu sagen erschöpft, nach allem, was an diesem Tag passiert war. Nachdem sie den Ofen ausgemacht hatte, zog sie sich eine Decke über die Beine und schlief auf dem Sofa ein.

Kapitel 21

»Darf ich reinkommen?«

Hilma, die gerade Präsentschachteln faltete, zuckte zusammen. Sie hatte die Schritte vor der Tür nicht gehört und auch nicht, dass jemand die Klinke gedrückt hatte, da sie sich gedanklich immer noch mit dem beschäftigte, was gestern passiert war. Es hatte sich für sie fast so angehört, als käme die Stimme aus einem anderen Zimmer. Vielleicht sollte sie eine Glocke in die Tür hängen, damit sie nicht so überrascht wurde, allerdings müssten sie dann das ständige Gebimmel ertragen. Wobei es nicht so viele Kunden gab, dass dies momentan ein Problem wäre. Zumindest noch nicht, aber hoffentlich bald … Jedenfalls war jetzt jemand gekommen. Sie riss sich zusammen und sah zur Tür.

Im Eingang zur Hütte stand ein älterer grauhaariger Mann mit Brille. Hilma war erleichtert, dass es nicht Joel war. Jetzt im Nachhinein schämte sie sich dafür, wie sie sich benommen hatte, sie würde sich bei ihm entschuldigen müssen.

»Natürlich! Kommen Sie rein«, sagte Hilma, woraufhin sich der Mann leicht bückte und zögernd eintrat.

Hilma runzelte die Stirn. Der Mann trug einen grauen Mantel, unter dem eine Krawatte und ein weißes Hemd hervorschauten. Er sah wie ein Beamter aus. Kam er etwa von der Kommunalverwaltung?

Maggie war an diesem Morgen ganz aufgewühlt gewesen. Hilma war auch aufgefallen, dass sie geweint hatte. Maggie hatte daraufhin erzählt, dass die Politikerin sie am Abend zuvor angerufen und ihr gedroht hatte, dass sie ihr das Lusthaus wegnehmen könnte, unabhängig davon, ob sie dem Verkauf zustimmte oder nicht. Offenbar war das durchaus möglich, wenn das Eigentum für die Kommune wichtig war.

Hilma musterte den Mann daher skeptisch. Doch die Augen hinter der markanten Brille blickten freundlich, und er hatte sympathisch wirkende Fältchen im Gesicht. Vielleicht war er doch kein Politiker, dachte sie und entspannte die Schultern.

»Womit kann ich helfen?«, fragte sie.

»Ich wollte meine Bestellung abholen.« Er sah sich im Laden um.

Hilma atmete aus und lächelte. »Ach, dann kommen Sie von der Galerie am Wasser?«

»Ja, wie ich am Telefon erwähnt habe, hat unser Schokoladenlieferant aus Tällberg aufgehört. Und wir brauchen eine große Menge Pralinen für unser Café. Für den Anfang zweihundert, aber es werden sicher noch mehr. Ich hätte außerdem gern …«

Er beäugte die Regalfächer, in denen sich die Präsentschachteln stapelten, und verzog nachdenklich den Mund. »Haben Sie hier keine gewöhnliche Schokolade, ich meine so etwas wie Schokowaffeln?«

»Schokowaffeln! Nein, Gott bewahre!«

Maggie schloss die Tür hinter sich und stellte ein paar Kerzenhalter, die sie gerade geholt hatte, auf dem Tisch ab. Dann ging sie hinter die Theke und öffnete eine Schublade, wo sie Bruchschokolade aufbewahrten. Sie nahm eine mit Haselnüssen, wickelte sie aus dem Papier und hielt sie in die Luft.

»Aber vielleicht geht auch so etwas? Wir stellen hier alles selbst her, von Grund auf.« Sie lächelte ihn an. »Wie schön übrigens, dass wir einen neuen Firmenkunden haben. Du heißt Åke, richtig?«

Der Mann versteifte sich, er wirkte nervös, als Maggie ihm die Hand reichte. Sein Mund zitterte leicht. Dann griff er hastig nach ihrer Hand und schüttelte sie mehrmals, bevor er wieder losließ.

»Ja, das ist richtig … Und du bist Maggie.«

Maggie nickte und wandte sich vertraulich an Hilma.

»Man kennt nicht alle im Dorf, aber man weiß zumindest, wer wer ist. So viel ist hier ja nicht los.«

Åke setzte sich an den langen Tisch, während er darauf wartete, dass Hilma seine Bestellung einpackte.

Maggie bot ihm eine Tasse heiße Schokolade an und setzte sich ihm gegenüber.

»Wie läuft es mit der Galerie?«, erkundigte sie sich. »Ihr habt erst vor nicht allzu langer Zeit eröffnet.«

»Es kommt darauf an, wie man es sieht«, antwortete er und nahm einen Schluck des warmen Getränks. »Oh, wie köstlich!« Er leckte sich die Lippen.

»Wie meinst du das?«, hakte Maggie nach. »Ich dachte, es würde richtig gut laufen. Gerüchte breiten sich im Dorf schnell aus, wie du weißt.«

Åke zuckte mit den Schultern. »Ja, rein wirtschaftlich gesehen läuft es gut. Allerdings wurde ich gerade rausgeschmissen. Ich bin nur eine Art Volontär, das heißt im Prinzip schon angestellt, trotz meines ›jugendlichen‹ Alters.« Er hob ironisch die Augenbrauen.

»Rausgeschmissen? Das klingt ernst. Warum denn?«, wollte Maggie wissen.

Åke schien erst zu zögern, erzählte dann aber seufzend: »Ich bin selbst schuld«, sagte er und sackte ein wenig zusammen. »Ich habe einen unnötigen Kommentar abgegeben, auch wenn es stimmt.«

»Ja, worüber denn?« Maggie fuhr sich mit der Hand durch das Haar und nickte ihm aufmunternd zu.

Hilma beobachtete die beiden von der Packstation aus. Åke wirkte verlegen. Ob das am Gesprächsthema lag oder einen anderen Grund hatte, konnte sie nicht ausmachen. Er griff nach der Papierserviette und tupfte sich die Stirn.

»Nun ja, Nora, die Frau, die die Galerie führt, in der ich arbeite, ist schwanger. Ich habe ihr gesagt, dass sie etwas fülliger aussieht als sonst, besonders an ihrem … also … Ich habe so in der Luft gewedelt über ihrem … Gesäß.«

Hilma mischte sich kopfschüttelnd in das Gespräch ein. »Aber so etwas sagt man doch nicht zu einer Frau!«

»Nein, das macht man wohl nicht«, seufzte Åke. »Ich habe es natürlich nicht böse gemeint. Aber es stimmt, was ich gesagt habe. Es war nur eine Beobachtung. Außerdem habe ich sie darüber aufgeklärt, dass Frauen im Durchschnitt zwei Kilo pro Schwangerschaft zunehmen. Das wollte sie aber auch nicht hören.«

»Aber Åke!« Maggie lachte. »Nur weil es wahr ist, muss man es doch nicht gleich sagen.«

Hilma musste jetzt auch lachen.

»Und da hat sie mich weggeschickt, um stattdessen für Victor Protokoll zu führen«, fuhr er fort. »Das ist ihr Mann, er war früher Eishockeyprofi in der NHL. Er ist auch Teilhaber der Galerie, aber dieses Wochenende hilft er in der Eishalle mit, wo ein Kinder-Turnier stattfindet. Ich soll vorher nur schnell die Pralinen abholen. Und natürlich hoffe ich, dass Nora mich wieder zurücknimmt, sobald sie sich ein bisschen beruhigt hat.« Er wirkte beschämt. »Wenn ich es mir recht überlege, habe ich sie noch nie so aufbrausend erlebt«, fügte er hinzu.

»Sie wird sich bestimmt schneller beruhigen, wenn du ihr ein bisschen Schokolade bringst«, tröstete Hilma ihn.

Åke holte tief Luft. »Natürlich! Dass ich daran noch nicht gedacht habe! Habt ihr weiße Pralinen?«

»Selbstverständlich, die Hülle der einen Sorte, die ihr bestellt habt, besteht doch aus weißer Schokolade«, erinnerte Maggie ihn.

»Nein, ich meine, ganz weiße. Wenn Nora etwas mehr liebt als Schokowaffeln, dann ist es weiße Schokolade. Vielleicht hebt das ihre Stimmung.«

Maggie nickte. »Wenn das so ist, organisieren wir welche, aber sie werden erst morgen fertig sein.« Sie senkte die Stimme und sah Åke an. »Wenn ich dir einen Rat geben darf, dann sag solche Sachen in Zukunft lieber nicht. Schwangere Frauen können außerdem besonders empfindlich sein, auch wenn ich dir glaube, dass du es nicht böse gemeint hast.« Sie nickte. »Mein Mann war auch manchmal zu direkt, aber ich habe es ihm nie übelgenommen. Ich habe mich einfach revanchiert! Dann konnten wir gemeinsam darüber lachen. Aber er hat auch sehr schöne Dinge gesagt.«

Hilma bemerkte, dass in Åkes Augen ein Leuchten erschien, als er Maggie anschaute. Sein Blick blieb an ihrem Gesicht hängen, bevor er sich schnell abwandte und aus dem Fenster sah.

Die Tassen mit der heißen Schokolade waren leer, und als Maggie zur Kasse ging, winkte Hilma sie zu sich.

»Wenn sich dein Gewinn erhöhen soll, musst du aufhören, allen, die hierherkommen, umsonst heiße Schokolade anzubieten. Zumindest die Kunden sollten doch wohl dafür bezahlen, oder nicht?«

»Ja, aber er sah so dünn aus«, flüsterte Maggie. »Als er reinkam, habe ich ihm sofort angesehen, dass er etwas auf dem Herzen hat. Heiße Schokolade hilft da fast immer, und natürlich, dass man sich aussprechen kann. War ja auch nur eine Kleinigkeit.«

Hilma war gerührt von Maggies Fürsorge, sorgte sich aber auch deswegen. Sie konnten es sich definitiv nicht leisten, Produkte zu verschenken, die den Laden am Laufen hielten. Sie legte die letzte Pralinenschachtel in eine Papiertüte, während Maggie kassierte.

»Und, wie sieht es aus?«, fragte sie Åke. »Soll ich ein paar weiße Pralinen für dich anfertigen? Wenn ja, kannst du sie morgen abholen.«

»Das wäre perfekt, vorher gehe ich ohnehin nicht mehr in die Galerie«, erwiderte Åke. »Aber jetzt muss ich nach Hause zu meiner Ellie. Sie wartet auf mich.«

Damit dankte er, machte auf dem Absatz kehrt und verschwand durch die Tür.

Kapitel 22

Nach der Arbeit machte sich Hilma auf den Weg zu Anton, in der Hand eine Papiertüte, die sie reflexmäßig hin und her schlenkerte. Aber als sie das Haus erblickte, wurde ihr Griff fester.

Sie schämte sich immer noch für ihr Verhalten. Ihr weißer Pullover war versteckt im Schnee wirklich nicht leicht zu sehen gewesen, und natürlich war Joel nicht mit Absicht darauf getreten. Aber warum musste er ausgerechnet den Pullover ruinieren, der ihr so viel bedeutete, weil er sie so sehr an ihre Großmutter erinnerte?

In der Tüte lagen zwei Dinge: Joels Abschleppseil, das er in der Aufregung vergessen hatte, und ein Versöhnungsgeschenk in Form des Zuckerkuchens, den sie gestern Abend gebacken hatte. Sie wollte beides Anton geben und ihn bitten, seinem Bruder in ihrem Namen Entschuldigung zu sagen, wenn er ihn das nächste Mal sah. Zum einen wusste sie nicht, wo Joel wohnte, zum anderen, war sie froh, wenn sie ihm nicht gegenübertreten musste.

Hilma betrat den Garten, in dem der Soldat Wache hielt, bemerkte aber, dass die Puppe in einer anderen Pose dastand. Überrascht blieb Hilma stehen. Die Puppe sah aus, als würde sie gerade eine Lichterkette in den Baum hängen. Hilma musterte die verblichene Uniform und den Helm, der ein wenig schief saß. Warum stand diese Puppe hier draußen im Vorgarten? Und warum hatte sie ihre Pose verändert? Verwirrt schüttelte Hilma den Kopf.

Die Puppe erinnerte sie in jedem Fall daran, dass es Zeit war, sich um die Außenbeleuchtung am Lusthaus zu kümmern. Um den Teich herum war es dunkel, der Weg nicht leicht zu finden, und eine Beleuchtung würde alles gleich sehr viel freundlicher und wärmer wirken lassen. Die Menschen würden neugierig auf das Lusthaus werden, und so konnte sich herumsprechen, wie gut die Schokolade war, die dort hergestellt wurde.

Maggie war nach dem Gespräch mit der Kommunalpolitikerin erschüttert gewesen, wollte sich aber auch nicht so einfach geschlagen geben. Sie versuchte einen Weg zu finden, um diejenigen umzustimmen, die das Sagen hatten. Hilma selbst wollte sich nicht beunruhigen lassen. Sie hatte mit der Neugestaltung des Lusthauses gerade erst angefangen und war voller Inspiration. Das war etwas, worauf sie wirklich Lust hatte, was sie nicht nur für sich machen wollte, sondern auch für Maggie. Obwohl sie sich noch nicht lange kannten, sah sie ihre Arbeitgeberin schon als Freundin an, und wollte alles tun, um ihr Geschäft zu retten.

Hilma stieg die Stufen zur Haustür hoch. Beim zweiten Klopfen öffnete Anton.

»Warum kann ich nicht einfach in Ruhe arbeiten?«, brummte er. »Du bist doch bestimmt hier, um zu fragen, wie ich vorankomme.« Er spielte an seinem verkehrtherum sitzenden Baseballcap herum und lachte dann. »Oder willst du auch etwas nach mir werfen?«

»Sehr witzig«, entgegnete Hilma, musste aber insgeheim zugeben, dass er sie an einer empfindlichen Stelle getroffen hatte. »Ich weiß, das war nicht so toll.«

»Ich hätte dir so was ja nicht zugetraut, bin beeindruckt«, grinste Anton und kratzte an einem Pickel an seiner Nase. »Was für ein Temperament!«

»Also … Wie läuft es?«, fragte sie, um das Thema zu wechseln.

»Was hast du da?« Statt zu antworten, schielte Anton auf die Tüte in ihrer Hand. Wahrscheinlich hatte er den Kuchen gerochen, denn er schnupperte in die Luft wie ein Spürhund, der etwas witterte.

»Das ist ein Zuckerkuchen für deinen Bruder, aber für dich bleibt bestimmt auch noch ein Stück, wenn du probieren willst«, erklärte sie.

Sie holte den Kuchen aus der Tüte und reichte ihn Anton, während sie versuchte, über seine Schultern hinweg einen Blick ins Haus zu erhaschen.

Das letzte Mal, als sie hier gewesen war, hatte Anton den Eingang weitgehend verdeckt, aber jetzt konnte sie einen Blick in den Flur werfen, wo an einer Garderobe Jacken hingen und Schuhe säuberlich aufgereiht in einem Regal standen. Solch eine Ordnung hätte sie nicht erwartet, aber natürlich kannte sie Anton und seine Familie kaum. Nur weil er einen Hoodie und eine Kappe trug und Sprayer war, musste das nicht heißen, dass er kein ordentliches Zuhause hatte. Ihr Blick wanderte weiter zu der geblümten Tapete und den weiß gestrichenen Türrahmen und blieb an einem hübschen Gemälde in einem dicken Goldrahmen hängen. Das Bild zeigte eine Sommerwiese mit blauen Bergen im Hintergrund, es sah nach einer Acrylmalerei aus.

»Ja, also, es läuft ganz gut«, sagte Anton schließlich, nachdem er den Kuchen auf der Kommode im Flur abgestellt und sich ein Stück in den Mund geschoben hatte.

Er wartete nicht, bis sein Mund leer war, sodass beim Sprechen ein paar Krümel herausflogen. Hilma hoffte, er würde keinen Hustenanfall bekommen, sowohl für sie als auch für ihn.

»Ich komme zu euch und zeige euch, was ich habe, sobald ich bereit bin. Okay?«

Anton nickte ihr zu und schaute geheimnisvoll. Man sah ihm an, dass er gern weiterarbeiten wollte. Offenbar hatte sie ihn mitten in einem kreativen Prozess gestört. Sie trat einen Schritt zurück.

»Ich freue mich auf deine Prototypen, und wie ich schon sagte, finde ich, dass das echte Kunst ist, was du mit deiner Spraydose anstellst.«

»Kann sein, aber jetzt will ich gern weitermachen.« Seine Gesichtszüge verhärteten sich.

»Darf ich doch noch etwas fragen?«, sagte Hilma schnell. »Hast du dieses Bild dort gemalt?«

Sie deutete mit einem Nicken auf das Gemälde an der Wand.

»Nein, das ist von meiner Mutter. Ist aber schon eine Weile her.«

Er sah Hilma an, aber sein Blick hatte jeden Glanz verloren. Es kam ihr so vor, als würde er durch sie hindurchzusehen.

»Dann malt sie also nicht mehr?«, wollte Hilma wissen. Was wohl in Anton vorging? Die Härte in seinem Gesicht war einer dünnen Maske gewichen, die ihn sehr verletzlich aussehen ließ.

Anton erwiderte nichts.

»Dann hast du dein künstlerisches Talent sicher von ihr«, fuhr Hilma fort, um das Schweigen zu brechen und ihre Frage zu überspielen.

Sie bereute, sie gestellt zu haben, das schien ein sensibles Thema zu sein.

Anton zuckte mit den Schultern. »Vermutlich.«

Er wollte die Tür schließen, als Hilma der zweite Grund einfiel, warum sie gekommen war.

»Ach, genau, das hätte ich fast vergessen. Ich bin nicht nur wegen des Kuchens hier und damit du deinem Bruder meine Entschuldigung ausrichten kannst, sondern auch, um das hier zurückzubringen.« Sie reichte ihm die Tüte mit dem Abschleppseil. »Kannst du das deinem Bruder geben, wenn du ihn das nächste Mal siehst? Er hat es bei uns vergessen.«

»Okay, aber du könntest es ihm auch selbst geben.« Anton kratzte sich unter der Kappe. »Im Moment ist er allerdings nicht zu Hause«, fuhr er fort.

»Dann wohnt er also auch hier?« Hilma war überrascht.

Anton sah sie mit einem schwer zu deutenden Ausdruck an, sagte aber nichts mehr, sondern schloss die Tür.

Hilma dreht sich um und entfernte sich vom Haus. Dabei fiel ihr Blick noch einmal auf den Soldaten im Garten. Sie hatte nicht die Gelegenheit gehabt, Anton danach zu fragen. Vielleicht sollte sie das irgendwann tun. Oder lieber doch nicht …? Sie trat auf den Gehweg, als ein Wagen auf der Straße vorbeifuhr, die durch die Schneewälle sehr eng war. In gewisser Weise war sie erleichtert, dass Joel nicht zu Hause gewesen war. Sie ging in Gedanken die Gefühle durch, die sie in seiner Nähe verspürt hatte: Allein sein Anblick hatte ein Flattern in der Magengegend verursacht, und zwar nicht nur ein-, sondern gleich zweimal. Dann die Freude, die sie empfunden hatte, nachdem es ihnen gemeinsam gelungen war, das Reh vom Eis zu holen, die Erleichterung, als das Tier ans Ufer gelangte und unsicher Halt fand, bevor es zwischen den Bäumen verschwand. Sie hätte heulen können, weil es das Reh geschafft hatte, und dann war sie wegen eines dummen Pullovers so ausgerastet. Wahrscheinlich war Joel über ihre Reaktion sauer und schockiert, und einen Moment lang überlegte sie, zurückzugehen, um Anton zu fragen, wie sein Bruder das Ganze aufgenommen hatte. Aber dann verwarf sie den Gedanken wieder. Vielleicht war Joel ja auch ein bisschen seltsam, zumindest war es nicht ganz normal, in seinem Alter noch zu

Hause zu wohnen. Das Beste war sicherlich, die Sache zu vergessen. Ja, das wäre das Klügste. Joel hatte sein Abschleppseil zurückbekommen, dazu einen Kuchen als Entschuldigung, damit war die Sache erledigt. Es war auch sehr unwahrscheinlich, dass sich in nächster Zeit noch mal ein Reh aufs Eis verirrte und Joel noch einmal zur Rettung eilte. Ansonsten konnte sie ihm einfach aus dem Weg gehen. Hilma beschloss, ihn zu vergessen.

Kapitel 23

1970

Das Interesse an Pferden hatte sich schließlich gelegt. Oder zumindest der Gedanke daran, mit ihnen zu arbeiten, was wahrscheinlich auch gut so war. Zu dem Zeitpunkt, als der Sohn in eine eigene Wohnung gezogen war, hatten die Eltern beschlossen, den Hof zu verkaufen, obwohl er angeboten hatte, sie zu unterstützen, wenn sie auf Geschäftsreise waren. Und das tat er gern, wenn er konnte. Er erfüllte ihn mit Zufriedenheit, jemandem eine Hand zu reichen, besonders seinen Eltern. Aber seine Mutter war sehr bestimmt und zugleich ganz pragmatisch gewesen.

»Alles hat seine Zeit«, hatte sie gesagt. »Tiere zu halten, ist anstrengend, und wir werden nicht jünger. Das ist der Lauf der Dinge. Außerdem solltest du deine eigenen Entscheidungen treffen können, deinen eigenen Weg gehen.«

»Deinen eigenen Weg …« Die Worte klangen in ihm nach und gewannen an Kraft. Aber wie fand man den eigenen Weg? Ein Schritt in diese Richtung war jedenfalls, einen neuen Zugang zu Pferden zu finden, nämlich durch seine regelmäßigen Besuche auf der Trabrennbahn. Es begann damit, dass er eines warmen Frühlingstages ein Rennpferd mit Sulky im Dorf erblickte. Die Sonne sickerte durch das Laubwerk, ließ das glatte Fell des Pferdes glänzen, aus dessen Maul Schaum troff, und die Bewegungen des Tieres waren so elegant, dass es fast so aussah, als würde es dahinfließen. Dazu das Klappern der Hufe, was wie ein schnell gespielter preußischer Marsch klang. Einige Zeit später fuhr er zur Trabrennbahn nach Romme, außerhalb von Borlänge, wo ihn dieser Sport sofort packte. Er liebte es, die Pferde im lang gestreckten Galopp zu beobachten. Ihre Freiheit schien davon abzuhängen. Er lernte immer mehr über den Trabsport und begann bald zu wetten, allerdings setzte er nur kleine Summen. Dabei gewann er mehrmals, wobei ihm die Liebe zur Statistik half, sein brennendes Interesse für Zahlen und Tabellen und sein Sinn für Details.

Und heute hatte er den Hauptgewinn abgeräumt. In seinem zweiundzwanzigjährigen Leben hatte er noch nie so viel Geld in der Hand gehabt. Er saß auf seinem Bett in der kleinen Zweizimmerwohnung, die er von einer älteren alleinstehenden Frau mietete, die im Haupthaus auf demselben Hof wohnte. Das hieß, genau genommen mietete er die Räume nicht, sondern durfte umsonst bei ihr wohnen. Im Gegenzug mähte er ihr den Rasen, hielt die Rabatten in Ordnung, schippte Schnee und half bei allem, was auf dem Hof so anfiel. Das tat er gern, und er war froh, keine Miete zahlen zu müssen, denn er war immer knapp bei Kasse gewesen. Bis jetzt.

Er blickte auf die Scheine, die auf dem Bettüberwurf um ihn herum lagen. Genauso musste sich ein Bankräuber fühlen. Er griff nach einem Bündel Scheine, blätterte es durch, fühlte, wie das Papier seine Fingerspitzen kitzelte. Dann hielt er die Unordnung nicht eine Sekunde länger aus, weshalb er die Bündel schnell zu hübschen Stapeln auftürmte. An den ersten Gedanken, der ihm nach seinem Gewinn gekommen war, erinnerte er sich nicht mehr. Auch nicht an den zweiten. Der dritte Gedanke war hingegen gewesen, dass er gleich morgen zu seinem Chef gehen und ihm ans Bein pinkeln wollte. Sein Chef war ein richtiger Tyrann, der oft Sachen durchsetzen wollte, von denen er keine Ahnung hatte. Das Schlimmste war, dass er die sogenannten Effektivierungsmaßnahmen seines Chefs schlucken musste, seine zum Teil haarsträubenden Ideen, wie sie ihren Job zu machen hatten. Dass er mit einem aufgesetzten Lächeln tat, als habe der Chef recht und sich wie eine Marionette benahm. Denn das war es, was man von ihm erwartete.

Aber damit war jetzt Schluss. Das Geld macht ihn frei. Wenn er allerdings sofort kündigte, würde das auch bedeuten, dass er nicht mehr jeden Morgen stempeln ging. Was sollte er tagsüber stattdessen tun? Arbeit bestimmte sein Leben. Er war täglich um sechs Uhr fünfundfünfzig morgens vor Ort und gut darin, die schweren Stahlelemente zu Balken zu walzen. Seufzend schüttelte er den Kopf. Langsam kamen die Gedanken, die wie Herbstlaub durch seinen Kopf gewirbelt waren, zur Ruhe, und er ließ die Schultern sinken.

»Nein«, sagte er und glättete mit einer bestimmten Bewegung seine Hose. Es musste einen anderen Weg geben. Denk nach, sagte er sich, denk nach!

Er lehnte den Rücken an die Wand und schloss die Augen. Dann stellte er sich ein Leben im Stahlwerk ohne seinen Chef vor. Wenn er seine Aufgaben nur so erledigen konnte, wie er es für richtig und am effektivsten hielt, und er gleichzeitig seine Routine beibehalten könnte. Das wäre traumhaft! Als er die Augen wieder öffnete, ließ er den Blick über die ordentlich gestapelten Geldscheine auf dem Bett schweifen. Geld, ja. Das brachte Möglichkeiten mit sich. Er strich sich über das Kinn, erinnerte sich an den Text eines Aushangs am Schwarzen Brett im Personalzimmer. Das Werk brauchte qualifiziertes Personal, und denjenigen, die sich weiterbildeten und dann zurückkamen, wurde eine Anstellung garantiert. Wenn er nun … Schnell rechnete er es im Kopf durch. Von dem Gewinn könnte er eine Zeitlang leben, ohne etwas zu verdienen …

Er holte Papier und Stift und kritzelte ein paar Zahlen auf. Wenn er jetzt noch die Inflation berücksichtigte … Er rechnete noch einmal nach, kontrollierte doppelt und dreifach, dass alles stimmte. Es schien zu passen. Die Ausbildung dauerte fünf Jahre, aber dank der Jobgarantie konnte er sicher sein, eine Stelle zu bekommen, sobald er fertig wäre. Er nickte zufrieden.

»Dein eigener Weg, ja, so war es …«

Er ließ sich die Worte auf der Zunge zergehen, hörte deutlich die Stimme der Mutter. Sein Weg führte auf jeden

Fall in die Zukunft. Allerdings würde er das Mädchen mit dem Astloch in seinem ehemaligen Zimmer für lange Zeit nicht sehen. Aber er würde zurückkommen, und sie wäre dann immer noch da. Zumindest hoffte er es. Es war nicht allzu lange her, dass er von der Armee ausgemustert worden war, sie hatten ihn nicht haben wollen. Mit einer guten Ausbildung hätte er dann jedenfalls etwas zu bieten, und vielleicht würde er sogar den nötigen Mut zusammenkratzen können, um sie anzusprechen.

Dank des Gewinns von der Trabrennbahn und des Entschlusses, den er soeben getroffen hatte, war ihm ganz feierlich zumute. Er stand auf und stopfte die Geldscheine unter die Matratze. Am Wochenende würde er sich ein großes Stück Torte gönnen, mit extra Puderzucker darauf. Er würde eine Tour zu Fricks Konditorei in Rättvik machen. Dort gab es die besten Torten, und die Aussicht über den Siljansee auf dem Weg dorthin war atemberaubend. Bei dem Gedanken musste er grinsen. Er konnte es kaum erwarten.

Kapitel 24

Nach dem Frühstück, das aus Haferflocken, Preiselbeermarmelade, Milch und einer dampfenden Tasse Kaffee bestanden hatte, machte Hilma sich auf den Weg zum Lusthaus. Als Erstes packte sie die kleineren Lichterketten aus und arrangierte sie mit einigen Weihnachtskugeln auf den Tischen. Bisher hatte sie aber noch nicht die Zeit gefunden, in einem Secondhandladen nach den Schalen zu schauen, die ihr vorschwebten. Stattdessen hatte sie einfache Ikea-Teller verwendet und mit Goldpapier ausgekleidet. Die mussten erst einmal reichen, Hilma konnte nur eines nach dem anderen machen, und momentan hatte die Beleuchtung Vorrang.

Maggie hatte mehrfach ihr Auto mit Lichtern und Lampen vollgeladen und diese zum Café transportiert. Hilma hatte ihr geholfen, alles in den Pavillon zu tragen, und darüber gestaunt, wie viele Lichterketten für den Außengebrauch Maggie zu Hause in ihrem Abstellraum aufbewahrte. Sie würden problemlos für das Café reichen, man könnte damit sogar noch den Steg zum Lusthaus beleuchten. Maggie erzählte, sie habe die Leuchtmittel von einem

Freund, der Tanzabende in Hjortnäs organisierte, nicht weit von Tällberg entfernt, wo es im Sommer von tanzwütigen Touristen und Ortsansässigen wimmelte. Die Lampen dort waren durch modernere ersetzt worden, deswegen konnte sie diese haben. Bisher hatte Maggie allerdings weder Zeit noch Lust gehabt, sie aufzuhängen, und so waren sie in ihren Kartons geblieben. Und jetzt war es an der Zeit, sie zu benutzen. Der Soldat in Antons Garten hatte Hilma auf eine Idee gebracht. Die Puppe hatte so ausgesehen, als wäre sie gerade dabei, Lichter in einen Baum zu hängen, und wenn es hier eines gab, dann waren es Bäume. Sollte es ihr gelingen, einige Lampen an ihnen aufzuhängen, würde der gesamte Platz gleich viel einladender wirken. Hilma hielt eine Lichterkette hoch, musste aber sofort einsehen, dass es schwer sein würde, an die Zweige zu gelangen. Vielleicht wäre es besser, sie nur um die Stämme zu wickeln?

»Das wird so nicht klappen.«

Die Stimme ertönte so plötzlich, dass Hilma zusammenzuckte. Sie drehte sich um und sah Åke vor sich.

»Hast du mich erschreckt!«, sagte sie.

»Um die Lichter aufzuhängen, braucht man eine Leiter«, erwiderte er und rückte seine Brille zurecht.

»Ja, das habe ich auch festgestellt«, entgegnete Hilma und lächelte ihn an. »Aber irgendwo muss man ja anfangen.«

Åke war gekommen, um die weißen Pralinen für seine schwangere Chefin abzuholen. Wie versprochen, waren sie fertig, und Hilma hatte sie persönlich getestet. Sie zerschmolzen im Mund, während sich eine wunderbare Süße verbreitete. Sie hatte ein oder zwei gekostet, oder vielleicht drei? Nun, wer zählte das schon? Sie war jedenfalls stolz auf das Ergebnis, sie hatte die bestellten Pralinen nämlich allein hergestellt.

»Die Pralinen sind in der Hütte«, sagte sie.

Aber Åke schien es nicht eilig zu haben, er kam auf sie zu und blickte zu den beiden Ulmen hoch, die neben der Brücke standen.

»Hier hast du eine gute Verankerung.«

Er zeigte zu der Stelle.

»Meinst du?«

»Ich weiß es. Brauchst du vielleicht Hilfe?«

»Danke, aber ich schaffe das schon …«, begann Hilma, aber dann realisierte sie, dass Åke nicht spöttisch geklungen hatte. Wahrscheinlich redete er einfach so, und er schien wirklich helfen zu wollen.

Sie kaute auf ihrer Unterlippe herum. Ein bisschen Hilfe würde tatsächlich nicht schaden, wenn sie nicht von einer im Schnee wegrutschenden Leiter stürzen wollte. Denn sie konnte wohl kaum damit rechnen, dass irgendwo in der Nähe zwischen den Bäumen versteckt ein Hebekran auf sie wartete. Eine Leiter hatte sie hingegen hinter der Hütte gesehen.

»Also, doch. Wenn du es schon anbietest. Ich habe wahnsinnig viele Lichter aufzuhängen: über den Fenstern des Pavillons, auf der Brücke, an der Hütte und hier in den

Bäumen, was das Kniffligste sein wird. Aber bist du dir sicher, dass du …«

Åke sah sie über den Rand seiner Brille hinweg an. Seine Augen wurden schmaler, seine Augenbrauen zu bedrohlichen Wolken, die sich an einem dunklen Himmel auftürmten.

»Keine Altersdiskriminierung, wenn ich bitten darf! Wenn das jemand machen kann, dann ich. Die Frage ist, welche du zuerst aufhängen willst. Die am Pavillon oder hier in den Bäumen?«

»Ich wollte dich nur fragen, ob du wirklich Zeit dafür hast.« Hilma lächelte ihn an. »Es wird wahrscheinlich eine Weile dauern, aber dann fangen wir am besten am Lusthaus an. Das schaffen wir auch ohne Leiter.« Sie schlug ihre behandschuhten Hände zusammen. »Du bist so etwas vielleicht gewohnt, aber ich nicht. Also beginne ich am liebsten mit dem Einfachsten. Ich glaube, es wird mit den vielen Lichtern richtig hübsch aussehen, ich sehe schon vor mir, wie der ganze Ort funkelt.«

»Na dann.« Åke ging auf seinen Wagen zu.

Als er zurückkam, hielt er einen Werkzeugkasten in der Hand und schüttelte ihn. Dem Geklapper nach enthielt er sowohl schwere Werkzeuge als auch Nägel.

»So einen sollten alle bei sich haben«, sagte er. »Man weiß nie, wann man ihn gebrauchen kann.«

»Sieh mal, wie schön das ist!«, rief Hilma begeistert, nachdem sie die ersten Lichterketten über den Fenstern des

Lusthauses aufgehängt hatten. »Und wie schnell es geht, wenn man zu zweit ist! Was für ein Teamwork! Mit dir kann man wirklich super zusammenarbeiten.«

Und das meinte sie ernst. Ohne viele Worte hatte Åke die Lichterkette hochgehalten, während sie Nägel angebracht hatte. Beide wussten intuitiv, was zu tun war.

»Man hat schon deutlich Schlimmeres über mich gesagt als das«, erwiderte Åke mit einem verlegenen Lächeln.

»Ach, was denn zum Beispiel?« Die Frage war ihr einfach so herausgerutscht.

»Zum Beispiel, dass ich langweilig sei«, erwiderte er, ohne die Augen von der Lichterkette abzuwenden.

»Das kann ich mir kaum vorstellen«, sagte Hilma.

Åke war bestimmt über siebzig, aber bisher hatte sie sich in seiner Gesellschaft nicht eine Minute gelangweilt. Er war eher ein Retter in der Not, wie er so ohne Weiteres seine Hilfe anbot. Außerdem war er lustig, hatte einen eigenen, trockenen Humor.

Während Åke ihr weiterhin mit den Lampen half, bemerkte Hilma, dass Maggie ihn von der Tür zum Laden aus voller Bewunderung musterte.

»Ein geschickter Kerl, nicht wahr?«, sagte Hilma, als sie einige Zeit später in die Hütte kam, und hob dabei vielsagend die Augenbrauen.

»Ich weiß nicht, wovon du redest«, behauptete Maggie. »Du hast ihn doch gestern gehört. Er hat eine Ellie, die zu Hause auf ihn wartet.«

Hilma erinnerte sich. »Stimmt«, sagte sie. »Aber eine

Tasse heiße Schokolade hat er sich für die Mühe trotzdem verdient, oder?«

Und diesmal schlug sie auch nicht vor, dass er dafür bezahlen solle.

»Ja, ich bin natürlich schon längst dabei, sie vorzubereiten«, antwortete Maggie und zwinkerte ihr zu.

Als eine weitere Lichterkette hing, winkte Maggie die beiden zu sich. Åke wirkte plötzlich etwas steif, ging aber trotzdem Hilma voran in die Wärme. Die wollte sich ihm gerade anschließen, als sie knirschende Schritte im Schnee hörte und sich umdrehte. Neben den Büschen kam jemand auf dem Gehweg heran. Als sie erkannte, wer es war, hielt sie die Luft an. Joel. Wieder verspürte sie dieses Ziehen im Magen. Sein Anblick machte sie nervös. Er war doch hoffentlich nicht immer noch sauer auf sie?

Er blieb kurz vor Hilma stehen und begegnete abwartend ihrem Blick.

»Ich wollte mich nur für das Abschleppseil bedanken. Und den Kuchen. Anton hat mir ein kleines Stück übriggelassen.« Er grinste schief. Seine braunen Augen strahlten Wärme aus. »Ich hatte das Seil völlig vergessen«, fuhr er fort. »War wohl abgelenkt … Und dann wollte ich mich noch für die Sache mit dem Pullover entschuldigen.«

Hilma hob abwehrend beide Hände. »O nein. Ich muss mich bei dir dafür entschuldigen, dass ich so überreagiert habe«, sagte sie. »Normalerweise bin ich nicht so. Aber in letzter Zeit …« Sie schluckte, bevor sie weitersprach.

»Es war alles so chaotisch und …«

»Du brauchst dich nicht zu rechtfertigen«, unterbrach er sie. »Ich wollte nur vorbeikommen und dir das hier geben.«

Er zog eine Plastiktüte hervor, die er unter der Jacke versteckt hatte, kam langsam ein paar Schritte näher und reichte sie ihr.

»Was? Das ist doch nicht nötig.«

Sie nahm trotzdem die Tüte entgegen und blickte neugierig hinein. Ein Weihnachtspulli von der scheußlichsten Sorte lag darin. Er war grün, rot und braun, hatte blinkende Lichter und als Motiv ein Rentier, wie sie beim Herausnehmen feststellte. Sie brach in Gelächter aus.

»Na ja, der Pullover ist nicht gerade weiß«, sagte er verlegen, »aber ich hoffe, er tut es trotzdem. Es sind ja nur noch ein paar Wochen bis Weihnachten, da gab es im Laden keine große Auswahl mehr, und die Verkäuferin war ziemlich hartnäckig …«

»Danke«, sagte Hilma und überlegte, ob sie ihm sagen sollte, dass sie lieber nackt durchs Dorf lief als in diesem Pulli, verkniff es sich dann aber. Sie war sich nicht sicher, ob sie wollte, dass er sich das vorstellte.

»Was hatte der Pulli eigentlich im Schnee zu suchen?«

»Das ist eine lange Geschichte«, seufzte Hilma.

Sie hatte die Gedanken an die Gründe für ihren Wutausbruch eine Weile fest verschließen können, was ihr gutgetan hatte, und sie war sich nicht sicher, ob sie bereit war, diese Tür wieder zu öffnen. Jetzt zumindest noch nicht.

»Es tut mir leid, dass ich meinen Ärger an dir ausgelassen habe, obwohl du so nett warst, uns mit dem Reh zu helfen«, fuhr sie fort. »Kann ich noch etwas für dich tun, um das wieder gutzumachen?«

»Ja, wenn du Weihnachten absagen könntest«, erwiderte er überraschenderweise.

Zuerst glaubte sie, er würde scherzen, zumal nach dem Pullover, den er ihr gerade geschenkt hatte, aber seine Stimme und der Schatten, der über sein Gesicht huschte, verrieten ihr, dass dies nicht der Fall war.

Sie wollte ihn gerade fragen, was er damit meinte, als er in deutlich heitererem Ton hinzufügte: »Nein, schon gut, aber wenn du Lust hast, könntest du mit mir spazieren gehen. Also, falls du Zeit hast.«

»Meinst du etwa jetzt gleich?«

»Ja. Wenn du magst.«

Hilma zögerte. Sie blickte auf ihre Armbanduhr, dann zu Åke und Maggie, die sich bei einer Tasse heißer Schokolade miteinander unterhielten. Auch wenn Åke vergeben war, schien sich Maggie über seine Gesellschaft zu freuen. Vielleicht gewann sie gerade in diesem Moment einen neuen Freund. Wenn Hilma jetzt hineinging, machte sie womöglich alles kaputt. Außerdem könnte sie sich durchaus eine Mittagspause gönnen. Maggie würde kaum dazu kommen, sie zu vermissen.

»Also gut. Warum nicht? Aber ich kann höchstens eine halbe Stunde wegbleiben.«

Kapitel 25

Verstohlen schaute Hilma zu Joel, der neben ihr hermarschierte. Vermutlich war er etwa so alt wie sie, vielleicht ein bisschen älter. Er hatte feingeschnittene Gesichtszüge, und dass er attraktiv war, war ihr sofort aufgefallen, aber sein Blick hatte auch etwas Tiefgründiges. Genau wie bei seinem Bruder lag eine Verletzlichkeit in seinen Augen.

Als Joel sich zu ihr umwandte, fühlte sie sich ertappt, drehte schnell den Kopf weg und studierte eingehend einen Vogel in einem Baum, den es allerdings gar nicht gab.

»Ich muss zugeben, dass du mich an jemanden erinnerst«, sagte Joel. »Ich komme nicht auf ihren Namen. Es ist …«

Here we go again, dachte Hilma seufzend.

»Mariah Carey vielleicht?«, brummte sie.

»Nein, die meine ich nicht.«

»Nicht?«

»Nein, ich meine eine Politikerin, die man aus dem Fernsehen kennt. Die mit dem heißen Temperament, die gerne scharfe Wortwechsel führt.«

»Äh, aha.«

Hilma sah Joel an und entdeckte, dass seine Mundwinkel zuckten. Dann begann er zu lachen.

»Nein, natürlich habe ich an Mariah Carey gedacht. Ihr seht euch wirklich ähnlich, und ihr habt beide solche Rehaugen.«

Hilma stieß ihn in die Seite und lachte. Nach all den Malen, die sie diese Bemerkung schon gehört hatte, war sie den Vergleich leid, aber er hatte von Rehaugen gesprochen. Das musste doch wohl ein Kompliment sein? Oder?

Sie verließen das Wäldchen, überquerten die Brücke und machten einen Bogen zurück zum Fluss, um die breite Promenade am Wasser entlangzugehen.

»Wie war das jetzt mit dem Pullover? Wie ist der im Schnee gelandet?«, wollte Joel wissen.

Sie mochte seinen funkelnden Blick, die Wärme in seinen Augen.

»Möchtest du die lange oder die kurze Version hören?« fragte sie, zögerte aber. Wollte sie wirklich darüber reden?

»Die Version darf so lang sein, wie du willst«, erwiderte er und wich einem entgegenkommenden Paar aus. Die Frau hielt einen Schäferhund zurück, der aufgeregt an der Leine zog.

»Ich treffe nicht oft auf schokoladewerfende Frauen«, fuhr er fort. »Wäre interessant zu hören, wie so eine tickt.« Er grinste, schaute sie neckend an.

»Haha.«

Hilma zog in Erwägung, ihm noch einmal in die Seite zu boxen, holte stattdessen aber tief Luft und begann dann von ihrem früheren Job zu erzählen, dem Guten und dem Schlechten. Wie sich die Anforderungen und das Tempo erhöht hatten, die Aufgaben sich verändert hatten, und wie dann alles eskaliert war. Dass sie keine Energie mehr gehabt und sich schließlich völlig ausgebrannt gefühlt und Schwindelattacken bekommen hatte. Zu ihrer eigenen Verwunderung erzählte sie auch von Cecilias Beerdigung und ihrer Angst, das Leben zu verpassen. Aber auch von der Einsamkeit, den Gedanken, die sich in ihre Albträume schlichen.

»Aber um deine Frage nach dem Pullover zu beantworten«, sagte sie schließlich, »ich hatte einfach über alles die Kontrolle verloren. Das Einzige, was ich noch in der Hand hatte, war, meine Kleidung weiß zu halten. Solange ich denken kann, mag ich Weiß. Vielleicht weil meine Großmutter immer Weiß trug, und die habe ich sehr geliebt. Sie ist vor nicht allzu langer Zeit gestorben, und als du auf den Pulli getreten bist, bist du quasi auf ihr herumgetrampelt.« Sie zog sich die Mütze tiefer über die Ohren. »Du kannst mich für verrückt halten, aber so habe ich in dem Moment empfunden. Und wenn du wissen willst, warum der Pullover überhaupt da lag: Maggie hat mir den Tipp gegeben, dass der gräuliche Schimmer bei Kleidern rausgeht, wenn man sie bei Minusgraden in den Schnee legt, das wollte ich ausprobieren.«

Joel lächelte. »Ich halte dich nicht für verrückt, ich habe immer noch ein schlechtes Gewissen«, sagte er und sah sie entschuldigend an. »Tut mir wirklich leid!«

»Schon gut«, erwiderte sie. »Ich habe schließlich so einen schicken Ersatzpulli bekommen. Das Witzige an dem Motiv ist, dass mein Großvater Rudolf hieß … Also, falls ich den Pullover, der mich an meine Großmutter erinnert hat, nicht mehr anziehen kann, habe ich dafür jetzt einen, der mich an meinen Großvater erinnert. Das ist wohl Ironie des Schicksals.« Sie verstummte, suchte seinen Blick.

»Ich hätte jedenfalls nicht die Schokolade nach dir werfen sollen. Tut mir leid«, fügte sie dann noch hinzu.

»Es gibt schlimmere Dinge, die man nach mir werfen kann als Schokolade.« Er grinste, wobei sich um seine Augen kleine Lachfältchen bildeten. Dann musste er mindestens über fünfundzwanzig sein, aber wahrscheinlich eher um die dreißig, genau wie sie.

»Was arbeitest du?«, fragte sie, um zu einem leichteren Thema zu wechseln.

»Ich bin Mechaniker, unter anderem jedenfalls. Und dabei gehe ich mit meinen Sachen genauso ordentlich um wie du mit deinen weißen Klamotten. Außer wenn es um das eine oder andere Abschleppseil geht, das ich gern mal liegen lasse.«

»Autos?«

»Autos, Boote, Scooter, Schneefräsen, Quads – es gibt hier viele Fahrzeuge, um die man sich kümmern muss.«

Als sie auf der Höhe der Kirche von Leksand waren, die rechts von ihnen auf einer Landzunge thronte, blieben sie stehen und blickten über den Siljansee. Er war wirklich idyllisch mit all den roten Häuschen und Tannen rundherum. Joel erklärte ihr, dass die Dörfer auf der anderen Seite Karlsarvet und Västanvik waren. Links konnte sie das blanke Eis sehen, das sich nach der Mündung des Flusses ausbreitete, und von wo sie das Reh gerettet hatten. Hilma suchte mit dem Blick den Pavillon, der aber von dem Wäldchen auf der anderen Flussseite verdeckt wurde. Doch dabei fiel ihr ein, dass ihre Mittagspause sicher längst zu Ende war. Sie sah auf die Uhr.

»Wollen wir zurückgehen?«, fragte Joel.

»Ja, die Zeit ist nur so verflogen.«

Sie drehten sich um und nahmen denselben Weg zurück. Hilma dachte an eine Bemerkung, die Joel gemacht hatte.

»Wie kommt es, dass du Weihnachten nicht magst?«

Joel trat gegen einen Schneeklumpen, der mit einem Platschen in den Fluss fiel, und es dauerte, bevor er den Blick hob. Er schien weit in die Ferne zu blicken, zeigte dann auf ein Boot, das am Kai vertäut lag.

»Sieh mal. Ist das nicht schön? Es heißt Gustaf Wasa, aber normalerweise liegt es um diese Zeit nicht hier. Im Sommer kann man damit Touren nach Rättvik oder Mora machen und …«

Hilma runzelte die Stirn, während sie zu dem großen weißen Boot hinüberschaute. Das war sicher ein schönes Fahrzeug, aber warum wollte er nicht über Weihnachten reden? Offensichtlich wich er dem Thema aus, was sie nur noch neugieriger machte, vor allem, da auch Anton gesagt hatte, er würde Weihnachten nicht mögen. Aber dies war nicht der richtige Moment, um noch einmal nachzufragen.

Und wahrscheinlich auch nicht, um ihn zu darauf anzusprechen, warum er noch zu Hause wohnte. Vielleicht konnte er sich aus irgendeinem Grund keine eigene Wohnung leisten. Möglicherweise war es ein sensibles Thema, also beschloss sie, nicht weiterzubohren.

Als sie wieder die Brücke passierten, erzählte Hilma stattdessen von den unerwarteten Zusatzkosten, die ihr Vermieter ihr aufgebrummt hatte.

»Eine Miete für die Nutzung des Schlittens?« Joel lachte. »Das ist seltsam. Sehr seltsam sogar. Soll ich mit ihm sprechen?«

»Danke für das Angebot, aber ich will versuchen, das selbst zu regeln. Ist er denn immer so drauf? Ihr scheint euch ja zu kennen.«

Sie waren auf dem schmalen, von Bäumen gesäumten Weg zurück. Joel ging voran, drehte sich zu ihr um.

»Björn ist zwar dafür bekannt, geizig zu sein, aber dass er so etwas versucht, muss damit zusammenhängen, dass du von außerhalb kommst. Am besten wäre es, du findest einen Weg, es ihm mit gleicher Münze zurückzuzahlen.«

Hilma hob die Augenbrauen. Es ihm mit gleicher Münze zurückzahlen … aber natürlich.

Plötzlich verschwand der Boden unter ihren Füßen, die Baumwipfel rutschten aus ihrem Blickfeld, und Hilma setzte sich mit einem Plumps auf den Hintern. Alles, was sie im Hinterkopf vernahm, war die mahnende Stimme ihrer Mutter: »Würde bewahren!« Niemand sollte sie so sehen, schon gar nicht Joel. Was für ein schreckliches Pech, dass es ausgerechnet hier so vereist war! Hilma wollte schnell wieder aufzustehen, aber bevor sie es auf die Füße schaffte, ging Joel neben ihr in die Hocke.

»Alles in Ordnung? Ich muss sagen, es sah bei dir fast so graziös aus wie bei dem Reh«, sagte er lachend.

Es war so echt und befreiend, dass Hilma sich anstecken ließ. Einen Moment lang schien er sich zu ihr zu beugen. Ihre Gesichter waren gefährlich nahe, ihre Nasen berührten sich. Hilma hielt die Luft an und stand rasch auf. Vielleicht hatte sie Rehaugen, und vielleicht hatte sie genauso hilflos ausgesehen wie das Tier auf dem Eis, aber sie musste wirklich nicht gerettet werden und wollte auf die Füße kommen, bevor er ihr seine Hand anbieten konnte. Ein bisschen Würde wollte sie zumindest bewahren.

»Danke für den Spaziergang«, sagte er, als sie am Lusthaus angekommen waren, und blickte sie intensiv an. »Das war schön.«

»Ja.«

»Vielleicht können wir das wiederholen?«

»Dann willst du mich also wiedersehen?« Hilma hob neckisch die Augenbrauen.

»Wenn du nichts mehr nach mir wirfst, wobei ... vielleicht sogar dann.«

Hilma wurde von seinen Worten warm ums Herz, zögerte aber. War das wirklich vernünftig? Dieser Kerl übte eine ungewöhnlich starke Anziehungskraft auf sie aus. Seine Lippen waren leicht feucht und schön geschwungen.

Äußerst beunruhigend. Warum fiel ihr das überhaupt auf? Sie konnte sich gut mit ihm unterhalten, er war lustig und spontan und hatte ein Funkeln in den Augen, von dem sie weiche Knie bekam. Aber sie ahnte auch eine Tiefe, und das, was sie gerade fühlte, machte ihr Angst. Es war nicht das beste Timing. Schließlich war sie mehr oder weniger hierher geflohen. Sollte sie sich nicht mehr Zeit lassen, anzukommen und sich selbst zu finden?

Kapitel 26

1975

»Kannst du bitte den Tisch decken?«

Der Duft nach Hackbraten, Kartoffeln, brauner Soße und Johannisbeergelee füllte die Küche der Eltern. Das Essen war gleich fertig, er saß auf der Küchenbank und sog genießerisch die Luft ein. Beim Geruch seines Lieblingsessens lief ihm das Wasser im Mund zusammen, und sein Magen knurrte laut. Er widerstand dem Impuls, mit dem Finger über die beschlagene Fensterscheibe zu fahren, und betrachtete stattdessen die Schneehaufen, die sich draußen bis zum Fensterbrett auftürmten. Der Anblick der vereisten Birken auf dem Hof ließ ihn frösteln, und der kalte, bleiche Schimmer am Himmel vermittelte den Eindruck, als sei auch die Sonne eingefroren.

»Natürlich, Mutti.«

Er ging zum Küchenschrank, aus dem er drei große Teller holte. Das Geschirr war noch das gleiche wie früher, Nittsjö-Keramik, die in Rättvik hergestellt wurde, aber ansonsten hatte sich vieles verändert. Seine Eltern hatten vor einigen Jahren das Haus, in dem er aufgewachsen war, verkauft, und ihr neues Haus war deutlich kleiner und seiner Meinung nach sehr viel weniger gemütlich, aber immerhin wohnten sie noch im selben Ort. Sie waren älter geworden, das Haar seine Mutter war inzwischen ergraut und dünner, im Gesicht seines Vaters erschienen immer mehr Pigmentflecken, seine Augen hatten nicht mehr denselben Glanz und die Intensität von früher, und sein Rücken wurde immer krummer. Sie hatten erst spät ein Kind bekommen, es war auch bei dem einen geblieben.

Er selbst war erwachsen geworden und mit dem Studium in Stockholm beinahe fertig. Die fünf Jahre waren vergangen wie im Flug, es blieb ihm nur noch ein Semester, dann bekäme er das ersehnte Ingenieursdiplom. Er war zufrieden, dass er alle nötigen Prüfungen geschafft hatte, und wusste, dass seine Eltern stolz auf ihn waren. Das Versprechen des Stahlwerks, dort nach dem Studium eine Stelle zu bekommen, stand noch, wie ihm kürzlich versichert worden war, was bedeutete, dass er bald zurück in seiner Heimat und seinem geliebten Dalarna sein würde. Soweit war alles gut. Das Großstadtleben gefiel ihm nicht, er sah es eher als notwendiges Übel an, Verkehrslärm und Stress waren einfach nichts für ihn, auch wenn er die Museen und vielen Konditoreien schätzte, genauso wie den einen oder anderen Spaziergang durch einen der Parks – natürlich gab es auch in der Stadt schöne Plätze – und seine Zeit im Studentenchor. Ein paar Kommilitonen hatten ihn überredet mitzumachen, und zu seinem Erstaunen hatte er festgestellt, dass er es genoss, wie alle Stimmen zu einer Einheit wurden. Das Singen im Chor hatte Glücksgefühle in ihm hervorgerufen, vor allem, wenn sie Frühlingslieder sangen. Es weckte solche Hoffnung, auf lichtere Tage zuzusteuern. Dabei verwandelte er sich selbst in einen wilden, rauschenden Fluss, der sich aus den eisigen Fängen des Winters losriss.

Er legte das Besteck parallel zueinander neben die Teller, steckte die roten Servietten in die Gläser und setzte sich dann wieder auf die Bank. Er genoss die Ruhe im Dorf, war froh, zu Hause bei den Eltern zu sein, wenn auch nur für ein paar Tage. Er freute sich auch schon wieder darauf, bald zurück bei der Arbeit zu sein und einem Leben, das von Ordnung und Routine geprägt war. Allerdings gab es etwas, das seiner Stimmung einen gehörigen Dämpfer versetzte. Auf dem Küchentisch lag eine Zeitung, in der er eine Anzeige bemerkt hatte. Das Mädchen, das er so mochte, würde bald heiraten. Natürlich war sie schon lange kein Mädchen mehr, sondern eine junge Frau, und eigentlich sollte er sich für sie freuen. Wenn jemand es verdiente, glücklich zu sein, dann sie. Und ein Teil von ihm freute sich auch wirklich, denn sie hatte es geschafft, trotz des Ereignisses in der Kindheit, Menschen in ihr Leben zu lassen. Er selbst hielt sich bei Frauen zurück, weshalb ihn ein Studienkamerad bereits gefragt hatte, ob er vielleicht »andersherum« sei. Er hatte nur den Kopf geschüttelt und nicht einmal versucht, sich zu erklären. Sie würden es doch nicht verstehen, niemand würde das. Er hatte nie Augen für eine andere als sie gehabt und wollte nichts lieber, als sie beschützen. Es nagte an ihm, dass er es nie gewagt hatte, sie anzusprechen, und sie nur aus der Ferne betrachtet hatte. Er hatte gehofft, während seines Studiums den Mut zu finden, und glaubte, auf einem guten Weg zu sein. Aber jetzt war es zu spät. Definitiv.

»Was ist los? Du siehst ganz blass aus?«

Seine Mutter blickte ihn prüfend an, während sie eine Schüssel mit Karotten und Kartoffeln auf einen Korkuntersetzer stellte. Auf dem Gemüseberg thronte ein Dillzweiglein. Sie stemmte die Hände in die Hüften und musterte ihn weiter.

Er fühlte sich ertappt und starrte auf seinen Teller. Dann räusperte er sich und sagte: »Ich bin nur hungrig, das ist alles.«

Er versuchte zu lächeln, war sich aber nicht sicher, ob es ihm gelang, seine Mutter zu täuschen. Vielleicht würde es ihm zumindest gelingen, sich selbst zu täuschen?

Kapitel 27

Hilma lächelte, als sie Åke durch das Fenster des Ladens vom Parkplatz aus kommen sah. Ihr war nicht ganz klar, ob er hier war, um ihr zu helfen oder um Maggie zu treffen. Wahrscheinlich eher wegen der Beleuchtung, schließlich wartete zu Hause seine … wie immer sie auch hieß. Wobei Maggie natürlich auch eine gute Freundin für ihn sein konnte, wies sie sich selbst zurecht.

Sie zog sich ihre Jacke an und ging nach draußen, um ihn zu begrüßen.

»Ellie!«, rief Åke über seine Schulter.

Ellie, stimmt, so hieß sie, erinnerte sich Hilma, und winkte. Aber warum rief er nach ihr?

»Ellie!«, ertönte es noch einmal. »Hierher!«

Atemwölkchen stiegen ihm aus Mund und Nase, er schien Hilma noch gar nicht wahrgenommen zu haben. Seine Aufmerksamkeit war auf das hinter ihm liegende Gebüsch gerichtet. Es knackte, dann schoss ein kleiner Golden Retriever, wahrscheinlich noch ein Welpe, wie eine Kanone daraus hervor. Er hatte sich offenbar in den Zweigen verfangen, kleine Ästchen hingen noch in seinem Fell. Åke beugte sich hinunter und strich ihm zärtlich über den Rücken. Vorsichtig zupfte er die kleinen Zweige ab und klopfte dem Hund den Schnee aus dem Fell. Der schüttelte sich, sodass seine Haare in alle Richtungen flogen.

Dann war Ellie also ein Hund! Zu ihr hatte er nach Hause eilen müssen! Hilma musste innerlich lachen.

»Hej, Åke!«, rief sie und hob noch einmal die Hand zum Gruß.

Åke winkte nicht zurück, was vielleicht daran lag, dass er etwas Großes unter dem Arm trug, aber er lächelte breit und nickte so heftig, dass seine altmodische Schirmmütze verrutschte.

Als er die Hütte erreicht hatte, beugte sich Hilma hinunter, um den Hund zu streicheln, der ihr sofort die Hand leckte. Vermutlich hatte Maggie Ellies Bellen gehört, denn sie kam nun auch heraus, um zu sehen, was vor sich ging. Sie hatte eine Schürze um die Hüften gewickelt und hielt eine Kasserolle in der Hand. Unter ihrer Kochhaube fielen ihr Locken in die Stirn.

»Das ist Ellie die Zweite«, erklärte Åke und richtete sich auf.

»Dann hatte sie also eine Vorgängerin?«, fragte Hilma.

»Ja, genau. Ich habe einfach noch einmal denselben Namen genommen, das war praktischer. Wohin soll ich das hier legen?«

Er deutete mit einem Nicken auf das Getreidebündel, das er unter dem Arm trug.

»Was hast du damit vor?«, fragte Maggie.

»Die Garbe ist für euch, also, wenn ihr sie haben wollt. Es ist wichtig, sich um die Tiere zu kümmern, sie haben es um diese Jahreszeit schwer. Die Galerie hatte ein Bündel übrig, und Nora meinte, ich dürfte es euch gerne bringen.«

Hilma sah zu, wie Åke die Garbe auf den Boden legte und sich anschließend Stroh und Hafer vom Mantel klopfte.

»Wie aufmerksam von dir und Nora«, sagte Maggie. »Eine Weihnachtsgarbe passt perfekt auf die Brücke vor dem Lusthaus. Dann können die Gäste, die hierherkommen, die kleinen Vögel beobachten, während sie Kakao trinken.« Sie ließ den Blick über die Umgebung schweifen und stellte verträumt fest: »Eine so naturnahe Lage wie diese hier findet man sonst fast nirgendwo, hier gibt es jede Menge Vögel.«

»Das bedeutet offenbar, dass Nora dir deine netten Kommentare verziehen hat?«, bemerkte Hilma ironisch und zwinkerte Åke zu.

»Ja, das hat sie. Sie hat mich zurückgenommen, und die Pralinen haben durchaus ihren Teil dazu beigetragen. Sie haben ihr so gut geschmeckt, dass sie gleich noch zweihundert weitere bestellen möchte.«

Maggie schlug die Hände zusammen. »Was für wunderbare Neuigkeiten. Danke, lieber Åke! Nicht zuletzt für die Heugarbe.«

Maggie fiel Åke spontan um den Hals, was er erwiderte, indem er ihr ein paarmal den Rücken tätschelte. Dabei bemerkte Hilma, dass er den Blick niederschlug und erstarrte.

Ein Teil von ihm schien von der entzückenden Maggie angezogen zu sein, ein anderer Teil stieß sie von sich. War er einfach nur schüchtern? Oder gab es ein ganz anderes Problem?

»Ich hoffe, du kannst mir die Leiter halten, Hilma«, sagte Åke dann. »Du wolltest doch auch die Bäume beleuchten, das ist der eigentliche Grund, warum ich hier bin.«

»Natürlich, wie schön, dass du mir weiterhin helfen willst.«

Åke nickte. »Ja, aber es wäre schön, wenn Ellie so lange hier drinnen in der Wärme warten könnte. Ich habe heute keinen Hundesitter, und um sie im Auto zu lassen, ist es zu kalt. Sie braucht nur eine Schüssel mit Wasser.«

»Selbstverständlich«, erwiderte Maggie, »dann kann sie ein bisschen von meiner Schokolade probieren.«

Åke wurde blass. »Nein, auf keinen Fall Schokolade.«

»Ich habe bloß Spaß gemacht.« Maggie lachte. »Das war dumm. Ich liebe Hunde und weiß natürlich, dass Schokolade gefährlich für sie ist.«

Åke entspannte sich wieder, vor allem als Maggie in die Hocke ging und Ellie über das Fell strich.

»Aber ich habe bestimmt etwas anderes, was dir besser schmeckt. Was hältst du von einem Stückchen Käse oder zwei? Wir werden uns schon anfreunden, du und ich.«

Åke wandte sich ab, aber Hilma hatte bemerkt, dass seine Augen einen warmen Glanz bekommen hatten und die Farbe in seine Wangen zurückschoss.

Es dauerte den ganzen Tag, Brücke und Bäume zu beleuchten, und mehrmals war sich Hilma sicher, dass ihr dabei gerade die Finger und Zehen abfroren. Um einigermaßen warm zu bleiben, machte sie viele Hampelmänner und trank einige Tassen heiße Schokolade. Ohne Åke hätte ich das nicht geschafft, dachte sie hinterher. Es war mehr Arbeit gewesen als angenommen, mit all den Kabeln, Nägeln und Lampen. Aber jetzt, wo sie einen Schritt zurücktrat und das Ergebnis betrachtete, musste sie zugeben, dass es phantastisch aussah. Es war inzwischen dunkel geworden, und die vielen Lichter funkelten vor dem nachtblauen Himmel. Åke gesellte sich neben sie, als hinter ihnen Schritte zu hören waren. Hilma drehte sich um und erblickte Anton, unter dessen hochgezogener Kapuze die Baseballkappe hervorschaute.

»Hübsch«, sagte Anton und zeigte auf die Bäume.

»Ja, ist es nicht toll geworden?«

Im nächsten Moment erklang um den Teich etwas wie ein Seufzer, dann wurde es kohlrabenschwarz.

»O nein«, stieß Hilma aus.

»Shit.«

»Einhundertzwanzig.«

Draußen waren alle Lichterketten ausgegangen, und auch in der Hütte und im Pavillon war es stockdunkel. Mit dem Wegfall des Lichts wirkten auch die Geräusche plötzlich gedämpft, das Einzige, was man hörte, war Åke, der neben Hilma stand und Zahlen vor sich hinmurmelte. In der Ferne sah man ein schwaches Licht, vermutlich von der Volkshochschule, aber das ließ sich nicht genau erkennen.

Dann ging neben Hilma ein grell blendendes Licht an, weshalb sie ihre Hand schützend vor die Augen hob. Åke hatte eine Taschenlampe gefunden und klemmte sie sich unter den Arm. Daraufhin klopfte er sich die Jackentaschen ab und fand schließlich Block und Stift.

»Acht Lichterketten mit je hundertzwanzig Watt. Dann die Lichter in den Bäumen …«

In dem Versuch, dem Stift Tinte zu entlocken, klopfte Åke damit auf den Block, notierte dann etwas, schaute in den Himmel und schrieb weiter.

Als die Taschenlampe nicht mehr auf sie gerichtet war, verschwanden die Flecken auf Hilmas Netzhaut allmählich und sie sah einen warmen Lichtschein in der Hütte. Gleichzeitig machte Anton sich bemerkbar.

»Ich bin gekommen, um euch etwas zu zeigen«, sagte er und sah einen Augenblick lang geradezu erwartungsvoll aus.

»Wie spannend«, sagte Hilma. »Komm, wir gehen rein ins Warme.«

Sie warf Åke einen Blick zu, und fand dann, dass es wahrscheinlich am besten wäre, ihn jetzt nicht zu stören. Er schien vollauf mit seinen Berechnungen beschäftigt zu sein.

»Weißt du, was Maggie für eine Sicherung hat?«, fragte er in dem Moment und richtete wieder die Taschenlampe auf sie.

»Åke, bitte nicht in die Augen! Und nein, ich habe keine Ahnung.«

»Sechzehn oder zwanzig Ampere? Bei all den Küchengeräten …« Åke schüttelte wieder den Stift, während Hilma und Anton auf die Hütte zugingen.

»Ich finde eine Lösung«, rief Åke ihnen nach. »Sag Maggie, dass sie sich keine Sorgen machen soll.«

»Danke, das werde ich«, erwiderte Hilma.

In der Hütte trafen sie Maggie, die eine Stirnlampe trug und dadurch ein bisschen an einen Maulwurf erinnerte. Sie begrüßte Anton mit einem herzlichen Klaps auf die Schulter.

»Das war vielleicht keine so gute Idee mit den vielen Lampen auf einmal«, sagte sie, nachdem sie Hilma ein wenig zur Seite genommen hatte. »Zum Glück bin ich mit der Schokolade noch fertig geworden und konnte sie in den Kühlschrank stellen, bevor der Strom weg war. Ich hoffe nur, es bleibt noch eine Weile kalt da drin. Wir sollten so schnell wie möglich wieder Strom haben, sonst weiß ich nicht, was passiert.«

»Åke meint, du sollst dir keine Sorgen machen. Er will wissen, was für eine Sicherung du hast«, sagte Hilma und schob Anton einen Stuhl an den Tisch.

Maggie machte eine bekümmerte Miene und griff nach einem Lappen. »Mein Mann hat sich immer um die Elektrizität gekümmert. Natürlich sollte ich Bescheid wissen, aber bisher war das nicht nötig.«

Sie rieb frenetisch Schokoladenreste von der Marmorplatte, aber im Schein der Stirnlampe erkannte man die Sorge in ihrem Gesicht. Hilma wünschte, sie hätte nichts gesagt, was Maggie an ihren verstorbenen Mann erinnerte, und machte sich zugleich eine mentale Notiz, dass sie lernen sollte, wie ein Sicherungskasten aufgebaut war. Bis jetzt hatte auch sie nie an so etwas denken müssen, aber man wusste ja nie.

»Anton möchte uns etwas zeigen«, sagte Hilma so munter sie konnte und nahm neben dem Jungen Platz.

»Oh, natürlich. Entschuldigt bitte.«

Maggie legte sofort den Lappen weg und kam zum Tisch. Sie richtete den Schein ihrer Stirnlampe so aus, dass er auf die Tischplatte fiel, und sah neugierig zu, als Anton begann, in seiner Tasche zu kramen.

»Ihr dürft nicht lachen«, warnte Anton, während er die Tonklumpen vor sich aufreihte.

»Versprochen«, sagte Hilma und versuchte, die Figuren zu erkennen, die sich unter einer weißen Plastikfolie verbargen.

Dann präsentierte Anton nacheinander drei verschiedene Kollektionen. Die erste hatte das Thema Natur, sie stellte eine Rosenknospe, eine Margerite, ein Eichenblatt, eine Walnuss und einen Kiefernzapfen dar. Das zweite war eine Dalarna-Kollektion mit einem Hockeyspieler, einer Frau und einem Mann in Tracht, einer Miniatur-Mittsommerstange und einem Dalapferd. Die dritte Kollektion bestand aus den sechs Schachfiguren. Maggie warf Hilma einen anerkennenden Blick zu und klopfte Anton noch einmal auf die Schulter, auch wenn sie sich über die Schachfiguren ein wenig zu wundern schien. Hilma selbst war froh und erleichtert. Dieses Experiment hätte auch scheitern können. Anton hätte ihnen genauso gut eine Kollektion bestehend aus Totenköpfen, Drachen und Monstern präsentieren können. Aber was er da zeigte, machte sie sprachlos, und sie war genauso beeindruckt, wie sie gehofft hatte. Ihr Gefühl hatte sie nicht betrogen, Anton hatte seine Aufgabe sehr ernst genommen. Vielleicht ließen sich nicht aus allen Modellen Pralinen herstellen, aber sie hatten jetzt auf jeden Fall eine Auswahl.

»Du bist wirklich begabt, Anton. Die sind toll geworden!«, sagte sie.

»Ja, damit hatte ich nie gerechnet«, pflichtete Maggie ihr bei. »Mir gefällt die Idee mit den verschiedenen Kollektionen sehr gut. Wir könnten sie je nach Jahreszeit variieren.«

Da wurde die Tür aufgerissen, und ein eiskalter Windzug blies herein. Åke steckte den Kopf in die Hütte, woraufhin Ellie, die in einer Ecke gemütlich auf einer Decke lag, hoffnungsvoll kläffte. Åke hielt seinen Block hoch und wedelte demonstrativ damit.

»Ich wollte nur berichten, dass wir gleich wieder Strom haben. Ich habe alles ausgerechnet.«

»Das sind gute Nachrichten«, freute sich Maggie.

»Ja, und wenn wir alle Lampen durch LED ersetzen, müsste man auch die gesamte Beleuchtung gleichzeitig einschalten können, aber darum kümmere ich mich später. Lasst mich nur machen.«

Åke steckte den Block in die Tasche, drehte seine Daumen nach oben und nickte Maggie zu, die ihn glücklich anlächelte.

Unmittelbar darauf ging das Deckenlicht an, Maggie seufzte erleichtert und schaltete ihre Stirnlampe aus. Dann beugte sie sich über den Tisch und nahm alle Figuren genau in Augenschein.

»Am schwierigsten wird es sein, den Zapfen zu formen«, sagte sie, »aber die anderen Modelle müssten so funktionieren.«

Hilma sah, wie Anton sich stolz streckte. Sein unsicherer Blick wurde fest, aber obwohl sie seine Ideen lobten, wirkte er ein wenig mürrisch.

»Bedeutet das, mein Job hier ist erledigt?«, fragte er nach kurzem Schweigen. »Ihr habt doch gesagt, ich bekäme auch an Weihnachten zu tun.«

Maggie beteuerte, dass sie zu ihrem Wort stehen und sie sich weitere Aufgaben für ihn überlegen würde. Daraufhin entspannten sich Antons Schultern, und er nahm die Tasse heiße Schokolade an, die Hilma ihm reichte.

Was war nur mit diesen Brüdern los, fragte sie sich. Was hatten sie gegen Weihnachten?

Kapitel 28

1990

Er setzte seine beschlagene Brille ab und legte sie auf die Schreibtischunterlage, die, in alphabetischer Reihenfolge, mit allen Flaggen der Welt versehen waren. Er rieb sich lange die Augen, und es war ihm vollkommen egal, dass seine Nase dabei lief. Er war es nicht gewohnt, zu weinen, denn das machte man als erwachsener Mann einfach nicht. Aber der Kloß in seinem Hals war immer größer geworden, und am Ende war er in Tränen ausgebrochen. Bei einem Blick in den Badezimmerspiegel stellte er fest, dass er noch nie so verheult gewesen war – seine Augen waren fast zugeschwollen – außer vielleicht bei der Beerdigung selbst. Erst war der Vater gestorben, jetzt die Mutter. Sie waren kurz nacheinander eingeschlafen, und er wusste, dass er sie sein Leben lang vermissen würde. In ihm hatte sich ein großes, dunkles Loch aufgetan. Es tat weh. Er spürte den Schmerz im ganzen Körper, bis in die Fingerspitzen.

Er hatte all die Jahre über einen engen Kontakt zu seinen Eltern bewahrt, hatte sie oft besucht und sich so gut um sie gekümmert, wie er konnte. Am Ende hatte er seiner Mutter beigestanden, an ihrem Bett gesessen, ihre Stirn mit feuchten Handtüchern gekühlt. Er hatte ihr vorgesungen, ihr gesagt, dass alles gut werden würde, und ihre Hand gehalten, als sie nach kurzer Krankheit ihren letzten Atemzug tat. Bei seinem Vater war es schneller gegangen, er war ganz plötzlich gestorben. Während das alte Grammophon »Den första gång jag såg dig« von Evert Taube spielte, war er einfach zusammengebrochen. Das Grammophon war ein Fundstück seines Vaters gewesen, von dem er sich trotz des Platzmangels in der neuen Wohnung nicht hatte trennen wollen. Sein Vater war bestimmt glücklich gestorben, sagte er sich, denn dieses Lied war sein Lieblingslied gewesen. Natürlich nur, falls der Herzinfarkt nicht dadurch hervorgerufen worden war, dass sich die Schallplatte gerade an der ersehnten Strophe aufgehängt hatte. Das wusste niemand. Aber die erste Variante war ihm lieber.

Er schloss die Augen, stellte sich seine Eltern vor, etwas jünger, schön und voller Lebensfreude. Vielleicht saßen sie nebeneinander auf einer Wolke und baumelten mit den Beinen, zusammen mit dem Herrgott persönlich, und bekamen endlich Antworten auf alle Lebensfragen. Oder befanden sie sich eher in einem schwerelosen Zustand? Er fragte sich, wie es ihnen ging, er war überzeugt davon, dass es sie irgendwo dort oben noch gab. Das musste einfach so sein.

Jetzt war er jedenfalls allein, und es fiel ihm schwer, etwas zu finden, was sein Dasein erhellte. Nicht einmal über den neu gekauften Wagen freute er sich, egal wie viele PS er hatte. Er war in die Wohnung der Eltern gezogen, fühlte sich dort aber noch nicht zu Hause. Nachts lag er stundenlang wach und starrte an die Decke, bildete sich ein, irgendwelche Geräusche im Treppenhaus zu hören. Vielleicht von einem Einbrecher? Die Trauer um die Eltern machte sich Tag und Nacht bemerkbar, und zum ersten Mal, seit er erwachsen war, wünschte er sich, er hätte einen Bruder oder eine Schwester. Als Kind wollte er jemanden zum Spielen, jetzt sehnte er sich nach jemandem, mit dem er reden, mit dem er seine Trauer teilen konnte, aber auch all die schönen Erinnerungen.

Durch den ständigen Schlafmangel kannte er sich selbst nicht mehr. Erst vor ein paar Tagen hatte er einen Autounfall verursacht, weshalb die Stoßstange seines neuen Wagens ausgetauscht werden musste. Ein Unfall war immer schlecht, schließlich musste man die Verkehrsregeln beachten. Aber das war nicht das Schlimmste. Denn der lange blonde Polizist hatte ihn tatsächlich ausgelacht.

»Wie kann man denn beim Einparken einschlafen? Wie soll das möglich sein?«

Der junge Kerl hatte noch Flaum auf der Oberlippe und kam wahrscheinlich gerade erst von der Polizeischule, hätte es aber offenbar lieber gehabt, wenn er auf der Landstraße jemanden übergefahren hätte. Was sollte er darauf schon erwidern? Er war müde! Unendlich müde, weil er so traurig war. Noch nie hatte er sich so unfähig gefühlt.

Aber dann geschah etwas, das seine Stimmung veränderte. Nur einen Tag später stand vor seiner Wohnungstür plötzlich ein Korb. Zuerst ärgerte er sich furchtbar darüber, wer stellte denn hier einen Korb ab? Er wäre fast darüber gestolpert und hätte sich wer weiß was brechen können. Aber dann sah er, dass aus dem Korb eine Flasche herausragte. Dem Etikett nach handelte es sich um Erdbeersaft, er war selbstgemacht und mit einem Korken verschlossen. Außerdem gab es eine Tüte mit Zimtschnecken und einen Blumenstrauß, bestehend aus Margeriten, Butterblumen und Storchschnabel. Die Schnecken waren frisch gebacken, das erkannte er bereits am Duft, der ihn an die Küche seiner Eltern erinnerte. Er sah seine Mutter vor sich, wie sie ein heißes Blech mit Zimtschnecken aus dem Ofen zog, und sich selbst als kleinen Jungen, wie er sich vor lauter Ungeduld, eine zu kosten, fast die Finger verbrannte.

Er wusste nicht, wer den Korb vor seine Tür gestellt hatte, es gab keine Karte mit einem Gruß oder einem Absender. Vielleicht war er von seinem Jugendfreund Gunnar, zu dem er keinen Kontakt mehr hatte? Ihre Freundschaft hatte die vielen Jahre, die sie getrennt voneinander verbracht hatten, nicht überstanden. Sie war einfach im Sande verlaufen. Mittlerweile lebte Gunnar auf Gotland, weshalb es unwahrscheinlich war, dass das Geschenk von ihm kam. Er glaubte auch nicht, dass es von einem Kollegen stammte. Er war im Stahlwerk zwar ein beliebter Vorgesetzter, aber er hatte keinen engen Kontakt zu den Kollegen. Eines war jedenfalls sicher: Er hatte diesen Korb zu einem Zeitpunkt bekommen, an dem er ihn am meisten brauchte. Das Mitgefühl hinter dieser Geste rührte ihn. Plötzlich fühlte er sich nicht mehr so einsam. Irgendwo dort draußen gab es jemanden, der sich um ihn sorgte.

Kapitel 29

Das Außenthermometer zeigte, dass es heute ein wenig milder war. Trotzdem fror Hilma, als sie aufwachte. Zitternd stieg sie die Treppe in ihrem Häuschen hinunter und ging aus Reflex zur Heizung, um sie maximal aufzudrehen, zögerte dann aber. Björn hatte Extrakosten von über achttausend Kronen gefordert, und wahrscheinlich ging ein Großteil der Summe fürs Heizen drauf. Sie ließ die Hand sinken und ging stattdessen zum Kamin. Daneben stand ein Eisenkorb mit Holzscheiten. Mit Holz zu heizen hatte früher wunderbar funktioniert, es musste also heute auch noch möglich sein, dachte sie. Sie musste eine Weile suchen, um eine Streichholzschachtel in einer Küchenschublade zu finden, dann riss sie ein paar Seiten aus einem Interior-Design-Magazin, das sie aus ihrer Wohnung mitgenommen hatte. Es tat ihr ein wenig leid, damit Feuer zu machen, aber sie hatte keine Wahl. Sie riss einige Späne von den Holzscheiten, entfernte etwas Rinde und schichtete einen Haufen auf. Bald brannte ein wärmendes Feuer im Kamin, und Hilma frühstückte in eine Decke gewickelt auf dem Sofa.

Während sie überlegte, wie sie ihren Tag verbringen sollte, nahm sie einen Schluck Kaffee und holte ein paarmal tief Luft. Das Knistern des Feuers wirkte beruhigend, und es hatte etwas Magisches, dem schattenwerfenden Tanz der Flammen zuzuschauen. Hilma trank noch einen Schluck, dabei fiel ihr Blick auf den Stoffbezug des Sofas, dessen Muster so grell war, dass es ihr in den Augen schmerzte. Und schon war der Zauber gebrochen. Aber jetzt wusste sie wenigstens, wie sie ihren Tag füllen könnte. Sie hatte zwar heute frei, aber das hinderte sie nicht daran, Schönes mit Nützlichem zu verbinden und ein wenig in einem Secondhandladen zu stöbern. Sie wollte sich nach ein paar schönen Holzschalen für das Lusthaus umschauen, und hoffentlich würde sie auch Tücher oder Decken finden, mit denen sie das Sofa aufhübschen konnte. Gestern Abend war sie Björn begegnet und hatte vorsichtig nachgefragt, ob er nicht auch fand, dass das Sofa neu bezogen werden müsste. Zur Antwort hatte er geschimpft, der Bezug sei vor zwanzig Jahren, als er das Sofa gekauft habe, sehr schön gewesen, und er sah nicht ein, warum das jetzt anders sein sollte. Wenn sie unbedingt wolle, dass er es neu beziehe, würde das zwanzigtausend Kronen kosten. Sie hatte ein Lächeln aufgesetzt und gesagt, dass sie dann darauf verzichtete. Wie sie mit seinem bereits schamlosen Aufschlag auf die Miete umgehen sollte, darüber hatte sie noch nicht weiter nachgedacht. Aber Björns verbohrte Einstellung würde sie nicht daran hindern, ein oder zwei Laken auf eigene Rechnung für das Sofa zu kaufen, um sich in dem Häuschen ein wenig wohler zu fühlen. Falls sie in dem Secondhandladen nichts finden sollte, würde sie eben in anderen Geschäften danach suchen.

In dem Moment meldete ihr Handy den Eingang einer Nachricht. Als sie sah, dass sie von Joel kam, machte ihr Herz einen Sprung.

Hast du Lust, heute etwas zu unternehmen?

Sehr gern …, begann sie, löschte es aber gleich wieder und fing von vorn an. *Gern, ich muss nur vorher was erledigen. Woran hattest du gedacht?*

Sie drückte auf Senden, aber da die Antwort auf sich warten ließ, zog sie sich an und machte sich auf den Weg.

Diesmal ignorierte sie den Tretschlitten, der auf dem Hof stand, und ging zu Fuß. Bis zum Secondhandladen waren es nur etwa zwei Kilometer, er lag am Ortsrand von Leksand, und ihre Einkäufe würde sie dann eben nach Hause tragen müssen.

Im Secondhandladen herrschte viel Betrieb. Leute in Daunenjacken und Winterstiefeln drängten sich mit Einkaufskörben bewaffnet zwischen den Regalen. Hilma besorgte sich ebenfalls einen Korb und ging dann schnell an den Regalen mit Spielsachen, Schuhen, Porzellan und anderem Hausrat vorbei zu den Stoffwaren, wo sie zu ihrer Freude ein paar frische, saubere Laken fand, natürlich in Weiß. Was für ein Glück! Die Laken waren mit altmodischen Bordüren versehen, und als sie sich die Muster genauer anschaute, war sie von der Handarbeit, die dahinterstecken musste, beeindruckt. Diese Wäsche war zweifellos nur für besondere Anlässe gedacht und sah kaum benutzt aus, wahrscheinlich war sie säuberlich zusammengelegt in einem Schrank mit Lavendelsäckchen aufbewahrt worden. Die Laken würden perfekt auf das Sofa passen, und Hilma nahm sich vor, ganz achtsam mit ihnen umzugehen. Während sie mit dem Daumen über den leicht rauen Stoff strich, dachte sie daran, wie oft man Laken, Porzellan, die schönsten Kleider und andere teure Sachen mit dem Gedanken im Schrank verschloss, sie *später* zu benutzen. Sie fragte sich, ob diejenigen, denen diese Laken gehört hatten, jemals ihre Freude daran gehabt hatten, oder ob sie für einen Zeitpunkt aufbewahrt worden waren, der nie eingetreten war. Das erinnerte sie an die Wichtigkeit, im Hier und Jetzt zu leben, denn *Jetzt* war alles, was man hatte, und wenn sie wieder zu Hause in ihrer Wohnung wäre, würde sie ihr schönes Service deutlich öfter verwenden.

Hilma fand außerdem ein paar passende Kissen und legte sie in ihren Einkaufskorb. Neben ein paar Lampenschirmen mit Leopardenmuster standen einige Vasen in Grün und Blau, sie griff nach einer der grünen und überlegte, sie ebenfalls mitzunehmen, aber dann fiel ihr ein, warum sie eigentlich hier war. Neben den Tüchern ging es ihr ja hauptsächlich um die Schalen für das Lusthaus. Außerdem musste sie alles nach Hause transportieren. Widerstrebend stellte sie die Vase zurück und ging weiter. Die Holzgefäße standen in einem Extraregal, es gab eine große Auswahl, aber Hilma schnappte nach Luft, als sie die Preise sah. Offensichtlich waren diese Stücke sehr begehrt. Neben einigen rechteckigen gab es auch ein paar runde Gefäße mit hübschen Maserungen. Sie nickte zufrieden, sah schon vor sich, wie schön sie mit Weihnachtskugeln und Beleuchtung aussehen würden, vielleicht auch ein wenig Moos.

Einerseits war es wohl unangebracht, so viel Geld für ein paar Holzschalen auszugeben, wenn sie nicht einmal wusste, wie lange es das Lusthaus noch geben würde, und die Übergangslösung mit den in Goldpapier gewickelten Tellern tat es schließlich auch. Aber wenn man eine gemütliche Atmosphäre schaffen wollte, waren auch die kleinen Details von Bedeutung. Und Hilma hoffte einfach, dass die Leute vermehrt kommen würden, wenn das Café noch ein wenig gemütlicher wäre.

Sie nahm sich vor, Maggie nicht zu sagen, wie viel die Schalen gekostet hatten, sondern sie aus eigener Tasche zu bezahlen. Sie wollte das gern für Maggie tun, die nette Dame hatte sie immerhin dabehalten, obwohl sie keinerlei Erfahrung in der Herstellung von Schokolade hatte, und sie hatte Hilma jeden Tag etwas Neues beigebracht. Hilma war überrascht, wie viel Spaß es ihr mittlerweile machte, Pralinen herzustellen. Es war doch nicht so schwer, wie sie gedacht hatte, zumindest nicht, wenn alle Schritte eingehalten wurden. Und am schönsten war es, die Pralinen in bunte Präsentverpackungen zu legen. Das war die reinste Therapie. Hilma genoss es, kreativ zu sein, und spürte auch, wie sie sich dabei allmählich erholte.

Die Antwort von Joel kam, als Hilma gerade ihre letzten Waren auf die Kassentheke gelegt hatte.

Hab eine kleine Planänderung vorgenommen. Was sagst du zu einem Ski-Nachmittag in Granberget? Ich kann dich um zwölf abholen.

Hilma warf einen Blick auf die große Uhr, die im Laden an der Wand hing. Zwölf Uhr, also in anderthalb Stunden. Das würde hinkommen, aber Skifahren? Bei seinem Vorschlag machte sie nicht gerade einen Freudensprung. Doch warum eigentlich nicht? Das Wichtigste war schließlich, den Nachmittag mit ihm zu verbringen. Vielleicht spielte es da keine so große Rolle, was sie taten? Sie schickte ein *Okay* zurück, bevor sie bezahlte und nach Hause eilte.

»Du hast den Schlitten also stehenlassen«, bemerkte Björn, der gerade aus seinem Wagen gestiegen war und gesehen hatte, wie sie mit den schweren Taschen ankam.

Er nahm seine Brille ab und polierte sie mit einem Taschentuch, bevor er sie wieder aufsetzte. In seinem tannenbaumähnlichen Schnurrbart glitzerten ein paar eisige Christbaumkugeln. Hilma hatte Björn noch nie mit Brille gesehen, er sah damit aus wie ein Weihnachtswichtel. Der geizigste Weihnachtswichtel der Welt, dachte sie sauer. Wie konnte er nur glauben, dass sie seinen Schlitten noch einmal anrührte?

»Ach«, fuhr Björn fort und räusperte sich. »Ich habe gesehen, dass heute Morgen aus dem Schornstein Rauch aufgestiegen ist, du hast also ordentlich eingeheizt. Brennholz gibt es nicht gerade umsonst, also …«

Als Hilma eine Minute später in ihr Häuschen marschierte, war sie hochrot im Gesicht. Dieser Björn hatte wohl nicht mehr alle Tassen im Schrank. Sollte sie wirklich für das Feuerholz bezahlen, jetzt wo sie die Heizkörper herunterdrehen musste? Sie würde umziehen müssen, das stand fest. So konnte es nicht weitergehen. Aber wohin? Es würde wahrscheinlich nicht einfach sein, so kurzfristig etwas anderes zu finden, aber irgendetwas musste sie unternehmen. Sie schlug sich mit den Knöcheln an die Stirn, hörte aber abrupt auf, als ihr eine Idee kam. Sie sah auf die Uhr. Eine Stunde Zeit blieb ihr noch, bis Joel kam. Wenn sie sich beeilte, würde das reichen. Hilma schaltete den Ofen ein und mischte schnell die Zutaten für einen Zuckerkuchen zusammen. Das ging deutlich schneller, als beim ersten Mal, und während sie darauf wartete, dass er fertig wurde, machte sie sich für die Skitour zurecht.

Bald breitete sich ein köstlicher Duft in der Hütte aus, aber diesmal ließ sich Hilma nicht die Zeit, den Kuchen abkühlen zu lassen, sondern platzierte ihn auf einem Teller, legte ein Messer daneben und verließ das Häuschen. Mit dem Teller in der Hand klopfte sie an Björns Tür. Seine Haare standen in alle Richtungen ab, als er öffnete, er sah aus, als sei er gerade vom Sofa aufgestanden. Misstrauisch strich er sich über den Schnurrbart.

»Ich habe einen Kuchen gebacken und wollte dich fragen, ob du ihn probieren möchtest.« Hilma hielt ihm den Teller entgegen.

Das Misstrauen in Björns Blick verschwand beim Geruch des Kuchens, er tätschelte sich den Bauch.

»Na, dann probiere ich natürlich ein Stück.«

Hilma schnitte ihm ein Stück ab, und nachdem er ihn in den Mund gestopft hatte, nahm Björn gleich ein zweites. Er schmatzte geräuschvoll und nickte.

»Köstlich. Darf ich noch ein Stück haben?«, fragte er.

»Natürlich«, erwiderte Hilma. »Ich überlasse dir auch gern den ganzen Kuchen.«

Nachdem Björn sich bedankt hatte und die Tür wieder schließen wollte, beeilte sich Hilma hinzuzufügen: »Es ist schön, dass dir mein Kuchen schmeckt. Er ist nämlich mit extra feinem Mehl gebacken, nach einem Rezept meiner Großmutter, und kostet deshalb neuntausend Kronen.«

Im Umdrehen hörte sie, wie Björn der Kuchen im Hals stecken blieb und er husten musste, während die Tür hinter ihr zuging.

Kapitel 30

Hilma wurde ganz warm ums Herz, als Joel mit seinem Volvo samt Dachbox vor dem ehemaligen Vorratsschuppen hielt. In seinen Skisachen sah er fast noch besser aus, als sie ihn in Erinnerung hatte. Er umarmte sie kurz, bevor er sie aufforderte einzusteigen.

»Bist du dir sicher, dass du richtig angezogen bist?« Joel betrachtete kritisch ihre Kleidung: Strickmütze, Wollmantel und Jeans. Er selbst trug eine grüne Daunenjacke, eine Skimütze und eine schwarze Skihose. Er hatte ja recht, aber sie hatte nichts anderes.

»Willst du dir vielleicht etwas ausleihen?«

»Das ist nett, aber es wird schon gehen«, erwiderte Hilma. »Mit mehreren Lagen übereinander kommt man auch weit. Ich muss mich nur auf den Beinen halten, damit ich nicht nass werde. Das ist jedenfalls der Plan.«

»Na dann. Wollte nur sichergehen.«

Hilma konnte sich kaum erinnern, wann sie das letzte Mal Ski gefahren war. Es musste als Kind gewesen sein, als sie mit der Familie in den Weihnachtsferien ein paar Tage in Sälen verbracht hatte. In diesen Ferien hatte sie auch den

Pavillon gesehen. Aber Skifahren war doch sicher wie Fahrradfahren, oder? Wenn man es einmal gelernt hatte, konnte man es. Zumindest hoffte sie das.

Joel lächelte sie an.

»Schön, dass du mitkommst. Der Hang liegt nur etwa zwanzig Minuten von hier entfernt.«

Er setzte sich ins Auto, schloss die Fahrertür, und sie nahm neben ihm Platz. Danach musterte sie ihn heimlich, während er sie sicher aus dem Ort lenkte. Seine rauen Hände am Steuer, sein Gesicht, das sie so mochte. Die Haare, die ein bisschen abstanden, nachdem er die Mütze ausgezogen und auf sein Knie gelegt hatte. Das Funkeln in seinen Augen, wenn er ihr ab und zu einen Blick zuwarf, und dann seine Lippen, die immer ein wenig feucht waren, trotz der trockenen Luft. Sie schüttelte sich, zwang ihren Blick zur Seite und sah stattdessen aus dem Fenster, wo ein Dorf nach dem anderen vorüberzog, gefolgt von Wald, dann wieder ein Dorf. Rechts lag der Siljansee.

»Wohnst du gern hier oben?«, fragte sie.

Vielleicht war die Frage albern, da er ja offensichtlich entschieden hatte, hier zu leben. Dennoch war sie neugierig. Das Leben hier war ganz anders als das, das sie kannte.

»Ja, tue ich.«

Er schwieg, fuhr sich mit der Hand durch die Haare.

»Als Jugendlicher dachte ich, es sei selbstverständlich, wegzuziehen. In der Oberstufe redeten alle davon, nach Stockholm zu gehen, sobald sie das Abitur hätten. Nur die Versager blieben hier. Und natürlich hatte ich große Träume, aber … Ich habe diese Gegend immer geliebt und bin geblieben. Und du? Hast du dich schon eingelebt?«

»Man könnte sagen, ich arbeite daran«, sagte Hilma und lachte, wobei sie sich bei dem Gedanken an Björn und den Zuckerkuchen auch ein wenig schämte. »Es ist so schön und friedlich hier. Ich mag es, die Natur um mich zu haben, und alles um den Teich herum wirkt geradezu magisch. Ich liebe den Pavillon und hätte nie gedacht, dass es so viel Spaß macht, mit Schokolade zu arbeiten. Ich meine, dass *ich* das kann!« Sie biss sich auf die Lippe. »Das ist natürlich alles Maggies Verdienst, ich hoffe bloß, wir schaffen es, mehr Kunden anzulocken, damit der Laden überlebt. Es ist ganz schön hart, das Ganze rentabel zu machen, wir müssen den Umsatz deutlich erhöhen. Und dann gibt es noch andere Probleme, die …«

Sie unterbrach sich. Probleme waren eigentlich das Letzte, woran sie im Moment denken wollte.

»Aber du hast von Träumen gesprochen«, wechselte sie das Thema. »Welche denn, wenn ich fragen darf?«

Joel trommelte mit den Daumen auf den Lenker. »Als ich jünger war, wollte ich Ingenieurswissenschaften studieren. Oder Chemie oder vielleicht Maschinenbau. Ich baue gern Dinge, jetzt muss ich mich eben damit begnügen, sie zu reparieren. Es gibt Sachen, die wichtiger sind … Alles hat seine Zeit.«

Hilma fragte sich, worauf er hinauswollte, blieb aber in Gedanken an dem Spruch »alles hat seine Zeit« hängen. Wenn ihr jemand vor einem Monat gesagt hätte, dass sie zusammen mit einer Maus in einem süßen, aber sehr einfachen Vorratshäuschen wohnen, den geizigsten Vermieter von ganz Schweden haben und Pralinen herstellen würde und sich jetzt mit einem unglaublich attraktiven Mann auf dem Weg zu einem Skihang befände, hätte sie lauthals gelacht. Das alles wäre völlig undenkbar gewesen. Aber eines hatte zum anderen geführt, und hier war sie nun.

Das Gespräch ging zu leichteren Themen über, Fragen danach, was sie mochten und nicht mochten, und auch wenn Joel manchmal rätselhaft erschien, war er zugleich humorvoll und gesprächig. Hilma fühlte sich in seiner Gesellschaft entspannt und fragte sich, wie jemand wie er Single sein konnte. Oder war er es gar nicht? Vielleicht wollte er sie nur zum Skifahren mitnehmen, um nett zu sein. Vielleicht hatte er Mitleid mit ihr, weil sie neu im Ort war. Aber es gab doch eine gewisse Chemie zwischen ihnen, oder nicht? Jedenfalls empfand sie es so. Hoffentlich war er nicht ein Frauenheld, dachte sie unsicher. Untreue war das Schlimmste für sie. Nachdem er erzählt hatte, dass er Lakritz scheußlich fand und Schaumgummimäuse am liebsten aß, nahm sie ihren Mut zusammen und fragte:

»Und abgesehen von der einen oder anderen Schaumgummimaus, gibt es jemand Besonderen in deinem Leben?«

Joel sah sie belustigt und mit funkelnden Augen an.

»Ja«, sagte er dann.

»Ja?«

»Ich habe den coolsten Bruder der Welt, der ist schon etwas Besonderes, findest du nicht?« Er hob vielsagend die Augenbrauen.

Hilma lachte.

»Aber wenn du eine Freundin meinst, bin ich so sehr Single, wie man es nur sein kann«, fuhr er fort.

»Wie kommt es, dass …?«

»Ich hatte so viel anderes um die Ohren«, unterbrach er sie. »Sachen, die mich in Anspruch genommen haben.« Er klang ausweichend und gab den Ball sofort an Hilma weiter. »Und du?«

Sie zuckte mit den Schultern. Vor Kurzem hatte sie noch geglaubt, dass sie sich nie wieder verlieben würde. Es hatte sie damals tief getroffen, als ihr Ex ihr vorgeworfen hatte, sie würde zu sehr mauern, ihn nicht an sich heranlassen. Im Nachhinein hatte sie versucht, es aus seiner Perspektive zu betrachten, und begriffen, dass er nicht ganz unrecht gehabt hatte. Aber dafür gab es gute Gründe, ihre Kindheit hatte Spuren hinterlassen, und was sie am meisten verletzt hatte, war die Tatsache, dass er ohne jede Vorwarnung gegangen war. Er hatte die Bombe einfach so platzen lassen, für ihn war die Sache damit erledigt. Sein Leben ging weiter. Knapp eine Woche später hatte sie ihn eng umschlungen mit einer anderen Frau in der Stadt gesehen. Das hatte wehgetan, sehr weh, aber sie hatte ihn nicht damit konfrontiert, sondern in die andere Richtung gestarrt. Insgeheim wusste sie, dass sie nicht füreinander bestimmt gewesen waren, ihre Beziehung hatte ihr zwar Sicherheit gegeben, aber vielleicht gab es noch einen anderen Grund als ihre Kindheit, warum sie ihn nicht ganz an sich herangelassen hatte?

»Ich schätze, ich habe einfach noch nicht den Richtigen gefunden«, antwortete sie. »Ich hatte vor einiger Zeit eine Beziehung, die nicht gut endete. Danach habe ich mich in meine Arbeit gestürzt. Und Dating-Apps sind nicht so mein Ding. Man weiß ja nie, wer am anderen Bildschirm sitzt. Vielleicht ein Vergewaltiger oder ein Serienmörder.«

Joel lachte laut. »Oder einfach nur ein netter Kerl. Da brauchst du dir bei mir jedenfalls keine Sorgen zu machen. Das Einzige, was ich auf den Friedhof befördere, sind alte Autos und den einen oder anderen Motor.«

Sie grinste ihn an.

Sie hatten Granberget erreicht, er parkte auf dem großen, geräumten Schotterplatz. Hilma lieh sich Ski aus, während Joel, der seine eigenen dabeihatte, sie sich auf die Schulter hievte und zum Lift trug. Als Hilma sich zu ihm gesellte, stieg ihre Nervosität. Hoffentlich machte sie sich jetzt nicht lächerlich. Aber dann fiel ihr ein, dass Joel sie schon einmal hatte stürzen sehen, und wie befreiend der Moment gewesen war. Sie hatten zusammen gelacht, es schien ihm nicht wichtig zu sein, die Fassade aufrechtzuerhalten. Sie beschloss, einfach den Augenblick zu genießen. Allerdings musste sie zuerst den Ankerlift erwischen. Den ersten bekam sie fast an den Kopf, den zweiten ergriff Joel und platzierte ihn entspannt hinter ihnen.

Hilma kam mit den Skiern immerhin so weit zurecht,

dass sie, abgesehen von dem etwas wackeligen Start, problemlos nach oben zum Gipfel gelangte.

Oben angekommen, blieben sie stehen. Hilma stockte beinahe der Atem, denn der Ausblick war überwältigend. Sie fühlte sich wie in einem Gemälde: Unter ihnen lag der Siljansee, im Hintergrund die blauen Berge und rechts und links die Tannenspitzen mit einer zehn Zentimeter dicken Schneeschicht darauf. Das Ganze machte einerseits einen sanften Eindruck, andererseits wirkten die Kontraste sehr stark, die Aussicht übertraf sogar diejenige in Sälen, wenn sie sich recht erinnerte.

Es herrschte eine beißende Kälte, aber die Ski glitten leicht über den Schnee, und mit Joels Skibrille, die er ihr als Schutz vor dem Wind unbedingt hatte ausleihen wollen, lief es besser als erwartet. Sie fiel kein einziges Mal hin, und schon ging es mit dem Lift wieder nach oben. Mit jeder Abfahrt wuchs das Vergnügen. Sie war mit ihrem Einsatz zufrieden.

Nach einiger Zeit gingen sie in ein Café am Berghang, um sich aufzuwärmen.

»Trinkst du Kaffee?«

Joel warf ihr einen Blick zu, während er seine Skistiefel öffnete. Hilma folgte seinem Beispiel.

»Na klar. Ich liebe Kaffee!«

»Dann besorge ich uns welchen. Kannst du so lange nach einem Platz für uns suchen? Und möchtest du noch etwas dazu?«

»Du brauchst mich nicht einzuladen«, sagte Hilma und platzierte sich an dem Tisch, der der Kasse am nächsten stand. Die meisten anderen waren bereits besetzt.

»Es ist nur eine Tasse Kaffee, kein großes Ding.« Er lächelte sie an. Es war ein Lächeln, dessen Wärme sich sofort in ihrem Inneren ausbreitete.

»Na dann ...«

Ihretwegen hätte er sie natürlich auch gern zum Essen einladen können. Aber vielleicht wäre es an ihr, das zu tun.

Sie sah zur Theke hinüber und verschaffte sich einen Überblick über das Angebot. Es gab leuchtend safrangelbe Lussekatter und Pfefferkuchenherzen mit Zuckerguss, die einen weihnachtlich angenehmen Duft verströmten. Aber nachdem sie in den letzten Tagen mehrfach Zuckerkuchen gebacken und die eine oder andere Praline genascht hatte, hatte sie keine rechte Lust auf Süßes und wählte stattdessen ein Sauerteigbrötchen mit Käse und Salatblatt.

Joel griff nach einem Tablett, legte das Brötchen und Servietten darauf und ging zur Kasse. Die Miene des Mannes hinter der Theke, der sich gerade die Hände an einer Schürze abtrocknete, erhellte sich, als er Joel kommen sah.

»Servus«, begrüßte er ihn.

Joel nickte ihm zu. »Habt ihr noch diesen leckeren Schokoladenkuchen, den es neulich hier gab? Und dann nehme ich noch zwei Tassen Kaffee und dieses Brötchen.«

»Ja, du hast Glück. Eine frische Ladung von dem Kuchen kühlt gerade ab.«

»Perfekt!«

Der Mann warf einen Blick auf Hilma, sah dann wieder Joel an und grinste. Danach platzierte er ein großes Stück Schokoladenkuchen mit Kokos auf einem Teller und reichte ihn Joel.

»Du hast also Lust auf was Süßes, so, so, ich sehe schon«, sagte er und grinste vielsagend.

Joel zuckte verlegen mit den Schultern und nahm mit geröteten Wangen Hilma gegenüber Platz.

Der Mann hinter der Kasse hatte so laut gesprochen, dass alle im Café ihn gehört hatten und sich neugierig nach ihnen umschauten.

Hilma biss krachend in ihr knuspriges Sauerteigbrötchen, das salzig und köstlich schmeckte. Die Konsistenz war perfekt. Um mehr Platz auf dem Tisch zu haben, schob Joel die Zeitung beiseite, die dort bei ihrer Ankunft gelegen hatte. Er verzog das Gesicht, als sein Blick auf die Schlagzeile der Titelseite fiel. Hilma beugte sich vor, um zu sehen, worauf er reagiert hatte. Der Artikel war mit dem Foto einer Frau illustriert, die vor einer sich im Bau befindlichen Schwimmhalle einen Spaten in der Hand hielt.

»Magst du keine Schwimmbäder?«, fragte Hilma überrascht.

Joels Blick verfinsterte sich. »Der Journalist, der den Artikel geschrieben hat, ist das Problem.«

Hilma wartete geduldig auf eine Fortsetzung, während Joel sich den Mund mit seiner Serviette abwischte.

»Meine Mutter und einige andere aus dem Ort haben mehrfach Kunstausstellungen organisiert. Um Publikum anzulocken, habe sie auch etabliertere Künstler eingeladen, aber die Bilder meiner Mutter waren genauso beliebt, und sie verkaufte fast immer alle ihre Gemälde. Sie war immer total enthusiastisch und arbeitete hart, um alles perfekt zu arrangieren.« Er nahm einen Schluck Kaffee, bevor er weitersprach. »Die Ausstellungen wurden von den Besuchern sehr geschätzt. Ich war selbst oft dabei und habe geholfen. Aber die Lokalzeitung hat sich kein bisschen dafür interessiert. Nachdem sie die Einladung zur Ausstellung mehrere Jahre hintereinander ausgeschlagen haben, kam schließlich doch ein Journalist und interviewte meine Mutter, aber als der Artikel erschien, war klar, worauf das Schwein aus gewesen war. Er schrieb einen totalen Verriss, richtig böse Sachen über die gesamte Kunst, die dort zu sehen war. Über eines von Mamas Bildern schrieb er, es erinnere an eine schlechte Schülerarbeit aus dem Kunstunterricht. Dazu hat er noch Dinge behauptet, die einfach nicht wahr sind.«

Joel nahm die Zeitung, faltete sie zusammen und steckte sie in eine seiner großen Jackentaschen.

»Die Zeitung eignet sich perfekt, um zu Hause Feuer zu machen.« Er schüttelte den Kopf. »Man kann über Kunst natürlich unterschiedlicher Meinung sein, das muss man respektieren, aber warum so bösartig? Es ist schon einige Jahre her, aber ich weiß noch genau, wie fertig meine Mutter war.«

Schweigend trank er einen Schluck Kaffee. Hilma brauchte keine Psychologin zu sein, um zu erkennen, dass hier ein echter Schmerz zugrunde lag, und sie ahnte, dass es dabei um mehr ging als die Rezension.

Nachdem sie sich kurz ausgeruht hatten, fuhren sie wieder den Berg hoch. Hilma bewunderte die schönen schneebedeckten Fichten, während der Skilift sich langsam bergauf bewegte. Dabei überlegte sie, ob sie sich dieses Jahr einen Weihnachtsbaum anschaffen sollte oder nicht. Früher hatte sie Weihnachten immer mit Freunden gefeiert, aber das war, bevor diese heirateten und Kinder bekamen. Und ihre eigene Familie … Juni war in Griechenland, und ihre Eltern meldeten sich kaum noch. Möglicherweise hätte Sebastian Interesse daran, mit ihr zu feiern, das Telefonat vor ein paar Tagen hatte ihr jedenfalls Hoffnung gemacht. Denn allein herumsitzen wollte sie nicht.

»Wo kaufst du normalerweise deinen Weihnachtsbaum?«, wollte Hilma von Joel wissen.

Vielleicht war das die passende Gelegenheit, ihn zu fragen, warum er Weihnachten nicht mochte.

»Ich feiere Weihnachten nicht«, erwiderte er und drehte sich nach ein paar Kindern um, die am Rande des Hügels spielten.

»Warum denn nicht?«

Joel brummte nur irgendetwas, dann verschloss er sich. Seine Unterkiefer spannten sich an, und er vermied es, sie anzuschauen. Die elektrische Spannung, die Hilma zwischen ihnen beiden gespürt hatte, war wie weggeblasen.

»Ich glaube, es ist Zeit, nach Hause zu fahren«, sagte er kurzangebunden, als er den Lift verließ.

Hilma sah ihm hinterher, wie er über die Kuppe Richtung Parkplatz verschwand. Warum musste sie auch so neugierig sein? Sie hatte doch geahnt, dass Weihnachten ein rotes Tuch für ihn war. Aber sie wollte ihn so gern näher kennenlernen, ihn besser verstehen. Denn je mehr Zeit sie mit Joel verbrachte, desto mehr mochte sie ihn. Ihr gefiel alles an Joel, außer dass er manchmal so verschlossen war und sich in sein Schneckenhaus zurückzog. Das verwirrte sie und machte sie traurig. Traute er ihr denn nicht? Sie hatte sich ihm gegenüber verletzlich gezeigt und ihm während des Spaziergangs am Fluss so viel von sich erzählt. Noch nie zuvor war sie derart aus ihrer Deckung gekommen.

Auf der Heimfahrt schwieg Joel. Hilma suchte nach Worten, um die Stimmung etwas aufzuheitern, aber in ihrem Kopf herrschte Leere. Wenn sie jetzt etwas sagte, was die Situation noch schlimmer machte?

Sie begann, in der Zeitung zu blättern, die Joel aus dem Café mitgenommen hatte. Nach ein paar Seiten entdeckte sie eine Schlagzeile, die sie nach Luft schnappen ließ. Es war der Leserbrief einer Kommunalpolitikerin, das Foto dazu zeigte die rothaarige Frau, die Hilma vor Maggies Hütte getroffen hatte. Die Schlagzeile lautete: *Abriss des Lusthauses am Teich für Leksands Wachstum erforderlich*. Hilma ließ die Zeitung sinken und blickte aus dem Fenster. Und sie hatte gedacht, dass dieser Tag nicht noch schlimmer enden könnte.

Kapitel 31

Alle Schalen zum Lusthaus zu transportieren, war gar nicht so einfach, sie waren genauso schwer wie auf dem Heimweg vom Laden, sodass sich Hilma dafür entschied, zweimal zu laufen. Sie war heute besonders früh aufgestanden, um mit der Tischdekoration fertig zu werden, bevor Maggie kam. Sie sah schon das überraschte Gesicht der Freundin vor sich, und der Gedanke trieb sie an. Außerdem tat es gut, sich auf etwas anderes konzentrieren zu können, um nicht die ganze Zeit daran denken zu müssen, wie der Skitag mit Joel geendet hatte. Er hatte sie zu Hause abgesetzt und zum Abschied nur kurz »Danke für den Ausflug« gesagt. Er war kaum noch ansprechbar gewesen und sein Blick leer. Seitdem hatte er sich nicht mehr gemeldet, und sie hatte es umgekehrt auch nicht versucht. Jetzt bereute sie es beinahe, ihm gegenüber so offen gewesen zu sein. Sie hatte ihm alles erzählt, was sie durchgemacht hatte, von ihrer Lebenskrise gesprochen und sich ihm regelrecht an den Hals geworfen. Auf den Spaziergang und anfangs auch während des Skitages waren sie einander nähergekommen. Warum ließ Joel sie denn nicht an sich heran?

Sie stöhnte, musste umgreifen, um die schweren Taschen besser tragen zu können.

Es war natürlich ihre Entscheidung gewesen, so offen mit ihm über ihr Leben zu sprechen. Joel war möglicherweise jemand, der so etwas lieber für sich behielt. Für manche ging das sicherlich in Ordnung, aber Hilma hatte erkannt, dass es Offenheit von beiden Seiten brauchte, damit eine Beziehung funktionierte. Man musste wissen, wo man stand. Brauchte Joel einfach nur mehr Zeit? Sie durfte aber auch nicht vergessen, dass sie nur vorübergehend hier war. Falls sie sich auf Joel einließ, würde das kaum halten, wenn sie wieder zurückziehen würde. Also hatte das Ganze vielleicht gar keinen Sinn. Sie seufzte. Er schien ohnehin kein Interesse zu haben, sonst hätte er sich anders verhalten.

Sie ging am Straßenrand entlang, als ein alter Volvo mit klapperndem Auspuffrohr an ihr vorbeifuhr. Genau auf ihrer Höhe kurbelte der junge Fahrer die Scheibe herunter und warf ihr eine Zigarettenkippe vor die Füße. Hilma zog die Augenbrauen zusammen und griff fester nach ihren Tüten. Wie nachlässig! Wie konnte man seinen Müll einfach so wegwerfen? … Sie hing diesem Gedanken einen Augenblick nach. Dann trat sie die Zigarette mit dem Fuß aus, hob sie auf und steckte sie in eine der Tüten.

Sie musste wieder an den beunruhigenden Leserbrief denken. Die Politikerin war eine geübte Rednerin und Schreiberin, das musste Hilma zugeben. Die Frau zeichnete ein ernstes Bild der finanziellen Lage der Kommune, deren Ausgaben schneller wüchsen als die Einnahmen, sodass die beste Lösung Zuzug bedeute. Der Bedarf an neuem Wohnraum, vor allem Wohnungen, sei hoch, und ein Abriss des Lusthauses, das ohnehin bald Konkurs anmelden würde, könne einen Großteil des Problems lösen. Die Politikerin reihte geschickt Argument an Argument, und ihr Fazit klang überzeugend. Ein bisschen zu überzeugend für Hilmas Geschmack. Natürlich hatte sie Verständnis dafür, dass in der Kommune Wohnungen gebaut werden mussten. Aber warum ausgerechnet am Teich? Es musste doch noch andere Möglichkeiten geben. Maggie hatte gesagt, es ginge ihnen um die direkte Lage am Wasser.

Hilma hatte den Pavillon erreicht, wo die Böschung um den Teich herum mit einer Ladung Neuschnee bedeckt war. Als sie ihre Tüten auf einem Tisch im Lusthaus abstellte, entdeckte sie auf einem Fensterbrett eine Fleischwurst. Sie lachte. Ein Gast musste sie vergessen haben und ohne sein Abendessen nach Hause gegangen sein. Sie zuckte mit den Schultern und sah sich dann um. An den Fenstern hatten sich Eiskristalle gebildet, und sie sah schon vor sich, wie schön es hier drin aussehen würde.

Dieser Ort war ein Geheimtipp, ein wahrer Schatz, deshalb nagte der Leserbrief so an ihr. Es war frustrierend, dass vieles von dem, was darin stand, tatsächlich stimmte. Wenn man es nüchtern betrachtete, befand sich das Lusthaus auf einem sterbenden Ast. Es kamen nicht mehr viele Leute, und vielleicht würden die meisten es nicht einmal mitbekommen, wenn Maggie den Laden aufgab. Aber was die Leserbriefschreiberin nicht wusste, war, dass sie Pläne hatten und dabei waren, diese umzusetzen. Hilma und Maggie kämpften, um den Karren aus dem Dreck zu ziehen, sie wollten, dass das Lusthaus zu einem Treffpunkt für das ganze Dorf wurde, wo die Gäste sich entspannen und Kräfte sammeln konnten. Hilma wusste, dass das nicht leicht werden würde und ihnen nur wenige Mittel zur Verfügung standen. Bisher hatte sie gedacht, sie würden es schaffen, aber jetzt war sie sich nicht mehr so sicher. Abgesehen von den sinkenden Verkaufszahlen kam nun eine weitere Gefahr hinzu. Dem Leserbrief zufolge stand die Entscheidung zugunsten des Abrisses kurz bevor. Es würde mehr brauchen als ein paar neue Pralinen und Tischdekorationen, um heil aus dieser Sache herauszukommen. Aber so leicht geben wir nicht auf, dachte Hilma. Sie faltete die Hände, drehte ihre Handflächen nach außen, sodass ihre Gelenke knackten. Dann machte sie sich an die Arbeit.

In den Holzschalen arrangierte sie Weihnachtskugeln, Lichterketten und Moos, das sie mit Hilfe eines Besens unter der Schneedecke gefunden und mühsam ausgegraben hatte. Dann kümmerte sie sich um die Vorhänge aus Christbaumkugeln, von denen manche bereits fertig waren. Zum Schluss hängte sie braune Decken, die sie in einem der Kartons gefunden hatte, über die Stuhllehnen. Hilma machte einen Schritt und beäugte ihr Werk kritisch, nickte dann aber zufrieden.

Aber wie schafften sie es nun, mehr Leute herzulocken, damit sie das für sie gemütlichste Café Schwedens entdecken konnten? Und das vor allem, bevor es zu spät war.

»Denk nach, denk nach!«, sagte sie laut zu ihrem Spiegelbild im Fenster.

Maggie und sie würden das kaum allein bewerkstelligen, sie brauchten Hilfe von außen. Wen gab es also noch, der das Lusthaus am Leben erhalten wollte? Während ihrer Zeit hier hatte Hilma nicht sehr viele Kunden getroffen. Die meisten waren Geschäftskunden, die nur kamen, um ihre Bestellungen abzuholen, und dann gleich wieder verschwanden.

Hilma fuhr sich nachdenklich mit der Hand über das Kinn. Eine Person, die ihr in den Sinn kam, war Lennart, der nette Mann, der sie auf eine Tasse Kaffee eingeladen hatte. Er war die personifizierte Nostalgie und hatte über die vielen Cafés gesprochen, die es früher in der Norsgata gegeben hatte. An die genaue Anzahl konnte sich Hilma nicht mehr erinnern. Sechzehn? Siebzehn? Es waren jedenfalls viele gewesen. Wenn sich die Politiker durchsetzten, würde es im Ort bald noch eines weniger geben. Sicher hatten nicht alle Bewohner begriffen, was ihnen verloren ging, es war also an der Zeit, es ihnen zu zeigen. Wie hieß dieser Lennart nur mit Nachnamen? Hilma griff nach ihrem Handy und trommelte auf dem Display herum. Sie versuchte sich zu erinnern, was auf seinem Briefkasten gestanden hatte, aber darauf hatte sie damals gar nicht geachtet. Stattdessen suchte sie im Netz nach »Lennart + Leksand«. Kurz darauf zeigte das Ergebnis etliche schwarze Punkte auf dem Stadtplan.

Hilma hob überrascht die Augenbrauen. Es waren deutlich mehr Treffer als sie erwartet hatte. Dass hier so viele

Lennart hießen? Welcher war nun der richtige? Aber dann fiel ihr ein, dass sie ja die Karte vergrößern konnte, da sie wusste, wo Lennart wohnte. Schnell fand sie die richtige Adresse und rief ihn an.

»Hej, ich heiße Hilma … Vielen Dank für den Kaffee neulich … Ja, genau, ich bin die Neuzugezogene.« Sie räusperte sich und nahm ihren Mut zusammen. »Das mag jetzt ein wenig seltsam klingen, aber ich brauche deine Hilfe.«

Hilma hatte das Gespräch gerade beendet, als sie Maggie vom Parkplatz kommen sah. Schon von Weitem erkannte sie, wie niedergeschlagen Maggie war.

»Sie haben eine Sitzung einberufen«, erzählte sie, als Hilma ihr entgegenkam.

»Eine Sitzung? Was heißt das?« Hilma folgte Maggie in den Laden.

Maggie setzte sich an den Tisch und warf eine dicke Broschüre darauf. *Sitzungsunterlagen* stand auf der Titelseite, die mit dem Wappen der Kommune geschmückt war. Außerdem sah man ein Luftbild des Teiches.

»Ich würde sagen, die Politiker stehen kurz davor, mir mein Geschäft wegzunehmen. Sie haben sogar eine Ausstellung im Kulturhaus veranstaltet, die zeigt, wie die neuen Gebäude aussehen sollen.«

Hilmas Magen zog sich bei Maggies Worten zusammen. »Wie schnell das alles gegangen ist«, sagte sie leise. »Soll ich mit dir hingehen?«

Maggie schüttelte den Kopf. Eine Strähne löste sich dabei aus ihrem Dutt und fiel ihr ins Gesicht. Sie strich sie hinter das Ohr und sah Hilma mit entschlossenem Blick an.

»Auf keinen Fall. Ich werde keinen Fuß dorthin setzen. Ich will überhaupt nicht wissen, wie dieses Modell aussieht!«

Maggie blätterte das Heft durch, bis sie zu einem Abschnitt kam, dessen Überschrift lautete: *Voraussetzungen und Veränderungen*.

»Sieh mal, hier steht, dass das Geschäft, das ich betreibe, nicht relevant ist und die finanzielle Situation nicht rosig aussieht.« Erschöpft legte sie das Gesicht in die Hände. »Das mit der finanziellen Situation ist natürlich richtig, wir versuchen ja auch, etwas zu ändern. Aber was soll das heißen, dass es nicht relevant ist? Das hängt doch wohl davon ab, wen man fragt und wie man das Ganze sieht. Es ist immerhin das Lebenswerk von meinem Mann und mir.«

Hilma sah den Schmerz in ihren Augen. Nachdenklich spielte sie an den Fransen des Tischtuchs. Das meiste von dem, was Maggie berichtete, wusste sie bereits aus dem Leserbrief. Sie griff nach der Broschüre und las weiter. Unter der Rubrik *Ziele* stand dort:

Die Kommune braucht mehr Einwohner, um den Bedarf an Arbeitskräften bei den örtlichen Unternehmen und im öffentlichen Dienst zu decken. Zum Teil, um eine große Zahl an Rentenabgängern zu kompensieren …

»Wenn wir nur die Dorfbewohner auf unsere Seite ziehen könnten«, sagte Maggie und unterbrach damit Hilmas

Lektüre. »Ich werde nie allein dagegen angehen können. Und ich habe wirklich darüber nachgedacht, aber ich weiß einfach nicht, wie …«

»Du hast recht«, bekräftigte Hilma. »Ich hatte denselben Gedanken wie du. Viele wohnen schließlich schon ewig hier, und ich hoffe, es geht in Ordnung, dass ich erst vorhin einen von diesen Menschen hierhergebeten habe. Er heißt Lennart und wohnt bei mir in der Nähe. Er ist ein richtiger Nostalgiker, und ich könnte mir vorstellen, dass er Leksand so bewahren will, wie es ist. Außerdem kennt er wohl Åke, denn er hat vorgeschlagen, ihn ebenfalls mitzubringen.«

Maggie sah sie mit großen Augen an. »Was? Du meinst jetzt gleich?«

»Ja, ich hätte dich natürlich zuerst fragen müssen«, entschuldigte sich Hilma. »Aber sie werden wohl …« Hilma blickte auf die Uhr ihres Handys. Es war eine Minute vor elf. »… jeden Moment hier sein.«

Und richtig. Genau in dem Moment erschien Åke vor dem Fenster. Aber anstatt hereinzukommen, ging er auf dem Kiesweg hin und her und schaute auf die Uhr.

»Was tut er?«, wunderte sich Maggie.

Hilma zuckte mit den Schultern.

Doch in dem Augenblick, als Hilmas Handy elf Uhr anzeigte, öffnete Åke die Tür.

»Hallo, Åke«, begrüßte ihn Maggie und schob sich schnell die Haarsträhne, die sie hinter das Ohr geklemmt hatte, in den Dutt zurück. »Du brauchst doch nicht draußen zu warten. Du bist hier immer willkommen, weißt du.«

Åke schloss die Tür hinter sich und lächelte sie an. »Ja, aber Zeiten sind dazu da, eingehalten zu werden«, erwiderte er und klopfte demonstrativ mit dem Knöchel auf seine Armbanduhr. »Lennart sagte um elf. Ist er schon da?«

Bald darauf sah man Lennart den Weg entlangkommen, und er war nicht allein. Hilma rieb sich vergnügt die Hände. Je mehr, desto besser, dachte sie und bekam direkt gute Laune. Bis sie sah, wen Lennart mitgebracht hatte. Was tat denn ihr Vermieter hier? Björn hatte die Arbeiterhose in seine groben Stiefel gesteckt, und auf dem Kopf trug er eine Pelzmütze. Hilma stöhnte innerlich.

Als die Männer in die Hütte kamen, bemerkte sie, dass Björn ihrem Blick auswich. Sie biss sich auf die Zunge, um nichts zu sagen, was sie später bereuen würde. Es brodelte in ihr, am liebsten hätte sie ihren geizigen Vermieter angeschrien, aber jetzt war nicht der richtige Moment dafür. Stattdessen schloss sie kurz die Augen und holte einmal tief Luft.

»Können wir kurz sprechen?«

Hilma öffnete die Augen. Björn stand so dicht vor ihr, dass sie automatisch einen Schritt zurück machte. Was wollte er denn jetzt mit ihr besprechen? Rasch ging sie im Kopf den letzten Tag durch. Hatte er etwas dagegen, dass sie sein hässliches Sofa mit einem Laken abdeckte? Wollte er Geld dafür, dass sie den Besen ausgeliehen hatte, um Moos auszugraben? Sie hatte ihn doch unversehrt zurückgestellt. Vielleicht hatte es etwas mit dem Zuckerkuchen zu tun?

»Wenn möglich, gern unter vier Augen«, fügte er hinzu.

Hilma wollte gerade einwenden, dass er genauso gut vor den anderen sagen könne, was er von ihr wolle, überlegte es sich dann aber doch anders. In seinem Blick lag etwas, das sie noch nicht kannte. Außerdem machte er einen unsicheren Eindruck. Also nickte sie und ging ihm voraus in den Raum, wo Maggie und sie normalerweise Pralinen herstellten.

Björn räusperte sich. »Tja, also … Dieser Ort hier bedeutet mir viel«, sagte er, wobei er nach Worten zu suchen schien.

Hilma setzte ein falsches Lächeln auf und wartete geduldig auf eine Fortsetzung. Sie wusste nicht, worauf er hinauswollte, und war noch nicht bereit, aus der Deckung zu kommen. Wenn es um das Sofa gehen sollte, würde sie einfach behaupten, der Stoff sei dazu da, das Sofa vor Abnutzung zu schützen. Oder wollte er sich über die Menge an Holz beklagen, mit der sie den Kamin anfeuerte? Aber seit er gemeckert hatte, hatte sie ja gar nicht mehr eingeheizt. Oder doch?

»Wenn Leute von außerhalb hierherkommen, bleiben sie meist nur sehr kurz, verstehst du, und versuchen trotzdem, so viel wie möglich von hier mitzunehmen. Sie verhalten sich wie Parasiten, und ich dachte du wärst auch so.«

Björn schlug die Augen nieder. Hilma richtete sich auf, verschränkte die Arme. Parasit? Weil sie keine Lust hatte, in diesem Schuppen zu erfrieren? Aber dann sprach Björn weiter.

»Deshalb war ich wahrscheinlich ein bisschen zu hart zu dir, ich wollte wohl, dass du für das schlechte Verhalten der anderen büßt.«

»Was haben die denn gemacht?«, fragte Hilma.

»Der letzte Mieter hat zum Beispiel drei Dalapferde aus dem Häuschen mitgehen lassen. Ein anderer hat die Lieblingsblumen meiner Frau in unserem Beet gepflückt, um sie an Mittsommer unter sein Kopfkissen zu legen. Er hat sie mit den Wurzeln herausgerissen.«

Hilma schüttelte bedauernd den Kopf. »Das ist traurig zu hören, aber ich kann doch nicht für etwas bezahlen, was andere gemacht haben.«

Björn war noch nicht fertig. »Und einmal hatte ich Christbäume geschlagen und sie mit einem Schild *100 Kronen pro Stück* in unseren Garten gestellt. Man hätte das Geld sogar überweisen können. Aber als wir abends von der Arbeit kamen, hatte ein Idiot einen von unseren schönsten Bäumen neben dem Haupteingang abgesägt. Natürlich ein Stockholmer!«

»Woher weißt du das?«

Björn ignorierte die Nachfrage, räusperte sich nur wieder. »Na ja, als Lennart mich anrief, habe ich begriffen, dass du Maggie wirklich helfen willst, so wie eine von uns. Das ändert die Sache natürlich. Rückt alles in ein anderes Licht.«

»Wir gehen jetzt ins Lusthaus rüber, Hilma. Kommt ihr gleich nach?«, wollte Maggie wissen.

Hilma hielt einen Daumen hoch, denn sie wollte Björn nicht unterbrechen. Das Gespräch hatte eine ganz andere

Richtung genommen, als sie erwartet hatte, und jetzt war sie sehr daran interessiert, wie es weitergehen würde.

»Was Maggie macht, ist wichtig«, sagte Björn. »Ich hätte sie mehr unterstützen sollen, das wird mir jetzt klar. Wie gesagt, dieser Ort hier ist in mehrerlei Hinsicht wichtig für mich.«

Björn breitete die Arme aus, als Hilma immer noch nichts erwiderte.

»Du machst es mir wirklich nicht leicht«, fuhr er fort. »Was ich versuche zu sagen, ist, wenn du bereit bist, Maggie zu helfen und das Café vor dem Abriss rettest, können die Heizungskosten in der Miete inbegriffen sein. Und …« Er zögerte. »… den Schlitten kannst du günstig ausleihen.«

Hilma grinste schief. Damit würde sie es sich zumindest leisten können, in dem ehemaligen Vorratsschuppen wohnen zu bleiben. Immerhin etwas.

»Im Ernst«, sagte sie schließlich. »Willst du wirklich Geld für den Schlitten nehmen?«

Björn sah sie an und schien erst jetzt zu realisieren, wie albern das war. Er bekam hektische rote Flecken im Gesicht.

»Okay. Dann darfst du dir den Schlitten umsonst ausleihen. Und das Brennholz kannst du auch verwenden. Aber dafür kannst du gern öfter mal so einen Kuchen backen. Der war unglaublich lecker.«

Hilma lächelte, und dieses Mal war es echt. Wenn der Zuckerkuchen ihrer Großmutter ein wenig Freude bereiten konnte, und Björn außerdem dazu brachte, das Kriegsbeil zu begraben, warum nicht?

Björn streckte seine Hand aus.

»Dann konzentrieren wir uns jetzt darauf, Maggie zu helfen?«, fragte Hilma.

»Definitiv«, erwiderte Björn.

Und so gaben sie sich die Hand.

Kapitel 32

Lennarts energische Stimme war bis nach draußen auf die Brücke zu hören. Durch eines der Fenster sah Hilma ihn mit Maggie und Åke am Tisch sitzen, mit geballten Fäusten fuchtelte er in der Luft herum. Er wirkte wie ein Politiker, der eine Brandrede hielt, offensichtlich waren sie dort drinnen im Warmen schon mit Feuereifer bei der Sache. Björn hielt Hilma die Tür auf, sie betraten das Lusthaus und setzten sich zu den anderen an den Tisch.

»Es ist wirklich eine Schande, dass so viele Cafés verschwunden sind«, sagte Lennart bestimmt, dessen Knöchel bereits weiß hervortraten, so stark ballte er die Hand zur Faust. »Es muss Orte geben, an denen die Menschen zusammenkommen können. Viel zu viele sitzen unnötigerweise einsam zu Hause herum … und dann dieser Teich …«

»Wisst ihr noch?«, unterbrach Björn ihn. »Wie wir genau hier im WM-Finale gegen die Sowjetunion gewonnen haben?«

Er zeigte auf das Eis hinaus, dass das Lusthaus umschloss. Und plötzlich war die ernste Stimmung wie weggeblasen. Alle lachten, sogar Lennart.

»Ja, ich erinnere mich daran, als sei es gestern gewesen«, sagte Åke. »Jeden Nachmittag nach der Schule spielten wir im Finale gegen die Sowjets. Und wir haben jedes Mal gewonnen!«

»Der Puck gleiten hinein, hiiiinein ins Tooor«, rief Björn und imitierte dabei den ehemaligen Radiokommentator Lennart Hyland.

»In Wirklichkeit hat Schweden damals allerdings nicht gegen die Sowjetunion gewonnen, sondern gegen Kanada«, berichtigte Åke.

Lennart fiel in das Gerede über Hockey mit ein, und Hilma begriff, dass sie alle als Kinder Hockey auf dem vereisten Teich gespielt hatten. Deshalb also war dieser Ort für Björn so wichtig.

»Abgesehen von deinem Geschäft, Maggie, was hältst du davon, wenn wir den Teich wieder zu einem Platz machen, an dem Kinder spielen und Schlittschuh laufen können?«, fragte Björn.

»Genau«, pflichtete Lennart ihm bei. »So wie früher.«

»Ja, sie sollen einfach hierherkommen und spielen können, Spaß haben, ohne dass alles so auf Leistung aus ist wie manchmal beim Training, wo die Kinder, die nicht gut genug sind, aussortiert werden«, brummte Björn.

»Und die Eltern können solange hier im warmen Café sitzen und heiße Schokolade trinken und Pralinen essen«, fügte Hilma hinzu.

»Natürlich nur, wenn du nichts dagegen hast, dass hier Schlittschuh gelaufen wird?«, wandte sich Åke an Maggie.

»Nein, natürlich nicht. Alles gut, solange sie mir kein Fenster einschießen. Aber das dürfte ja kein Problem sein, wenn man das Tor dort drüben aufstellt.«

Sie zeigte in Richtung der Böschung.

»Die Frage ist nur, wer das Eis freischaufeln kann«, gab Lennart zu bedenken.

Björn zog eine Grimasse und legte seine Hände an den Rücken, was Hilma daran erinnerte, dass er neulich einen Hexenschuss gehabt hatte. Aber dann grinste Björn zufrieden.

»Tatsächlich gibt es im Ort einige Leute, die mir einen Gefallen schulden«, sagte er. »Das mit dem Schneeschippen lässt sich also lösen. Nur die Kinder müssen hierherfinden, und wenn sie einmal da sind, können sicher ein paar Eltern mit anpacken. Je mehr diesen Ort entdecken, desto größer ist die Chance, dass einige bereit sind zu helfen.«

Klar, dass Björn einige Gefallen einfordern konnte, dachte Hilma. Sie sah den Sheriff von Nottingham vor sich, wie er mit einem großen Beutel voller Münzen von Haus zu Haus ging, um seine Steuern einzutreiben. Nur in ihrer Version war der Sheriff kein großer dicker Wolf wie bei Disney, sondern trug eine Pelzmütze und grobe Stiefel. Aber in diesem Fall hatten sie zumindest das gleiche Ziel.

Aus einer der Taschen seiner großen Jacke zog Lennart nun eine Fotografie und hielt sie so, dass alle sie sehen konnten. Es war ein Schwarzweißbild des Teiches.

»Ich habe in meinen Alben noch viel mehr Fotos, manche aus der Zeit, als wir selbst Schlittschuh gelaufen sind«, erzählte er. »Und es gibt noch ältere Bilder als dieses. Vielleicht könnten wir hier im Lusthaus eine Fotoausstellung machen und zeigen, wie der Ort früher aussah, damit sich die Leute daran erinnern, wie es einmal war, und ihnen auch bewusst wird, was sie zu verlieren haben. Was denkst du, Maggie?«

Maggie summte vor sich hin und sah sich um. Sie ließ den Blick über die Tische und Wände wandern, vermutlich um die Möglichkeiten auszuloten. Aber dann zuckte sie plötzlich zusammen und schlug sich die Hand vor den Mund.

»Aber Hilma! Wie schön du es hier drinnen gestaltet hast!«, rief sie aus. »Dass ich das nicht gleich bemerkt habe!«

Ihre Stimme brach, und eine Träne glitzerte in ihrem Augenwinkel. Sie wischte sie mit dem Finger weg und trocknete diesen an ihrer Schürze.

»Du hast noch gesagt, dass du nicht weißt, welches Talent du hast«, fuhr sie fort. »Dann lass dir sagen, dass dies eines ist. So hübsch hat das Lusthaus noch nie ausgesehen.«

Hilma lächelte und zuckte mit den Schultern. »Es hat mir einfach Spaß gemacht, es ein wenig zu verschönern.«

Maggie faltete die Hände auf dem Tisch und wandte sich an Lennart. »Ich fürchte, dass hier drin kein Platz für Bilder ist, ich möchte nämlich ungern die Fenster bedecken. Das Wichtigste ist schließlich, dass die Gäste auf das Wasser hinaussehen können.«

Lennart betrachtete den Raum jetzt auch.

»Stimmt, da hast du wohl recht. Aber was hältst du stattdessen von den Wänden in der Hütte drüben? Vielleicht gäbe es dort Platz?«

»Ja, das würde sicher besser funktionieren«, stimmte Maggie zu.

»Und wenn dort etwas aufgehängt werden soll, dann ist das mein Job«, sagte Åke. »Schief hängende Bilder sind für mich das Schlimmste.«

»Das darfst du gern übernehmen«, sagte Maggie, der Hilma ansah, dass sie sich ein Lachen verkneifen musste.

Als alle für einen Moment schwiegen, hörte man plötzliches ein so lautes Knallen, dass Hilma zusammenzuckte. Das Geräusch kam vom Dach.

»Was war das?«, fragte sie und blickte nach oben.

Sie hatte den Leserbrief noch sehr gut in Erinnerung, in dem auch stand, das Lusthaus sei in einem maroden Zustand. Sie hatte das als Lüge abgetan, denn weder der Pavillon noch die Hütte wiesen erkennbare Mängel auf. Aber als wieder ein Knacken ertönte, diesmal sogar noch lauter, sprang sie auf. Das Lusthaus stand doch wohl nicht kurz vor dem Einsturz?

»Keine Sorge«, beruhigte Maggie sie und legte eine Hand auf Hilmas Arm. »Das ist nur das Holz, das sich zusammenzieht. Wenn die Temperaturen sinken, klingt es manchmal so. Aber ich kann deine Reaktion nachvollziehen. Ich habe bei diesem Knacken und Knallen selbst oft fast einen Herzinfarkt bekommen.«

Hilma stieß die Luft aus, die sie für einen Moment angehalten hatte, und griff nach ihrem Notizblock.

»Also gut, dann zurück zum Neustart des Lusthauses«, sagte sie, sah aber trotzdem noch einmal skeptisch zur Decke hoch, bevor sie wieder die anderen ansah. »Wir müssen versuchen, die Leute hierherzulocken und am besten ein Event organisieren, damit möglichst viele Menschen einen Eindruck davon bekommen, was das Lusthaus und dieser Ort zu bieten haben.« Sie räusperte sich. »Wir haben also das Schlittschuhlaufen …«

»Und heiße Schokolade und Pralinen«, fügte Maggie hinzu.

»Und dann die Fotoausstellung, die sicher eher die Älteren anzieht«, sagte Lennart.

Björn zählte mit den Fingern mit.

»Der Zeitung nach haben wir nicht viel Zeit, wenn wir die Sache noch drehen wollen«, bemerkte Hilma. »Wir müssen schnell handeln, und ich glaube, es wäre gut, die Presse zu informieren. Wir brauchen jede Hilfe, die wir kriegen können.« Als Maggie von ihrem Talent gesprochen hatte, hatte Hilma erst abgewehrt. Doch nun war es an der Zeit, ihre Talente zu nutzen, und wenn es etwas gab, in dem sie richtig gut war, dann war es Öffentlichkeitsarbeit. »Es gibt genug Themen, mit denen wir sie herlocken können«, fuhr sie fort.

Maggie wirkte nicht überzeugt. Sie sah Hilma skeptisch an. »Glaubst du wirklich, dass es eine gute Idee ist, die Presse einzuladen? Lass mich dann aber außen vor, leg den Schwerpunkt lieber auf unsere neue Pralinenkollektion. Anton hat einen phantastischen Job gemacht. Das reinste Kunstwerk!

Sag ihnen, sie sollen darüber schreiben. Und wenn wir die neuen Geschmacksrichtungen hinbekommen, über die wir neulich gesprochen haben, kann das Ganze richtig gut werden.«

Hilma nickte begeistert und blätterte eine Seite ihres Notizbuches auf, die die Überschrift *Entwicklung* trug.

»Ich habe noch eine andere Idee«, erklärte sie. »Du könntest das Konzept erweitern, indem du Pralinen-Workshops veranstaltest. Was hältst du davon?«

»Daran habe ich auch schon gedacht«, sagte Maggie. »Ich hatte bisher noch nie die Gelegenheit dazu.«

»Und ich muss zusehen, dass ich die Außenbeleuchtung zum Laufen kriege«, brummte Åke. »Wenn ich es hinbekomme, ohne dass es in ganz Leksand zu einem Stromausfall kommt, wird niemand mehr daran vorbeigehen können. Und vielleicht …« Åke setzte eine geheimnisvolle Miene auf und zog seinen eigenen Notizblock aus seiner Hemdtasche hervor. Er schrieb etwas darauf und steckte ihn dann wieder weg. »… habe ich noch eine Idee«, beendete er dann seinen Satz. »Aber ich will noch nichts verraten. Erst muss ich mich ein wenig umhören.«

Hilma sah die Menschen um sich herum an. Die Pläne, die hier allmählich Gestalt annahmen, würden die Dorfbewohner hoffentlich daran erinnern, was sie verlieren würden, falls das Bauvorhaben tatsächlich ausgeführt werden sollte, und wer weiß – vielleicht würde die Gemeinde dann umdenken. Wenn alles gut lief, würde dieser Ort nicht nur Nostalgie bieten, sondern auch etwas völlig Neues.

Nach dem Treffen testeten Maggie und Anton die neuen Formen, die gerade geliefert worden waren, während Hilma die Zeitungen kontaktierte. Mit ihrem Arbeitstag zufrieden, unternahm Hilma anschließend einen Spaziergang am Fluss entlang. Sie ging denselben Weg wie mit Joel, was allerdings zur Folge hatte, dass sie sich plötzlich einsam fühlte. Sie fragte sich, was er gerade machte, und sah ihn vor sich, wie er im Overall mit öligen Händen an einem Motor herumschraubte. Hätte sie nur ihre Neugierde im Zaum gehalten! Sie holte ihr Handy hervor und schrieb ihm eine Nachricht. *Tut mir leid wegen neulich. Können wir reden?* Dann schickte sie die SMS schnell ab, bevor sie es sich anders überlegte. Lange starrte sie auf das Display. Hoffte. Aber nichts passierte.

Sie steckte das Handy in die Tasche zurück und ging weiter. Im Wasser spiegelten sich die Lichter, und auf den Schnee fiel ein kalter bläulicher Schein. Die Enten, die hinter ihr in der Dunkelheit aufflogen, stießen Laute aus, die wie Hohngelächter klangen, sodass sich Hilma noch missratener fühlte. Ihre Schritte wurden schwer, aber dann entdeckte sie in einiger Entfernung eine bekannte Gestalt. Es war ein älterer Mann, der sehr aufrecht ging und eine Hundeleine fest in der Hand hielt. Åke hob die Hand zum Gruß.

»Hej, Ellie«, sagte Hilma, als sie ihn erreichte und in die Hocke ging, um den Hund zu tätscheln. »Und hallo, Åke.«

Sie zog den Handschuh aus und strich dem Hund über das helle Fell, das sich zwischen den Fingern ganz weich anfühlte. Ellie wedelte mit dem Schwanz und schnüffelte neugierig an ihrer Hand, bevor sie sie abschleckte.

»Du hast so einen süßen Hund«, sagte Hilma, und dachte zum ersten Mal, dass ein Haustier zu haben vielleicht keine schlechte Idee war. Schon allein, den Hund zu streicheln, gab ihr Trost.

»Ja, sie ist ein guter Hund, meine Ellie«, bekräftigte Åke stolz.

Sie schwiegen beide eine Weile und sahen über das Wasser. Dann fragte Åke:

»Was tut man, wenn man etwas machen will, sich aber nicht traut?«

»Meinst du im Allgemeinen?«

Åke nickte steif. »Ja, so ungefähr.«

»Man macht es einfach trotzdem«, meinte Hilma.

Kapitel 33

2013

Er saß zu Hause an seinem runden, blank polierten Küchentisch. Wieder war ein Weihnachtsfest einsam vorübergegangen. Er ließ die Zeitung sinken und schob die Kaffeetasse von sich. Das Getränk war ohnehin kalt geworden, was er überhaupt nicht mochte, und der Kaffeeduft hatte sich verflüchtigt. Es war still in der Küche. Als er die Wohnungsanzeigen überflogen hatte, war sein Blick an einem Haus hängengeblieben, das er sehr gut kannte. Sein früheres Elternhaus. Die Farbe war abgeblättert, und an einem der Außengebäude hing eine Tür schief in den Angeln. Außerdem hatte schon lange niemand mehr die Auffahrt gerecht. Er schüttelte den Kopf. Wie hatte man das Haus so verfallen lassen können? Dann war er zur Lektüre der Nachrichten übergegangen, hatte Artikel für Artikel über all das Elend gelesen, von dem hier berichtet wurde, und hatte darüber seinen Kaffee vergessen. Für einen Moment hatte sich all das Böse in der Welt vor ihm aufgetürmt, wie dunkle Wolken an einem Gewitterhimmel. Dann war alles über ihn hereingebrochen, und lag nun wie ein Haufen Steine in seinem Magen.

Er spürte eine schwere Last auf seinen Schultern und einen stechenden Druck auf der Brust, er musste den Mund öffnen, um genug Luft zu bekommen. Dabei stützte er sich mit den Händen an der Tischplatte ab und merkte, wie kalt sie waren. Hatten die jungen Leute nichts Besseres zu tun, als sich gegenseitig umzubringen?

Zu seiner Zeit hatte man Äpfel geklaut oder dem Nachbarn ein oder zwei Rüben ausgerissen und sie vor dessen Zaun auf den Weg gelegt. Natürlich mit gebührendem Abstand, aber doch so, dass der Nachbar sie vom Haus aus sehen konnte. Hilfe, wie wütend der damals wurde! Es war Gunnars Idee gewesen, die beiden Jungs hatten hinter einer Hecke gestanden und sich über die Reaktion des Alten kaputtgelacht, allerdings mit einem schlechten Gewissen, zumindest was ihn anging. Denn ganz richtig hatte es sich nicht angefühlt, auch wenn der Alte bei allen als »der wütende Kerl« bekannt war, weil er den Leuten gegenüber so unfreundlich war. Wenn seine Eltern erfahren hätten, was er gemacht hatte! So etwas hätten Vater und Mutter nie von ihm erwartet, ihrem wohl erzogenen Jungen … Aber schlimmere Streiche hatte er nie ausgeheckt.

Heutzutage tötete man sich einfach. Ein anderer Artikel handelte von steigender Bandenkriminalität im Zusammenhang mit Drogenhandel. Er schüttelte den Kopf und schnalzte mit der Zunge. Für solche Grausamkeiten hatte er nichts übrig! Ein dritter Artikel berichtete von einem

Banküberfall, was ihn seltsamerweise am meisten aufregte. Wie schwer konnte es sein, finanziell für sich selbst einzustehen? Hinter den Masken steckten natürlich lauter faule Taugenichtse, Jüngelchen, die nie etwas Vernünftiges gelernt hatten, nie Verantwortung übernehmen oder für etwas kämpfen mussten.

Er selbst war all die Jahre über jeden Tag zur Arbeit gegangen. Er hatte morgens pünktlich eingestempelt, seine Arbeit einwandfrei erledigt, Kaffee aus dem Automaten getrunken und war wieder nach Hause gegangen. Zum Dank hatte er ein ordentliches Gehalt bekommen, das ihm neben den Gewinnen von der Trabrennbahn zu einem ansehnlichen Vermögen verholfen hatte. Es hatte sich nämlich gezeigt, dass sein Gewinn beim Pferderennen nicht nur mit Glück zu tun gehabt hatte. Einmal konnte man Glück haben, vielleicht auch zweimal, aber wohl kaum fünfzigmal.

Er ließ den Blick durch den Raum wandern, betrachtete die weiße Tapete mit den kleinen, roten, appetitlich aussehenden Kirschen, die ihn mehrfach zu einer Extraportion Grütze verführt hatte, obwohl er gerade zu Mittag gegessen hatte. Er bemerkte, dass das Geschirr neben der Spüle getrocknet war, nur ein paar Tropfen blieben noch zurück. Der Lappen hing ordentlich über dem Wasserhahn, die Küchenschranktüren waren selbstverständlich alle geschlossen. Auf der Anrichte stand ein Strauß Schnittblumen, die allmählich verwelkten, obwohl er alles gegeben hatte, um sie am Leben zu erhalten.

»Genau das richtige Geschenk zur Rente«, brummte er und schlug mit der Faust so hart auf den Tisch, dass der Kaffee überschwappte. Seine Kollegen hatten ihn an seinem letzten Arbeitstag mit dem Strauß überrascht, und er hatte sich über die Geste gefreut. Aber dass die Blumen jetzt welkten, erschien ihm wie eine bittere Erinnerung daran, dass alles Leben zu Ende ging.

Er wischte die Kaffeelache mit einer Serviette weg und schaute aus dem Fenster. Das Dach auf dem Nachbarhaus war schon schneebedeckt, aber wieder schwebten langsam weiße Schneeflocken vom Himmel herab. Keine dieser Flocken glich der anderen, jede war einzigartig gestaltet. Das waren immer die Worte seiner Mutter gewesen, und jedes Mal fühlte er sich dabei so unendlich unbedeutend in dieser großen Welt.

Er seufzte. Ein »Leben in Freiheit« fühlte sich also so an. So sollte es von nun an sein. Er würde einsam mit seiner mintgrünen Kaffeetasse dasitzen und Ozeane an Zeit haben, um die Zeitung zu lesen, am Elend der Welt teilzuhaben, über Schneeflocken zu philosophieren und nachts nach Dieben im Treppenhaus zu lauschen. Denn diese Marotte hatte er nie ablegen können.

Er hatte Angst gehabt vor dem Tag, an dem er in Rente gehen würde, nicht einmal gewagt, daran zu denken, und er spürte schon jetzt, dass dieses Leben nichts für ihn war. Was sollte er tun? Ernsthaft. Was sollte er bloß tun? Jetzt, in diesem Moment, wollte er nichts. Alles kam ihm düster vor. Er starrte auf den Gürtel, der auf dem Stuhl vor dem

Badezimmer lag und mindestens vier Zentimeter breit war. Es wäre ein Leichtes für ihn auszurechnen, wie tief er einen Haken in den Dielenbalken schrauben müsste, damit er hielt. Er würde ohnehin bald sterben, warum also nicht den Prozess ein wenig beschleunigen.

Er ging in die Diele und öffnete den Werkzeugkasten, der auf dem Schuhregal stand. Nach kurzem Suchen stellte er fest, dass er erst einmal einen stärkeren Haken bräuchte. Diejenigen, die er hatte, taugten nicht viel. Dann kam ihm der Gedanke, wer sein Auto erben sollte.

Kapitel 34

Hilma sah sich in ihrem Häuschen um. Mit einigen einfachen Mitteln hatte sie es richtig gemütlich gemacht. Auf dem Sofa lagen die weißen bestickten Laken, die zusammen mit ein paar Kissen ein Wunderwerk vollbracht hatten. Die Maus, die an ihrem ersten Morgen über ihre Hand gekrabbelt war, schien ein anderes Zuhause gefunden zu haben, und grüne Kräuter – vor allem Basilikum – verströmten einen angenehmen frischen Duft in der Küche. Tatsächlich mochte sie auch andere Farben als nur weiß. Sie hätte nie gedacht, dass sie sich in einem einfachen alten Vorratsschuppen wohlfühlen könnte, aber es gefiel ihr hier. Nicht zuletzt, nachdem Björn und sie sich vertragen hatten. Er war zwar ein bisschen seltsam, aber aufgrund der Erfahrungen, die er gemacht hatte, konnte sie seinen Gedankengang einigermaßen nachvollziehen, was ihr eine große Last von den Schultern genommen hatte.

Sie nahm einen Schluck Kaffee und sah aus dem Fenster. Ihr Blick blieb an den frostbedeckten Birken hängen, die in der Morgensonne glitzerten. Die Bäume waren genauso schön, wie die auf ihrem gestrigen Abendspaziergang am

Fluss entlang, was sie an Åke und den Rat denken ließ, den sie ihm gegeben hatte. Es einfach zu tun, auch wenn man sich nicht traute. Sie nahm an, dass es ihm bei der Frage um Maggie gegangen war, denn es war offensichtlich, dass es zwischen den beiden knisterte, aber eben auch, dass ihn etwas zurückhielt. Was, das wusste sie nicht. Oder hatte er doch etwas anderes im Sinn gehabt? Sie stellte ihre leere Tasse ab und drehte die Haare zu seinem Knoten zusammen. Dann griff sie nach ihrem Handy, legte es aber gleich enttäuscht beiseite. Immer noch keine Nachricht von Joel. Sie schaffte es nicht, ihn aus ihren Gedanken zu verdrängen, sosehr sie es auch versuchte. Er fehlte stündlich mehr, es fühlte sich an, als würden sich Dornen in ihr Herz bohren.

Bis jetzt hatte sie nie an Liebe auf den ersten Blick geglaubt, aber als sie ihn mit der Schneefräse auf den Hof kommen sah, war etwas passiert, genau in dem Moment, in dem sich ihre Blicke trafen. Sie könnte fast schwören, dass es ihm genauso ergangen war. Und je besser sie ihn kennengelernt hatte, desto stärker waren ihre Gefühle geworden. Alles einfach auf sich beruhen zu lasse, war keine Alternative mehr für sie. Sie musste unbedingt mit ihm sprechen, und wenn nur, um die Sache abschließen zu können.

Joel wohnte nur ein paar hundert Meter entfernt, und sie war es innerlich leid zu warten. Es war an der Zeit, die Sache in Angriff zu nehmen, egal wie schwierig es sein würde. Sie stand auf, ging ins Badezimmer, kontrollierte ihr Make-up und fuhr sich mit der Bürste durchs Haar, nachdem sie ihren Knoten gelöst hatte. Dann nickte sie ihrem Spiegelbild zu, um sich Mut machen, und ging zur Tür, wo sie sich den Mantel anzog, einen Schal um den Hals schlang und die Mütze aufsetzte. Zum Schluss zog sie noch ihre Stiefel an. Aber sie kam gerade einmal dazu, die Tür zu öffnen, bevor sie mit Joel zusammenstieß. Er stand direkt vor ihr, hatte die Hand erhoben, bereit anzuklopfen. Ein Hauch seines Rasierwassers schlug ihr entgegen.

»Oh!«

»Darf ich reinkommen?«, fragte er sichtlich verlegen.

»Klar, natürlich.«

Hilma trat zur Seite und schloss die Tür hinter sich. Dann warf sie Joel einen Blick zu, aber er verriet mit keiner Miene, was sie zu erwarten hatte. Er wirkte nur ein wenig nervös, trommelte mit den Fingern gegen sein Hosenbein. Hilma zog sich Mantel und Mütze aus und ließ sich auf das Sofa fallen. Joel folgte ihrem Beispiel, hängte seine Jacke auf, stellte die Stiefel neben den Fußabstreifer und setzte sich dann zu ihr.

»Also …«, begann er, wurde dann aber wieder still und sah sich um.

»Ist es okay, wenn ich Feuer mache?«, fragte er. »Es ist schweinekalt hier drinnen.«

»Da hast du wohl recht«, grinste Hilma. »Ich habe mich in letzter Zeit ein bisschen an die Temperatur gewöhnt, aber jetzt habe ich von Björn zumindest die Zustimmung, dass ich den Kamin benutzen darf. Und sogar die Heizung.«

»Das hat sich also geklärt?«, fragte er und sah aufrichtig erleichtert aus.

»Ja, das hat sich geklärt.« Sie lächelte.

Joel ging zum Korb mit dem Feuerholz, stellte einige Holzscheite in den Kamin, öffnete die Abzugsklappe und riss ein Streichholz an. Kurz darauf prasselte ein Feuer, und die tanzenden Flammen entspannten Hilma ein bisschen – egal, was jetzt kommen würde. Im Zimmer breitete sich eine behagliche Wärme aus. Joel setzte sich wieder neben Hilma und sah sie an.

»Also, ich bin hier, um zu sagen, dass es mir leidtut, dass ich neulich so heftig reagiert habe. Ich kann verstehen, wenn du das für unreif hältst, das finde ich selbst auch.« Er räusperte sich. »Unser Gespräch hat einfach ziemlich viele Erinnerungen in mir ausgelöst, da sind meine Gefühle durcheinandergeraten. Alles wurde mir plötzlich zu viel, und danach kam es mir schäbig vor, einfach eine SMS zu schicken.«

»Ich hätte dich nicht so drängen dürfen«, sagte Hilma leise. »Ich habe ja geahnt, dass du aus irgendeinem Grund nicht über Weihnachten sprechen willst. Ich wollte dich einfach nur besser kennenlernen.«

Er starrte auf seine Hände, knibbelte an einem Fingernagel. »Fragen darfst du ja, aber ich erzähle es dir, wenn ich mich bereit fühle, okay?«

»Okay!«

Joel hob wieder den Blick, sah sie mit seinen warmen Augen an. »Dann sind wir wieder Freunde?«, fragte er.

Hilma biss sich auf die Unterlippe. »Nur Freunde?«

Es flackerte in Joels Augen. Dann legte er seine Hand auf ihre, strich sanft mit dem Daumen darüber. Sie zuckte zusammen.

»Ich würde so gern«, gestand er. »Du kannst dir nicht vorstellen, wie sehr! Du bist schlau, schön, lustig. Ich fühle mich wohl in deiner Gesellschaft, und was du für meinen Bruder getan hast, ist unbezahlbar. Deinetwegen habe ich sogar angefangen, weiße T-Shirts zu kaufen.«

Hilma lachte. »Weiße T-Shirts sehen natürlich immer gut aus. Und das mit Anton war keine große Sache. Er hat uns schließlich geholfen.«

Doch auch wenn Hilma sich locker gab, zitterte sie innerlich vor dem *Aber*, das jetzt kommen würde.

»Ja, vielleicht. Dank dir und Maggie findet er langsam zu sich. Er hat es nicht sehr leicht gehabt … Und in den letzten Wochen ist er wirklich gewachsen.« Joel verstummte, schlug den Blick nieder, bevor er weitersprach. »Außerdem bist du etwas Besonderes, ich habe noch nie jemanden wie dich getroffen. Das habe ich schon gewusst, als sich dich das erste Mal gesehen habe.« Er schluckte. »Aber …«

Jetzt kam es also. Etwas an seinem Tonfall ließ die Schmetterlinge in ihrem Bauch abstürzen. »Aber was?«

»Ich kann nicht.«

»Warum nicht?«

»Weil du bald wieder wegziehen wirst. Dann bleibe ich hier allein zurück, und ich weiß ehrlich gesagt nicht, ob ich damit klarkomme.«

Joel hatte recht. Natürlich musste sie wieder nach Hause. Sie musste zurück in ihre Wohnung und … Moment mal, warum eigentlich?

»Ich war nicht bereit für eine neue Beziehung, als ich hierhergezogen bin, und weiß nicht, ob ich es jetzt bin«, sagte Hilma.

Joel holte tief Luft. »Es scheint also keine besonders schlaue Idee, jetzt etwas anzufangen.«

Sie sahen sich an. Die Sekunden vergingen.

»Du könntest recht haben«, erwiderte Hilma.

Dabei beugte sie sich zu ihm, während er sie gleichzeitig an sich zog, und dann küssten sie sich.

Kapitel 35

Hilma sah über den See. Sie musste ein paarmal schlucken, so verzaubert war sie von dem Anblick. Die Fenster der Schokoladenmanufaktur verströmten ein warmes freundliches Licht, und dank Åke leuchteten auch die Lichterketten in den Bäumen und auf der Brücke wieder. Die ganze Umgebung trug ihr schönstes Winterkleid, und das Lusthaus funkelte.

Antons Designs kamen gut an. Außerdem hatte sich gezeigt, dass Anton ein Gespür für Geschmacksrichtungen hatte, weshalb er Maggie geholfen hatte, neben den sicheren Nummern einige neue Varianten zu kreieren. Er hatte auch angeregt, ein Schachturnier zu veranstalten, bei dem derjenige, der eine Figur des Gegners schlug, diese aufessen durfte. Er gab dem Projekt den Namen Schach-Dienstag. Lachend hatte Maggie eingewilligt, sowohl diese Idee zu testen als auch diejenige von Hilma, Pralinen-Workshops anzubieten. Vorausgesetzt, der heutige Tag verlief erfolgreich …

Sie hatten letzte Woche alle miteinander Doppelschichten eingelegt, denn heute stand etwas Besonderes bevor. Es war der Tag der offenen Tür.

»Wenn nun niemand kommt«, gab Hilma zu bedenken und suchte mit unruhigem Blick die Umgebung ab. Allein der Gedanke machte ihr Angst.

»Wenn niemand kommt, haben wir zumindest alles getan, was in unserer Macht steht, um diesen Betrieb zu retten«, sagte Maggie, die sich neben sie gestellt hatte. »Mehr kann man nicht tun. Und zumindest haben wir in dieser Zeit unseren Spaß gehabt, oder etwa nicht?«

Es war klar, dass sie das sagte, um Hilma zu beruhigen, aber diese spürte, dass Maggie genauso nervös war wie sie selbst. Ihre Kiefer waren angespannt, die Stimme zitterte leicht. Es war überhaupt nicht selbstverständlich, dass die Dorfbewohner kommen würden, aber Hilma hoffte, dass ihr Einsatz von Erfolg gekrönt sein würde. Das musste einfach sein. Und Maggie hatte recht. Sie hatten getan, was sie konnten.

Åke überraschte sie damit, dass der frühere NHL-Spieler Viktor ihre Einladung angenommen hatte und zur Feier des Tages Autogramme geben wollte. Åke hatte für ihn und dessen Frau einen Tisch und zwei Stühle mit Schaffellen vor der Hütte bereitgestellt, und das Paar saß bereits da. Hilma hatte die Information darüber überall auf Social Media gepostet, Pressemitteilungen verschickt und per Telefon und E-Mail die lokale Presse eingeladen. Die Zeitschrift *Dalaliv*, die sie für besonders wichtig hielt, hatte angekündigt vorbeizukommen. Maggie hatte die Nachricht auch weitergegeben, verließ sich aber auf die alte Methode der Buschtrommel. Björn hatte Zettel in die Briefkästen geworfen und angeregt, die Kinder könnten auf dem See Schlittschuhlaufen, während die Eltern Kaffee tranken. Lennart hatte in der Hütte einige Wände mit nostalgischen alten Fotografien des Sees aufgestellt. Dank Åkes perfektem Augenmaß hingen alle Bilder millimetergenau auf gleicher Höhe nebeneinander.

Hilma und Maggie sahen sich nervös an, dann schauten sie auf die Uhr. Dass eine Zeitschrift über das Lusthaus berichten wollte, war wichtig, und es war toll, dass jemand herkommen wollte, aber das Wichtigste waren die Ortsbewohner. Was, wenn sie nicht kamen? Das Warten war kaum auszuhalten.

Hilma begann, die Kerzen anzuzünden, die wie eine Perlenschnur vom Parkplatz zum See führten. Sie hatte gerade die letzte angezündet und stand wieder neben Maggie, als es hinter ihnen im Dickicht knackte und ein älteres, dick eingemummeltes Paar auftauchte und eingehakt auf sie zukam. Dann erschienen nach und nach einige Familien mit Kleinkindern sowie jüngere Paare, und die Luft füllte sich mit Stimmengewirr. Immer mehr neugierige Einheimische fanden den Weg zum Pavillon. Bald standen sie vor dem Lusthaus und der Hütte Schlange. Viktor bekam viel zu tun, sowohl Junge als auch Alte warteten auf ein Autogramm, während neben ihm seine entzückende schwangere Frau Nora saß und ihrem Mann verschiedene Stifte reichte, je nachdem, was die Leute signiert haben wollten. Von Kappen, Pucks und Teddys über Tagebücher bis zu Armen war alles dabei, nur bei Gesichtern streikte Viktor.

Hilma musste lachte, als sie daran dachte, was Åke zu Nora gesagt hatte. Wahrscheinlich hätte sie in solch einer Situation ähnlich reagiert, aber sie wusste auch, dass Åke begnadigt worden war und inzwischen in die Galerie hatte zurückkehren dürfen. Vielleicht zum Teil dank Maggies Schokolade.

Maggie und Hilma hatten auf Tabletts kleine Pappbecher mit heißer Schokolade bereitgestellt, und Anton bot auf glitzernden Tellern Geschmacksproben aus dem Pralinensortiment an. Die Besucher aßen und tranken mit Vergnügen, bewunderten Lennarts Fotoausstellung, Åkes Lichterketten und schienen es zu genießen, einfach nur herumzugehen und den Ort auf sich wirken zu lassen. Einige Kinder liefen, von den Eltern angefeuert, auf dem See Schlittschuh, und manche Besucher waren sogar von weit weg angereist, wie Hilma erfuhr. Sie hatten über Social Media von dem Ereignis erfahren und wollten unbedingt ein Autogramm von Viktor ergattern. Und wo sie schon einmal hier waren, nahmen sie auch gleich ein oder zwei Schachtel Pralinen für zu Hause mit. Die waren schließlich köstlich!

Hilma biss in einen der weichen Trüffel, die Anton mit schwarzen Johannisbeeren kombiniert hatte. Auf ihrem Teller befanden sich außerdem eine Praline mit Baileys und eine festere aus dunkler Schokolade und Meersalz.

»Du bist ein Genie, weißt du das?«, sagte sie zu Anton, als sie die Schokolade genüsslich in ihrem Mund schmelzen ließ.

»Ach was«, erwiderte Anton.

Aber sie sah ihm an, dass ihn das Lob freute. Es funkelte in seinen Augen, und ein Lächeln breitete sich auf seinem ansonsten mürrischen Gesicht aus. Und blieb dort.

Wer dagegen nicht lächelte, war Åke.

»Und hier kommt die Protestliste«, sagte er und wedelte mit mehreren aneinandergeklebten Blättern, die als langes Band bis zum Boden herabhingen.

»Protestliste?«, fragte Maggie verwundert.

»Ja, um die Politiker daran zu hindern, hier alles abzureißen.«

Maggies Gesicht erhellte sich. »Das ist keine dumme Idee. Gar keine dumme Idee!«

»Ich weiß.«

Jetzt sah Åke zufrieden aus. Er lächelte sogar kurz, aber man sah ihm an, dass er höchst konzentriert war und die Sache sehr ernst nahm.

Die Liste füllte sich Zeile für Zeile mit weiteren Namen. Außerdem erhielten sie mehrere Pralinenbestellungen von Unternehmen, und viele von denjenigen, die die Schokolade kosteten, versprachen wiederzukommen.

»Wenn das so weitergeht, müssen wir bald auf Reservierungen umstellen, um alle Gäste im Lusthaus unterzubringen«, lachte Maggie.

Hilma war glücklich, aber vor allem erleichtert. Dieser Tag hätte genauso gut als Flop enden können. Zwar bestand weiterhin die Gefahr des Abrisses, aber jetzt im Moment erlaubte sie sich, einfach nur glücklich zu sein.

»Dieses Luxusproblem werden wir zu gegebener Zeit angehen«, antwortete sie und fiel in Maggies Lachen mit ein.

Kapitel 36

2013

Der Haken lag noch in seiner transparenten Plastikverpackung vor ihm auf dem Tisch. Ironischerweise hatte er ihn im Sonderangebot gekauft, wofür auch immer das gut sein sollte. Schließlich nahm man sein Geld nicht mit, wenn man sein irdisches Leben beendete, und Geld hatte er wirklich genug. Er blickte in der Diele zum Dachbalken hinauf. Der Akku des Bohrers war geladen, der Haken hatte die richtigen Maße. Zusammen mit dem Gürtel würde er seinen Zweck erfüllen. Er ließ den Blick zum Fenster hinauswandern, wo die Schneeflocken inzwischen schon eine dicke, weiße Decke bildeten. Es schneite aber immer noch so stark weiter, dass auf der Straße und den Gehwegen Schneeberge entstanden. Ein Autofahrer war etwas zu schnell unterwegs, sodass der Wagen über die Kreuzung schlitterte, wo die breitere Straße Richtung Zentrum verlief. Ein wütendes Hupen ertönte, das rutschende Auto wich aus und konnte in letzter Sekunde einen Zusammenstoß vermeiden.

»Idiot«, brummte er, und fragte sich, ob der Fahrer, wie er selbst einmal, am Steuer eingeschlafen war.

Vermutlich nicht, dachte er und massierte sich erst das eine, dann das andere Ohrläppchen. Wahrscheinlich hatte er es nur eilig gehabt. Aber weshalb? Eilig, in Rente zu kommen? Und was dann? Als Kind hatte er immer gefunden, dass sie Zeit furchtbar langsam verging. Alles hatte immer nur aus Warten bestanden: darauf, dass Gunnar kam, damit sie an den Siljansee zum Baden gehen konnten, dass die Schule aus war, die Sommerferien begannen, die Eishockeysaison startete, der erste Bartwuchs sich auf den Wangen zeigte, darauf, dass er größer und erwachsener wurde.

Aber dann hatte sich das Rad plötzlich immer schneller gedreht, wie ein Schneeball, der an Fahrt aufnahm und den steilen Berg hinunterschoss, bis er sich nicht mehr stoppen ließ. Es half nicht, wenn die Uhr anzeigte, dass die Zeit jeden Tag genau gleich schnell verging. Er hatte sich immer auf die Uhr verlassen können, aber selbst die schien ihn jetzt zu betrügen. Es war schon sonderbar. Wenn man einigermaßen den Dreh raushatte, wie das Leben funktionierte, war man alt, und es gab nicht mehr so viele Sachen, auf die man sich noch freuen konnte. Er seufzte tief und sah wieder auf den Haken.

Ein wenig schlechtes Gewissen verspürte er schon derjenigen Person gegenüber, die ihn finden würde. Aber das ließ sich nun mal nicht ändern. Die Schuhe, die er tragen wollte, waren frisch poliert, er hatte sogar noch den Geruch der Schuhcreme in der Nase, was ihn an seinen Vater erinnerte, der sich vor einer Geschäftsreise immer die Schuhe geputzt hatte, während seine Mutter seine Hemden und ihre Kleider gebügelt hatte, bis keine einzige Falte mehr zu sehen war. Er sah seine Eltern vor sich, wie sie in ihrem mit Antiquitäten vollgestopften Transporter saßen und auf den Hof einfuhren.

»Wir sehen uns bald«, flüsterte er.

Aber dann verzog er das Gesicht, denn er hatte noch Schuhcreme an den Fingern. Dieses klebrige Zeug musste er noch loswerden, also stand er auf und wusch sich die Reste der Schuhwichse unter dem Wasserhahn in der Küche ab. Anschließend trocknete er sich die Hände am Küchentuch, bemerkte dann aber, dass auch Schuhcreme an seinen Ohrläppchen war, die er sich gerade massiert hatte und wischte sie sich auch von dort weg. Anzug und Hemd hingen gebügelt ihm Schlafzimmer. Er wollte so wenig Unordnung wie möglich hinterlassen. Er hatte auch schon eine Liste geschrieben: Welche Blumen er auf dem Sarg haben wollte, welches Essen beim Leichenschmaus – falls überhaupt jemand zu seiner Beerdigung kommen würde, dessen war er sich nicht sicher. Als Musik hatte er die Melodie gewählt, die sein Vater in dem Moment seines Zusammenbruchs auf dem Grammophon gehört hatte. Damit schloss sich der Kreis. Er setzte die Brille ab und wischte sich eine Träne aus dem Augenwinkel, die dort unerwartet hervorquoll.

Dann griff er nach dem Haken und rollte ihn zwischen seinen Fingern hin und her. Dabei fiel ihm plötzlich die

Neuigkeit ein, die ihm die Verkäuferin erzählt hatte. Krösamaja, wie sie hinter ihrem Rücken genannt wurde, war ein echtes Klatschweib, aber diesmal hatte sie etwas Wichtiges zu erzählen gewusst. In seinem nur wenige Kilometer entfernten Heimatdorf hatte sich ein deutlich jüngerer Mann als er selbst kürzlich das Leben genommen. Der Mann war nach dem Tod seiner Frau, die nach kurzer Krankheit ungewöhnlich schnell verstorben war, außer sich vor Trauer gewesen und hinterließ zwei Jungen, die jetzt ganz allein waren.

Er ballte die Hände zu Fäusten. Wie konnte man nur so etwas tun? Die armen Kinder! Das war eine richtige Tragödie! Was ihn betraf, war es etwas anderes, verteidigte er sich innerlich. Er hinterließ keine Nachkommen. Niemand war von ihm abhängig, kaum jemand würde ihn vermissen.

Er legte den Haken auf den Tisch zurück. Er hatte zwar das Gefühl, mit seinem Leben am Ende zu sein, konnte aber nicht aufhören, an diese beiden elternlosen Jungen zu denken. Er war noch nicht bereit zu gehen.

Kapitel 37

Wie Hilma diesen Pavillon liebte! Das hatte sie schon gedacht, als sie damals die Anzeige mit dem kleinen Foto gesehen hatte. Seltsam, dass eine plötzliche Kindheitserinnerung an einen anderen Pavillon sie hierhergeführt hatte. Das Leben nahm manchmal überraschende Wendungen. Das Lusthaus war schon hübsch gewesen, als sie es zum ersten Mal betreten hatte, aber jetzt, mit der liebevollen Einrichtung, war es ein echter Hingucker. Es war eine enorme Befriedigung gewesen, das Projekt so fertigzustellen, wie sie es sich gewünscht hatte, aber das i-Tüpfelchen war doch gewesen zu sehen, wie viele andere diesen Ort ebenso sehr schätzten. Als die Gäste gestern hier hereingekommen waren, schienen sie von der gleichen Freude erfüllt zu werden wie sie. Dass es überhaupt diesen Pavillon am See gab, noch dazu in solch einer märchenhaften Landschaft! Sie war von dem gestrigen Erfolg so begeistert, dass sie sich überhaupt nicht vorstellen konnte, was es bedeuten würde, wenn das Lusthaus schließen müsste, um Betongebäuden zu weichen.

Hilma kehrte den Boden, stellte die Stühle wieder gerade und zupfte am Ende die Tischdecken zurecht. Wenn der

Boden auch nicht glänzend sauber war, war er jetzt wenigstens wieder kiesfrei. Sie sammelte auch zurückgelassene Servietten, Teller und Pappbecher ein und steckte alles in einen großen Papiersack. Es schien so lange her, seit sie vor ein paar Wochen müde und erschöpft hier angekommen war. Die Müdigkeit war wie weggeblasen, sie fühlte sich jetzt voller Energie und hatte auch keine Schwindelattacken mehr erlebt. Ihr Kopf war zur Ruhe gekommen, das Rauschen war verstummt, und sie konnte wieder viel klarer denken. Sie hatte etwas gefunden, das sie machen wollte, etwas, das sich sinnvoll anfühlte und worauf sie mehr Lust hatte, als an einem Sandstrand herumzuliegen. Es gefiel ihr hier im Lusthaus und bei Maggie.

Allerdings würde sie bald keine Bleibe mehr haben, wenn sie Björn nicht Bescheid gab. Es war Zeit, den Entschluss zu fassen, den Mietvertrag zu verlängern oder nicht, und das bedeutete, mindestens einen Monat länger zu bleiben. Was diesen Punkt anging, konnte sie ihren Vermieter nicht einmal mit Zuckerkuchen bestechen. Natürlich wollte Hilma bleiben, aber es war eben noch nicht sicher, wie es mit dem Lusthaus und der Schokoladenmanufaktur weitergehen würde. Es konnte sein, dass sie bald ohne Arbeit und damit ohne Einkommen dastand. Und dann war da natürlich noch die Sache mit Joel … Sie schloss die Augen und dachte an den Kuss. Den elektrisierenden, leidenschaftlichen, wunderbaren Kuss. Joel wusste offensichtlich, was er tat. Die Erinnerung war so stark, dass sie den Geruch seines Rasierwassers in der Nase hatte und glaubte, draußen leise knirschende Schritte im Schnee zu hören. Ein reiner Wunschgedanke natürlich.

Aber dann wurde das Knirschen lauter.

Hilma schlug die Augen auf und erkannte sofort die lange Gestalt, die schon auf halbem Weg über die Brücke war. Die scharf geschnittenen männlichen Züge, das dunkle Haar, das unter der albernen Mütze mit Ohrenklappen hervorlugte, die er auf dem Kopf trug. Joel! Als sich ihre Blicke durch das Fenster trafen, verspürte sie das gleiche Ziehen im Magen wie bei ersten Mal, als sie ihn draußen vor ihrem Häuschen gesehen hatte. Aber beim ersten Mal hatte sie ihn einfach nur attraktiv gefunden. Jetzt kannte sie ihn. Er war freundlich, mitfühlend, machte sich etwas aus ihr und aus seinem Bruder. Er war geschickt, lustig, und sie redete gern mit ihm. Noch nie zuvor hatte sie so für jemanden empfunden.

»Carpe diem«, murmelte sie.

Und dann traf sie eine Entscheidung. Sie wollte nicht eine Minute länger ohne diesen Mann an ihrer Seite leben. Alles andere würde sich schon finden. Wenn man darauf wartete, bis alles perfekt war, verpasste man nur die Gelegenheit. Hilma stieß die Tür auf und musste an sich halten, um ihm nicht die letzten Meter entgegenzurennen. Als er sie sah, stellte er das, was er in der Hand getragen hatte, im Schnee ab und nahm sie in die Arme. Er küsste sie, und die Welt blieb für einen Moment stehen.

»Ich gehe nicht zurück«, keuchte sie, als er sie nach einer Weile losließ.

»Wie meinst du das?«

»Ich habe beschlossen, hierzubleiben.«

Joel sah sie mit großen Augen an, Atemwölkchen stiegen ihm aus Mund und Nase auf.

»Dann darf Maggie das Lusthaus behalten?«

»Das weiß ich noch nicht, aber mein Leben findet jetzt hier statt. Ich will nicht weg. Vor allem nicht weg von dir.«

Joel holte tief Luft. »Du ahnst nicht, wie glücklich mich das macht. Wie froh und wahnsinnig erleichtert ich bin, das zu hören. Denn sonst hätte ich mit dir in die Stadt ziehen müssen.«

»Hättest du?«

»Ja, wenn du mich so küsst …« Er lachte. »Ehrlich gesagt glaube ich nicht, dass es mir dort gefallen würde«, sprach er weiter. »Aber für dich würde ich es machen. Ich hatte mich gerade entschieden. Wenn man seinen Seelenpartner gefunden hat, ist man doch ein Idiot, wenn man ihn einfach gehen lässt und nicht für ihn kämpft.«

Hilma grinste. »Dann hast du aber Glück, dass es mir hier so gut gefällt.«

Sie küssten sich wieder.

»Was hast du denn da?«, fragte Hilma dann, als Joel sich hinunterbeugte, um nach dem zu greifen, was er mitgebracht hatte.

»Das ist nur ein Korb mit ein paar Leckereien für euch, die Lusthaus-Gang.«

»Oh.«

»Egal, was aus dem Pavillon wird, welche Entscheidungen getroffen werden, habt ihr für eure Mühe alle eine kleine Aufmunterung verdient.«

Sie gingen über die Brücke, deren Planken vor Kälte knarzten.

»Wie lieb von dir«, sagte Hilma. »Maggie wird sich sehr freuen, da bin ich mir sicher, aber Åke und dein Bruder auch. Sie sind alle hier. Hast du Zeit, auf einen Kaffee mit reinzukommen?«

Joel warf einen Blick auf die Uhr. »Mmm, lass mal sehen …« Dann grinste er. »Natürlich habe ich Zeit. Und so wie der Tag angefangen hat, bin ich bereit, heute alles andere in meinem Kalender zu streichen.«

Sie griff nach seiner Hand und drückte sie fest, während sie auf die Hütte zugingen.

Der Duft von heißer Schokolade und Safran schlug ihnen entgegen, als Hilma schnell hinter sich die Tür schloss, um die Wärme nicht nach draußen zu lassen. Maggie war gerade dabei, ein Stück Safranzopf für Åke herunterzuschneiden, der schon Hagelzucker im Mundwinkel hängen hatte.

»Hallo!«

Anton winkte ihnen aus der Küche zu. Er sah gut gelaunt aus und hatte eine Packung Himbeeren in der Hand. Offensichtlich war er dabei, eine weitere Pralinensorte zu kreieren. Joel stellte den Korb auf den Tisch.

»Seht mal, was Joel mitgebracht hat«, sagte Hilma.

»Ach, das ist nur eine Kleinigkeit«, wehrte Joel ab.

»Wie nett von dir, dass …«, sagte Maggie.

Dann verstummte sie plötzlich, während Åke aussah, als hätte er ein Gespenst gesehen. Beide starrten den Korb an. Was war denn jetzt los, fragte sich Hilma. Hatte sie irgendetwas Falsches gesagt?

Kapitel 38

2013

Es fiel ihm schwer, seine Gedanken zu sortieren. Im Grunde hatte das, was geschehen war, überhaupt nichts mit ihm zu tun, aber es fühlte sich trotzdem so an.

Er schritt, die Hände auf dem Rücken, in seiner Wohnung auf und ab und murmelte nachdenklich vor sich hin.

»Hm, hm, hm.«

Er konnte nicht aufhören, an diese beiden Jungen zu denken, die jetzt ohne Eltern dastanden. Auf einmal fühlte er sich wieder an dem Abgrund stehen, der Anlass für seine eigene Trauer war. Der Moment, als er vom Tod seines Vaters erfahren hatte, als er die kalte Stirn seiner Mutter zum Abschied geküsst hatte. Seine Gefühle waren wieder so lebendig, als sei es gestern gewesen. Bevor er wieder mit seinen Eltern vereint wurde, musste er etwas für die Jungen tun. Die Frage war nur, was.

Da fiel ihm das Geschenk ein, das er selbst bekommen hatte, als er sich in tiefster Trauer befand – der Korb, den jemand mit Zimtschnecken, Saft und einem Blumenstrauß vor seine Tür gestellt hatte. Die einfache Geste hatte ihm damals so viel bedeutet. Dieses Zeichen des Mitgefühls hatte ihm durch die schlimmste Krise geholfen. Der Korb stand noch oben auf dem Dachboden, den er ansonsten ausgemistet hatte. Alles, was der Nachwelt noch von Nutzen sein könnte, lag säuberlich verwahrt in einer Plastikkiste, während er alles andere weggeschmissen hatte. Aber den Korb zu entsorgen, hatte er nicht über sich bringen können. Es war ein schön geflochtener Korb, der mit handgemalten Wiesenglockenblumen dekoriert war. Er nickte. Natürlich. Der Korb!

Er hatte keinen selbstgemachten Saft, und Backen war auch nicht seine Sache. Es bestand wohl eher die Gefahr, dass jemand draufgehen würde, wenn er versuchen sollte, selbst etwas herzustellen. Tatsächlich hatte er sich einmal an die Saftherstellung gewagt, aber das Ergebnis war eher eine Art Hexengebräu gewesen. Was er hatte, war eine ungeöffnete Packung Punschröllchen, außerdem finnische Kekse, eine Packung Haferbällchen und Mandelgebäck. Das war immerhin etwas. Er reihte alles auf der Anrichte auf und steckte dann den Kopf in den Küchenschrank, der ganz links stand. Dort fanden sich alle lebensnotwendigen Dinge für eine Krisensituation, falls es zu einer Katastrophe kommen sollte. Aber bald bräuchte er ja keine Angst mehr vor einem Krieg zu haben, tröstete er sich. Die Sorge war zum Glück all die Jahre unnötig gewesen. Er holte zwei Dosen mit Aprikosenhälften aus dem Schrank, zehn Päckchen Kartoffelpüree, drei Tüten Waffelmix, fünf Packungen Nudeln und fünf Konserven mit Fleischbällchen in Soße. So etwas mochten Kinder doch? Dann holte er den Korb und begann, alles ordentlich hineinzupacken. Allerdings erst, nachdem er ein dickes Bündel Scheine zuunterst gelegt hatte. Es war der größte Teil des Schatzes, den er lange unter seiner Matratze verwahrt hatte.

»So.«

Zufrieden schlug er die Hände zusammen, zog sich eine Jacke an, setzte sich den Hut auf und machte sich auf den Weg, in der einen Hand den schweren Korb, in der anderen den Autoschlüssel. Auf dem Weg durch das Treppenhaus hallte das Scheppern des Schlüsselbundes schicksalsverkündend. Aber vielleicht klang es für ihn auch nur so, weil er wusste, dass bei seiner Rückkehr das Unausweichliche auf ihn wartete?

Die Autofahrt dauerte kaum fünf Minuten. Nachdem er in der Nähe des Hauses der Jungen geparkt hatte, griff er nach dem Korb und stieg aus dem Wagen. Er warf einen Blick über die Schulter und zu beiden Seiten, aber es waren keine neugierigen Nachbarn zu sehen. Auch in dem Haus war kein Lebenszeichen zu erkennen. Als er den Weg entlangging, der zu ihrer Vortreppe führte, klopfte sein Herz wild in seiner Brust. Rasch stellte er den Korb auf die oberste Stufe, klingelte und eilte dann davon.

Während er in gebührendem Abstand darauf wartete, dass die Tür geöffnet wurde, dachte er, dass sich das genauso anfühlte wie damals, als er und Gunnar bei dem schlecht gelaunten Nachbarn Klingelstreiche verübt hatten.

Und es war fast so spannend wie das eine Mal, als sein Freund und er bei ihrer strengen Lehrerin Äpfel geklaut hatten. Das war natürlich einige Jahre her, genauer gesagt ein ganzes Leben. Während er in die Realität zurückkehrte und wieder zum Haus hinüberschaute, stellte er fest, dass ihn dieses kleine Abenteuer ein wenig aufmunterte. Hoffentlich waren die Jungen zu Hause? Was sollte er sonst machen? Natürlich könnte er den Korb dort stehenlassen, irgendwann würden sie schließlich auftauchen. Aber wegen der vielen Geldscheine darin, war es etwas riskant. Wenn ihn nun jemand stahl?

Weiter kam er in seinen Gedanken nicht, denn in der Küche ging in dem Moment das Licht an, und kurz darauf fiel der Schein auch auf den Treppenabsatz. Der Junge, der die Haustür geöffnet hatte, hatte dunkle Haare und schien bereits um die zwanzig zu sein. Er sah sich verwirrt um, suchte nach der Person, die geklingelt hatte.

Er hatte sich die Jungen, die dort wohnten, jünger vorgestellt, aber trotzdem versetzte es ihm einen Stich, als er daran dachte, dass – und vor allem wie – die beiden allein gelassen worden waren. Er wusste, was Trauer um die Eltern bedeutete, obwohl er bedeutend älter gewesen war, als es passierte.

Da entdeckte der Junge den Korb und rief etwas ins Haus. Kurz darauf erschien ein zweiter, sehr viel jüngerer in der Tür. Die beiden gingen in die Hocke und inspizierten den Korb, bevor sie in einen wilden Freudentanz, begleitet von euphorischem Geschrei, ausbrachen.

Als er ein paar Minuten später zu seinem Wagen zurückkehrte, fühlten sich seine Schritte ungewöhnlich leicht an. Er schien fast über den Boden zu schweben, und als er sich hinter das Steuer setzte, lag ein Lächeln auf seinen Lippen. Er startete den Motor und fuhr los. Jetzt blieb nur noch das Unausweichliche zu tun …

Auf Höhe der Leksandbrücke zuckte er so stark zusammen, dass er beinahe die Kontrolle über seinen Wagen verloren hätte. Ein entgegenkommendes Fahrzeug hupte ihn böse an, als er für eine Sekunde auf die falsche Fahrbahn geriet. In letzter Sekunde lenkte er den Wagen zurück und umklammerte das Steuer nun fester. Ihm war ein schwindelerregender Gedanke gekommen, wie ein Blitz aus heiterem Himmel. Warum sollte er sein Leben beenden, solange er solche Momente erleben durfte? Vielleicht gab es noch mehr Dinge, die er für andere tun konnte. Dinge, die einen Unterschied machten.

»Was denn zum Beispiel?«, fragte er sich laut und trommelte mit den Fingern auf dem Steuer herum.

Er brauchte eine handfeste Beschäftigung.

»Irgendeine ehrenamtliche Tätigkeit«, gab er sich selbst die Antwort.

Von Antiquitäten umgeben zu sein hatte ihm in all den Jahren schon ab und zu gefehlt, in seiner Kindheit und Jugend hatte er schließlich einiges über alte Sachen aufgeschnappt. Vielleicht konnte einer der Secondhandläden in der Gegend seine Hilfe gebrauchen? Und könnte er nicht auch anfangen, in einem Chor zu singen? Außer im Studentenchor vor langer Zeit hatte er nur unter der Dusche gesungen, und am Ende ihres Lebens für seine Mutter. Aber er wusste, dass er eine schöne Gesangsstimme hatte, dass hatte nicht nur seine Mutter behauptet. Während er noch gearbeitet hatte, hatte er geglaubt, keine Zeit für einen Chor zu haben, aber das war nun anders. Es war nicht zu spät, damit anzufangen. Und vielleicht könnte er es sogar wagen, sich einen Hund anzuschaffen? Er hatte doch immer einen haben wollen.

Auf seinem Gesicht breitete sich ein immer größeres Lächeln aus. Woher kamen nur all diese Gedanken? Das Leben brauchte ja vielleicht doch nicht gleich zu enden. Er fühlte sich auf einmal richtig gut gelaunt. Wie könnte er seinen Hund denn nennen? Bianca, Bella, Karo oder Rufsen? Er schüttelte den Kopf, nein, Rufsen auf keinen Fall.

Da hatte er plötzlich einen Namen im Kopf, als hätte ihm jemand diesen ins Ohr geflüstert.

»Ellie«, flüsterte er. »Ellie wäre perfekt.«

Kapitel 39

Hilma lehnte sich zurück und genoss den Augenblick. Um sie herum saßen die Menschen, die für sie fast zur Familie geworden waren: Joel, Anton, Maggie und Åke. Sogar Ellie die Zweite war dabei. Sie schlief in einem warmen gemütlichen Hundekorb in der Ecke der Schokoladenmanufaktur. Manchmal gab sie ein Winseln von sich und zappelte mit den Beinen.

»Wahrscheinlich träumt sie gerade, dass sie im Wald hinter einem Hasen herjagt oder einer Maus«, sagte Åke lachend. Er wirkte glücklich und befreit.

Er bedachte den Hund mit einem liebevollen Blick, und man hörte seiner Stimme deutlich an, wie sehr er das kleine Wesen liebte.

»So, bedient euch«, forderte Hilma die anderen auf.

Alle nahmen sich ein Stück von dem Zuckerkuchen, den sie gebacken und auf einem großen Teller angerichtet hatte, und heute gab es neben der heißen Schokolade auch Kaffee.

»Du willst also mit uns Weihnachten feiern?«, fragte Anton. »Drüben im Lusthaus?« Er kratzte sich an der Nase und blickte Maggie skeptisch an.

»Ja, aber nur, wenn ihr Lust habt. Ich glaube, dass könnte richtig gemütlich werden, und es gibt niemandem, mit dem ich lieber Weihnachten feiern würde als mit euch allen hier am Tisch«, erwiderte Maggie.

Joel und Anton sahen sich lange an, ohne etwas zu sagen.

»Was meinst du?«, fragte Joel schließlich seinen Bruder und legte den Arm um ihn.

»Wir haben seit dem Tod unseres Vaters nicht mehr Weihnachten gefeiert«, sagte Anton. »Aber vielleicht ist es jetzt wieder an der Zeit.«

Joel nickte, den Arm noch immer um Antons Schulter. Dann holte er tief Luft und begann zu erzählen.

»Papa hat sich an Heiligabend das Leben genommen. Als unsere Mutter starb, war er am Boden zerstört. Er versank in Trauer, schaffte es nicht einmal mehr, sich um uns zu kümmern.«

Hilma traten Tränen in die Augen, als sie das hörte und sah, wie schwer es Joel fiel, darüber zu sprechen.

»Papa war Berufssoldat, er benutzte also eines von seinen Gewehren. Ich war es, der ihn im Keller gefunden hat.« Seine Stimme brach.

Hilma musste für einen Moment aus dem Fenster schauen, bevor sie Joel wieder ansehen konnte. Worte des Trostes kamen ihr allzu armselig vor, deshalb drückte sie unter dem Tisch nur fest seine Hand.

»Und die Schaufensterpuppe im Garten?«, fragte sie schließlich mit Tränen erstickter Stimme.

»Die Militärpuppe war Joels Idee«, sagte Anton, und für

einen Moment funkelten seine Augen. »Er hat die Puppe im Garten aufgestellt, damit es sich so anfühlt, als wäre Papa noch da. Das ist so ein Spleen von uns geworden.«

»Nach dem, was geschehen ist, wollten wir trotzdem in dem Haus wohnen bleiben«, erzählte Joel weiter. »Die Puppe und Mamas Bilder, die bei uns hängen, waren unsere Art, die beiden bei uns zu behalten. Aber wir haben schon öfter darüber geredet, dass es Zeit wäre, uns etwas Eigenes zu suchen. Neu anzufangen. Aber das muss warten, bis Anton mit der Schule fertig ist.«

»Das tut mir aufrichtig leid«, sagte Maggie und schnäuzte sich so laut in ein Taschentuch, dass Ellie in ihrem Korb zusammenzuckte und aufwachte. Sie streckte sich gähnend, aber da das Geräusch offenbar nicht bedeutete, dass sie etwas zu essen bekommen sollte, schlief sie wieder ein.

»Wie stark von euch, dass ihr das durchgestanden habt«, fuhr Maggie fort. »Ihr beide zusammen. Das Leben kann einem manchmal wirklich eine bittere Pille bieten.« Sie ließ den Blick zum Fenster und nach draußen wandern. »Das Wichtigste ist, dass man weiter nach vorne blicken kann, wenn so etwas Schreckliches passiert«, meinte sie dann mit tonloser Stimme, als hinge sie an einer alten Erinnerung. »Als ich ein Kind war, versuchte ein älterer Junge, sich an mir zu vergreifen. Es hätte richtig übel ausgehen können, mit viel Glück bin ich der Situation damals entkommen.«

Es war ganz still am Tisch, als Maggie weitersprach.

»Ich war erst acht Jahre alt, aber ich weiß heute noch, was ich damals anhatte, wie alles in meinem Blickfeld schwankte, als ich davonrannte, sein Keuchen, als er hinter mir herlief. Die Panik, die ich verspürte. Aber das ist lange her, ein ganzes Leben …«

Sie sah sich um. Die anderen am Tisch waren immer noch still, sogar Ellie war leise wieder in ihre Traumwelt versunken.

»Manchmal geschehen schlimme Dinge«, sagte Maggie und räusperte sich. »Aber man braucht sie nicht zu akzeptieren. Man sollte sie nicht akzeptieren. Seiner selbst wegen muss man versuchen, sie hinter sich zu lassen, weiterzumachen, und wenn es einem gelingt zu verzeihen, befreit man sich zugleich selbst.«

Åke war weiß wie ein Laken. Man sah ihm an, dass Maggies Worte ihn berührten. Er nickte, schluckte, nickte wieder. Dann beugte er sich zu Hilma hinüber.

»Es ist mir immer schwergefallen, Dinge hinter mir zu lassen«, flüsterte er. »Außer als ich Ellie die Zweite vor einem halben Jahr in mein Leben gelassen habe, nachdem mein erster Hund gestorben war. Vielleicht kann ich das noch einmal machen? Die Feigheit aus meinem früheren Leben wiedergutmachen? Du hast doch gesagt, ich solle tun, was ich will, auch wenn ich mich nicht traue.«

Hilma hatte keine Ahnung, wovon Åke sprach. Aber sie begriff, dass er eine wichtige Erkenntnis gewonnen hatte, deshalb legte sie ihm bekräftigend die Hand auf den Arm und tätschelte ihn ein paarmal.

Kapitel 40

Eine Woche später war Heiligabend. Glöggduft hing süß und zuckrig in allen Ecken und Winkeln des Lusthauses. Raureif kletterte an den Fensterscheiben hoch, und obwohl draußen kaltes Licht herrschte, brachte es den Schnee zum Glitzern. Sie hatten alle bei den Vorbereitungen mitgeholfen und das Essen herbeigetragen, das jetzt auf einem improvisierten Buffet bereitstand. Dort gab es alles, was man sich nur wünschen konnte: Heiße Aufläufe, Hering mit Kartoffeln, Wurst, Fleischbällchen und Grünkohl, Fladen, Käse und Früchtebrot. Auf einem anderen Tisch standen Süßigkeiten im Überfluss: Milchreis, Marzipan, Pfefferminztaler, Krokant und selbstgemachte Pralinen mit Himbeeren, Lakritz und weißer Schokolade. Nachdem alles gedeckt war, zündete Åke ein paar große Kerzen an, die in einem glänzenden Kandelaber auf dem Boden standen. Vor den Fenstern hingen nicht nur Hilmas Weihnachtskugelgardinen, sondern auch Girlanden mit rotem Seidenband, Zuckerstangen und Weihnachtssterne.

Maggie hatte an nichts gespart, sondern den Pavillon mit allem geschmückt, was ihr noch in die Finger gekommen war, »wie in der guten alten Zeit«, wie sie sich ausdrückte. Hilma hatte sie teils entsetzt, teils lachend gewähren lassen. Nur die in verschiedenen Farben blinkenden Rentiere vor dem Fenster fehlten. Aber was spielte es schon für eine Rolle, dass es sich jetzt so anfühlte, als befinde man sich in einer überdekorierten amerikanischen Weihnachtskomödie? Wenn es andere glückliche machte, nicht zuletzt Maggie, die ihr inzwischen so viel bedeutete, warum nicht? In einem der Fenster stand zur Feier des Tages eine Weihnachtskrippe, aber das Heu, in dem das Jesuskind lag, brachte Anton so kräftig zum Niesen, dass Maggie es gegen weiche Baumwolle austauschen musste. In einem anderen Fenster stand eine Schneekugel, von der Hilma den Blick eine ganze Weile lang nicht abwenden konnte. Bewundernd betrachtete sie die kleinen handgemalten Engel und Miniaturstatuen darin. Sie war sich sicher, dass die Schneekugel dort vorher noch nicht gestanden hatte, und sie hatte sie auch nicht in einem der Kartons gesehen.

»Was ist das für eine Schneekugel?«, wollte Åke wissen, der offenbar den gleichen Gedanken hatte.

»Die habe ich selbst gemacht«, erwiderte Maggie. »Es ist für mich ein Symbol dafür, dass man manchmal etwas kräftig durchschütteln muss, um neu anfangen zu können. Und ich habe den Eindruck, dass es für mich jetzt Zeit ist, ein neues Kapitel aufzuschlagen.«

Sie nahm die Schneekugel und schüttelte sie, dann stellte sie sie zurück und nahm Åke in den Arm. Der drückte sie an sich, seine frühere Steifheit war wie weggeblasen. Stattdessen hielten sie nun einander an der Hand.

Hilma lächelte. Sie hatte Åke noch nie so strahlen sehen, er leuchtete richtig. Am Ende hatte sie verstanden, was er damit gemeint hatte, etwas zu tun, was er eigentlich nicht wagte. Vor einigen Tagen hatte er all seinen Mut zusammengenommen und Maggie seine Gefühle für sie gestanden. Hilma verstand allerdings nicht, warum das für ihn so schwierig gewesen war. Aber was wusste sie schon? Vielleicht war er einfach nur schüchtern. Und wenn sie etwas gelernt hatte, dann, Menschen nicht zu drängen. Manche Dinge wollte man vielleicht einfach für sich behalten, zumindest bis man bereit war, sie mit jemandem zu teilen.

Wie sie geahnt hatte, erwiderte Maggie Åkes Gefühle, und Hilma wurde ganz warm ums Herz, wenn sie sah, wie glücklich die beiden miteinander waren.

»Also, es ist Zeit, dass wir zu Tisch gehen«, sagte Maggie. »Aber bevor wir mit dem Essen beginnen, habe ich euch noch etwas Wichtiges mitzuteilen.«

Sie sah einen nach dem anderen ernst an, dann räusperte sie sich.

Hilma hatte sofort einen Kloß im Hals, sie war sich beinahe sicher, dass Maggie über das Lusthaus sprechen würde, und so besorgt wie sie aussah, konnte es kaum etwas Gutes sein.

»Tja, ich habe kürzlich Neuigkeiten erhalten, was das Lusthaus angeht«, bestätigte Maggie Hilmas Vermutung.

»Und?«, fragte Hilma nervös.

Jetzt konnte Maggie nicht länger an sich halten, sie begann zu strahlen und schlug die Hände zusammen. »Und das Lusthaus bleibt! Ich darf mein Geschäft behalten!«

»Wirklich? Jetzt hast du mich aber schön reingelegt! Für die Darbietung verdienst du einen Oscar«, sagte Hilma mit leicht vorwurfsvoller Stimme.

»Ja, ich habe den positiven Bescheid erst gestern von der Kommune bekommen und wollte ihn für Heiligabend aufheben. Ein besseres Weihnachtsgeschenk hätte man uns nicht machen können.«

»Was hat sie zum Umdenken gebracht?«, erkundigte sich Joel.

»Wahrscheinlich hat die Unterschriftenliste den Ausschlag gegeben. Sie haben ihre Baupläne fallenlassen, zumindest hier am See. Sie werden sich stattdessen nach anderen Bauplätzen in der Kommune umsehen. Das Lusthaus ist gerettet!«

Alle jubelten, und Hilma umarmte Maggie.

»Und mit den zunehmenden Bestellungen von Unternehmen, den Pralinen-Workshops und dem Versuch mit dem Schachdienstag werde ich mehr festes Personal brauchen«, fuhr Maggie fort. »Ich hoffe daher, dass ihr mir erhalten bleibt.« Sie sah Hilma und Anton an. »Die Neuigkeit, was wir hier zustande gebracht haben, hat sich schnell verbreitet und ist dank Hilma in mehreren Zeitungen erschienen.«

»Ich jobbe hier gern weiter an den Wochenenden, und den Schachdienstag zu testen, wird richtig cool«, sagte

Anton. »Vor allem wird es Spaß machen, die Turniere zu gewinnen.« Er hob die Augenbrauen und leckte sich die Lippen. »Wobei die heiße Schokolade immer noch mein Favorit ist«, fügte er hinzu und klang dabei so mürrisch, wie nur er es vermochte.

»Du weißt, dass ich nichts lieber tue als hierzubleiben«, sagte Hilma und strahlte Maggie an. »Ich habe meinen Mietvertrag schon verlängert.«

Sie begegnete Joels liebevollem Blick und sprudelte innerlich vor Glück. Joel drückte ihre Hand, und Hilma dachte daran, dass sie nicht vergessen durfte, Anton sein Weihnachtsgeschenk zu überreichen, ein Paket mit einer Winterjacke. Vielleicht hatte er zu Hause eine warme Jacke, die er bloß nicht anzog, aber er konnte bei der Eiseskälte ruhig etwas mehr tragen als nur seinen Hoodie.

Joel beugte sich zu Åke, der ihm gegenübersaß. »Es gibt an einem Tag wie diesem viele Gründe, dankbar zu sein«, sagte er leise. »Aber du sollst wissen, wie viel es uns bedeutet hat, dass du diesen Korb vor unsere Tür gestellt hast. Du hast uns Hoffnung auf eine bessere Zukunft gemacht.«

Åke wurde ganz rot im Gesicht. »Woher weißt du, dass ich es war?«

Die anderen am Tisch verstummten. Die beiden Männer waren nicht besonders gut im Flüstern.

»Ich habe deine Reaktion gesehen, als ich mit dem Korb ankam«, sagte Joel. »Du hast ihn offensichtlich wiedererkannt. Allerdings hast du dich auch nicht so richtig gut versteckt, als du ihn damals zu uns gebracht hast. Es sah aus, als würde ein Schneemann versuchen, hinter einer Laterne zu verschwinden.«

Åke lachte. »So schlimm? Dabei habe ich mich wie ein echter Spion gefühlt.«

»Wir haben natürlich überlegt, ob wir zu dir gehen und dir für deine großzügige Gabe danken sollen, aber da du uns den Korb einfach vor die Tür gestellt hattest, dachte ich, du wolltest lieber anonym bleiben«, fuhr Joel fort. »Aber es fühlt sich gut an, dir jetzt danken zu können.«

Åke lächelte und wandte sich an Maggie, da er gemerkt hatte, dass die anderen ihnen zuhörten.

»Und so findet der Korb schließlich zu dir zurück, Maggie, wo er eigentlich hingehört, vermute ich.«

Maggie zwinkerte und grinste schief. »Was bringt dich denn auf diese Idee?«

»Die Engel in der Schneekugel. Sie sind in genau demselben Stil gemalt wie die Dekoration auf dem Korb. Fragt sich nur, warum du ihn vor meine Tür gestellt hast. Wir kannten uns nicht einmal.«

»Dann hast du es also schließlich herausgefunden«, lachte Maggie. Doch dann wurde sie ernst. »Tja, du, Åke Eriksson. Ich habe ihn dir gebracht, weil ich gehört hatte, was du durchgemacht hattest, dass deine Eltern kurz hintereinander gestorben waren, und ich wollte dich ein wenig aufmuntern. Es war schließlich nichts Besonderes. Und …« Sie dachte nach. »Geht es im Leben nicht genau darum? Vor allem an Weihnachten? Gemeinschaft. Glaube. Am Guten festzuhalten. Wärme und Freude unter seinen Mitmenschen zu verbreiten. Und Hoffnung zu geben.«

Hilma sah die zusammengewürfelte Schar an, die da um sie herumsaß. Ihre Geschichten hatte sie tief berührt. Sie verstand jetzt, warum Joel nichts über sich hatte erzählen wollen, und warum er Weihnachten verabscheut hatte. Es hatte nichts mit ihr zu tun gehabt, es war dabei um ihn gegangen, um das, was er selbst durchgemacht hatte. Sie dachte an ihre eigenen Eltern, an die schwierige Beziehung, die sie zueinander hatten, und wie nachlässig sowohl sie selbst als auch ihre Eltern darin waren, Kontakt zu halten. Vielleicht war es noch nicht zu spät, diese Scherben aufzukehren und sie wieder zusammenzusetzen.

Während die anderen ihre Teller füllten, entschuldigte sich Hilma und verließ den Tisch. Sie suchte nach der richtigen Telefonnummer, lauschte den Klingeltönen und wartete nervös.

»Hilma? Es ist doch wohl nichts passiert?«, erklang die besorgte Stimme ihrer Mutter am anderen Ende.

Hilma holte tief Luft. »Nein, Mama. Ich wollte euch nur frohe Weihnachten wünschen.«

Hilmas Zuckerkuchenrezept

(geborgt von meiner Großmutter Maj-Britt)

Zutaten:
2 Eier
315 g Zucker
100 g Butter
150 ml Milch
210 g Mehl
2 TL Backpulver
1 TL Vanillezucker

Eier und Zucker in einer Schüssel verquirlen. Die übrigen festen Zutaten unterheben.

Die Butter in einem Topf schmelzen, die Milch hinzufügen.

Die Milch-Butter-Mischung mit dem Teig verrühren, anschließend die Masse in eine eingefettete und mit Semmelbröseln eingeriebene Form geben.

Im Ofen auf unterer Schiene bei 175 Grad circa 30 Minuten backen.

Dann: genießen! Und nicht vergessen – nicht nur Schokolade hilft, auch ein Stück Zuckerkuchen kann das!